ODD LAWYER
Devil's Balance 괴짜 변호사
악마의 저울

FUSION FANTASTIC STORY
미더라 장편 소설

괴짜 변호사 : 악마의 저울 6

미더라 장편 소설

초판 1쇄 찍은 날 § 2015년 8월 3일
초판 1쇄 펴낸 날 § 2015년 8월 10일

지은이 § 미더라
펴낸이 § 서경석

편집책임 § 이창진

펴낸곳 § 도서출판 청어람
등록번호 § 제387-1999-000006호
등록일자 § 1999. 5. 31
어람번호 § 제1-2192호

주소 § 경기도 부천시 원미구 부일로 483번길 40 서경B/D 3F (우) 420-822
전화 § 032-656-4452 팩스 § 032-656-4453
http://www.chungeoram.com
E-mail § chungeorambook@daum.net

ISBN 979-11-04-90352-6 04810
ISBN 979-11-04-90196-6 (세트)

ODD LAWYER
Devil's Balance
괴짜 변호사
6
악마의 저울
청어람
도서출판
FUSION FANTASTIC STORY
미더라 장편 소설

CONTENTS

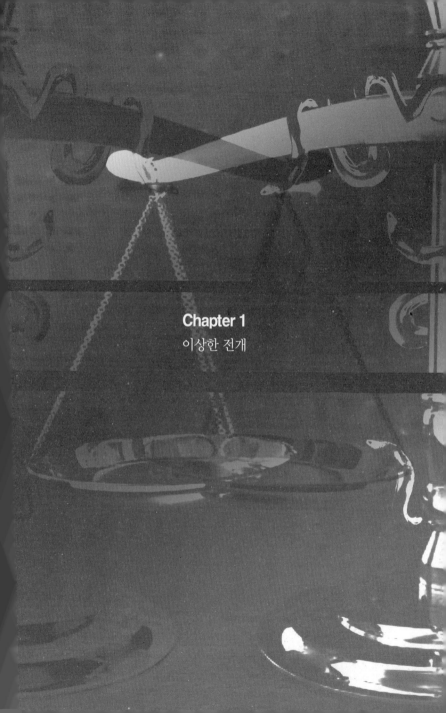

Chapter 1
이상한 전개

혁민은 사건 내용을 확인하면서 계속해서 고개를 갸웃거렸다. 사건 자체도 이상했고, 정황도 상당히 이상했다.

"자동차 세 대가 충돌한 사건인데……."

중간에 있는 차량이 고가의 승용차이고 앞뒤에 있는 차량은 일반적인 승용차였다. 맨 앞차가 위지원 변호사에게 문의해 온 사람들이 타고 있던 자동차였고.

맨 앞차가 급정거를 했는데, 중간에 있는 차량이 그걸 보고 속도를 줄였다. 그런데 뒤에 있던 차량은 그걸 보지 못하고 충돌을 했다. 그리고 중간에 있는 차가 밀려서 앞차까지 받았고.

CCTV나 블랙박스가 없었지만, 진술은 어느 정도 일치했다. 그리고 경찰이 현장을 조사한 결과도 그랬고.

"그런데 보험사는 세 차량 모두 보험 사기라고 생각하고 있는 듯하고……."

앞뒤의 두 차량은 같은 보험사였고, 중간에 있는 고급 차량만 다른 보험사였다. 그런데 앞뒤 차량의 보험사에서 지급을 보류하고 있는 상태였다. 보험 사기라고 판단하고 조사 중인 것이다.

"보험사에서 의심할 만하긴 하지."

"그래요? 어떤 점에서 그런 건데요?"

위지원 변호사가 옆에 와서는 털썩 앉았다.

"저는 의뢰인도 좀 이상하긴 하던데. 차도 별로 없는 도로인데 앞에 가는 차를 못 봤다니 말이에요."

위지원 변호사는 좀 엉뚱한 구석이 있었다. 덜렁대기도 했고. 지금도 별다른 문제가 아닌 걸 의심하고 있었다.

"뭐 다른 생각을 하느라 그랬다고는 했는데, 그거야 뭐 그럴 수도 있으니까……."

이상한 건 그게 아니었다. 사실 서로 잘못이 없다고 주장하면 아주 복잡해질 수도 있는 사건이었다. 진술과 몇 가지 증거만 가지고 판단을 해야 하니까 누가 어느 정도 과실이 있는지 정확하게 결론 내리기 쉽지 않았을 것이다.

"그런데 별다른 이견 없이 정리되었다? 쉽지 않은 일이죠."

"그냥 있는 대로 말해서 그렇게 될 수도 있는 거 아니에요?"

혁민은 한숨을 내쉬면서 고개를 저었다. 이렇게 순진해서 어떻게 변호사 생활을 할까 싶었다.

"사람은 말이죠, 보통은 자기에게 이익이 되는 방향으로 주장합니다. 손해 보고 싶은 사람이 어디 있겠어요? 그러니까 같은 걸 보거나 경험하고도 다들 말이 다른 거죠."

나는 잘못이 없다. 상대방의 잘못이 더 크다. 이렇게 말하는 게 보통이고 당연한 거다. 더군다나 CCTV나 블랙박스와 같은 증거도 없을 경우에는 더욱더. 하지만 그런 다툼이 거의 없었다.

"그러면 왜 그런 거죠?"

"그냥 제 짐작으로는 빨리 보험금을 타내려고 그런 것 같군요. 만약 보험 사기단이 있다면 그럴 겁니다. 다툼이 일어나서 문제가 생기면 그만큼 돈을 늦게 받게 되니까 말이죠. 그리고 들킬 위험성도 있고."

위지원 변호사는 고개를 끄덕였다.

"그러면 그 사람들도 보험 사기단?"

"그건 아니겠죠. 그러면 여기 찾아와서 그런 걸 물어보고 그러지도 않았을 테니까요."

혁민은 그 사람들은 일반인이고 그 뒤에 있는 두 차량이 보험 사기단일 것으로 추측했다. 보통 보험 사기의 경우 이런 식으로 차량 세 대까지 동원하지는 않는다. 일만 공연히 복잡해지고 얻게 되는 이익이 그만큼 커지지도 않으니까.

혁민은 내친김에 보험 사기 관련해서 설명을 좀 해주었다. 변호사가 그래도 대충은 알고 있어야 할 것 같아서였다.

"보험 사기가 IMF 직후에 경기가 안 좋아지면서 점점 늘어나기 시작해서 2000년대 들어오면서 확 늘어났거든요. 그리고 요즘 다시 많아진 것 같더라고요."

"아. 2008년에 경제 위기 이후로 그런가 보네요. 하긴 요즘은 다들 어렵대요. 식당에 가도 그렇고 시장엘 가도 그렇고."

"뭐, 그런 거하고도 무관하다고는 볼 수 없겠죠. 아무튼, 그래서 점차 조직화가 되었거든요. 어설프게 몇 명이 하는 것도 있지만."

혁민은 아예 전문적으로 보험 사기를 하는 조직도 있다고 했다.

"계획을 세우는 사람을 시나리오 작가라고 하고, 전체 지휘를 하는 사람을 PD라고 해요. 실제로 움직이는 사람들은 주연이나 조연이라고 그러고."

그리고 이번 같은 경우도 그럴 가능성이 있다고 했다. 위지원 변호사는 신세계를 경험했다는 표정이었다.

"먹고사는 방법도 정말 다양하네요. 그런 쪽으로는 잘 몰랐었는데……."

"변호사 생활 오래 하다 보면 자연스럽게 잘 알게 될 겁니다. 별난 사람을 다 만나게 되거든요."

혁민도 그런 걸 어떻게 알았겠는가. 다 사건을 맡아서 하다 보니 자연스럽게 알게 된 거였다. 위지원 변호사는 그러면 이번 사건은 어떻게 된 것이냐고 물었다.

"일단 여기 온 분들만 무고하다고 가정하고 제 생각을 이야기하죠."

혁민은 어디까지나 가정이라는 점을 강조한 후에 이야기를 다시 시작했다.

"두 차량이 공모해서 사고를 내려고 했을 겁니다. 위치가 아주 적당한 장소더라고요. CCTV가 없는 구간이 길게 이어지는 곳이니까요. 그리고 차량도 많지 않고."

CCTV가 없더라도 최근에는 블랙박스를 단 차량도 많아져서 까딱하다가는 들킬 위험이 있었다. 그래서 일부러 차량이 적은 곳을 노린 듯했다.

"그런데 우연하게도 사고를 내는 시점에 앞 차량이 급정거를 한 거죠. 그래서 앞 차량까지 받게 되었을 겁니다."

혁민은 볼펜과 지우개를 가지고 움직이면서 설명했다. 아무래도 말로만 하는 것보다는 물건을 가지고 설명하는 게 이해하기 쉬우니까. 그 덕분인지 위지원 변호사도 쉽게 알아들었다.

"그런데 말이에요, 그런 식으로 하면 보험금을 정말 타낼 수가 있어요? 아니, 그런 식으로 사고 내는 거, 사실 어렵지는 않은 거잖아요."

"사실 경미한 접촉 사고 같은 경우에는 밝혀내기도 쉽지 않고 그러려고 하지도 않아요. 어차피 큰돈이 나가는 것도 아니니까. 그런데 이게 고급 차량이 되면 문제가 달라요."

수리비가 보통 몇천만 원이 나온다. 그래서 보험 사기도 주로 고급 차량을 가지고 하게 된다. 그리고 그 방법도 정말 가지가지다.

"기본적으로는 미수선 수리비를 노리고 합니다."

"미수선 수리비?"

"수리를 하지 않은 상태에서 현금으로 보험사에서 수리비를 받는 거죠."

"예? 보험사에서 왜 그렇게 해요? 나중에 수리를 하고 나서 그 비용을 주면 될 것 같은데."

위지원 변호사는 이해가 안 된다는 듯 갸웃거렸다. 혁민은 부드럽게 웃으면서 설명했다.

"보통 고급 차량은 외제 차가 많잖아요."

"그렇죠."

"그러면 부품이 국내에 없는 경우도 많아요. 그러면 부품이 올 때까지 차가 없이 지낼 수는 없으니까 차를 렌트해야 하는데, 그 비용이 길어지면 어마어마하거든요."

그래서 보험사에서는 차를 고치기 전에 먼저 수리 비용을 지급하는 거다. 그리고 차를 고치는 건 차 주인이 알아서 하면 되는 것이고.

"그러니까 수리비를 부풀려서 청구하고 나머지는 챙기면 되는 거죠. 그래서 자동차 수리하는 곳하고 연계해서 하기도 하죠."

그리고 그것만이 아니었다. 혁민은 수리를 하지 않고 다시 사고를 내서 이중으로 보험금을 챙기는 수법도 있다고 했다. 위지원 변호사는 혀를 내둘렀다. 정말 허점을 교묘하게 파고드는 사람들이라면서.

"그 정도에 놀라면 안 되죠. 다른 경우도 아예 얘기하죠. 외제 차량을 싸게 사는 겁니다. 사고가 크게 나서 전체 손실 처리가 된 차량을 사서 번호 세탁을 하는 경우도 있어요."

그리고 사고를 내서 큰 보험금을 챙기는 것이다. 전체 손실이 된 경우 고급 외제 차량이라고 하더라도 몇백만 원이면 살 수 있는데, 사고를 내고는 보험금은 수천만 원을 타내게 된다.

그리고 다시 번호 세탁을 해서 다른 곳에 가서 사고를 내고 또 보험금을 타내고. 같은 차량으로 돌려가면서 우려먹는 거다.

"보험회사 사고 처리 담당자가 보험개발원에 사고자나 피해자 주민등록번호로 보험금 수령 내역을 조회하거든요. 그렇게 했는데 보험금을 많이 타낸 경우면 의심을 하게 되는 거죠."

혁민은 하지만 전문적으로 작업하는 사람들은 그런 것도 소용없다고 했다.

"아예 다른 사람 명의로 해버려요. 현지에서 모집해서 일을 진행하니까 잡기가 쉽지 않죠."

"야, 정말 어이가 없네요. 그렇게까지 해서 돈을 챙기고 싶을까요?"

혁민은 그저 웃기만 했다. 씁쓸한 현실이었으니까.

'돈이면 다 되는 세상이니까. 돈만 있으면 최고라고 생각하고, 그걸 위해서는 어떤 짓을 해도 된다고 생각하는 세상이니까.'

위지원 변호사는 이해가 되지 않는다는 듯 헛웃음을 내뱉고는 다시 물었다.

"그러면 보험사에서는 그 가족도 사기꾼이라고 생각하고 있다는 거죠?"

"뭐, 그거야 그럴 수도 있고 아닐 수도 있고……."

그게 뭐 중요하겠는가. 보험사에서는 그런 개념으로 접근하지 않는다. 수익의 극대화가 목적이다. 상품은 최대한 많이 판매하고, 지급은 최대한 적게 한다는 게 목표다. 실제로 사기꾼인지 아닌지는 그들이 생각하는 문제가 아니다.

하지만 지금 그런 이야기까지 하려면 너무 길어질 것 같았다. 이런 이야기를 해준 것도 표면적으로 보이는 것 안에는 그렇게 될 수밖에 없는 이유가 숨어 있다는 걸 알려주기 위해서 말해준 거였다.

그런 걸 알아가면서 점점 성장하는 거니까. 혁민은 분위기를 바꾸기 위해서 화제를 돌렸다.

"그런데 그 사람들은 소송하겠다던가요?"

"아, 지금 만나러 가려고요. 혁민 씨도 같이 가세요."

"예, 그러죠."

그런데 자리에서 일어나던 위지원 변호사는 갑자기 고개를 갸웃거리더니 혁민에게 물었다.

"그런데 저희가 전에 만난 적이 있었나요?"

"아니요. 저는 처음 뵌 건데… 왜 그러시죠?"

"아뇨, 분명히 어디선가 들어본 이름 같아서요."

혁민은 웃으면서 이야기했다. 덜렁대는 성격에 기억력도 좋지 않은 모양이라고 생각하면서. 연수원이나 법조계 사람들과 이야기를 하면서 몇 번은 들었을 건데 눈치채지 못하고 있었기 때문이었다.

"강형민인가 그 사람 때문에 그런 거 아니에요?"

"그런가? 에이! 뭐 그런가 보죠. 나가죠, 사람들 만나러."

*   *   *

"그러니까 보험사에서 돈을 내주지 않는 이유가 우리가 사기꾼이라서 그런 거라고요?"

여자가 분통을 터뜨렸다. 사고를 당해서 다친 것도 억울한데 사기꾼으로 몰린다고 생각하니 너무 억울했던 것이다.

"그래서 말인데요, 보험금지급청구소송을 하시는 게 좋을 것 같아서요."

"소송이요?"

소송이라는 말에 여자는 조금 꺼림칙한 표정이 되었다. 보통 사람들이야 소송이라고 하면 어렵고 힘든 것으로 알 테니 당연한 반응이었다.

"지금 보험사에서는요, 보험 사기로 고발을 하겠다고 하면서 보험금을 얼마 주지 않으려고 할 거예요. 그러니까 제대로 받으시려면 소송을 하시는 게 좋아요."

여자는 한숨을 내쉬었다. 지금 남편과 두 아이가 다쳐서 병원 신세를 지고 있었다. 큰 부상은 아니었지만, 치료를 받아야 한다.

그런데 최근에 경제적으로 쪼들리고 있는 형편이라 그런 게 다 부담이었다. 그나마 보험금을 받을 수 있다고 생각해서 안도하고 있는 거였는데, 그것도 받지 못할 수 있다고 생각하니 저절로 한숨이 나왔던 것이다.

"그럼 소송을 하면 100% 이길 수 있는 건가요?"

"예? 그게… 100%라고는 좀……."

혁민은 옆에서 보다가 복장이 터져서 죽는 줄 알았다. 같은 말을 해도 저런 식으로 하면 누가 사건을 맡기겠는가. 자신이라도 저렇게 말하는 변호사에게는 사건을 맡기지 않을 것 같았다.

"하아, 이런 말 하기는 좀 그렇지만 소송을 하기는 어려울 것 같네요."

"예?"

여자는 보험사하고 소송을 해서 돈을 받을 수 있겠느냐고 물었다. 그리고 만약에 받는다고 해도 몇 년 뒤에 받게 된다면 그게 다 무슨 소용인가. 당장 힘들고 어려운 것 때문에 미쳐 버릴 지경인데.

"그리고 변호사한테 사건을 맡기려면 돈도 많이 들잖아요."

여자는 위지원 변호사를 슬쩍 보면서 미안한 표정으로 말했다.

"변호사님을 믿지 못하는 건 아니에요. 정말 성심성의껏 얘기도 해주시고 알아봐 주시고 하셨는데… 그래도 저희가 지금 너무 힘드네요."

정신적으로도 경제적으로도 여유가 없다면서 여자는 거절의 의사를 내비쳤다.

"그래도 하셔야 해요. 이대로 있으시면 정말 한 푼도 받지 못할 수 있다니까요."

"그래도 어쩌겠어요. 그리고 그런 일 어디 한두 번 당하나요. 변호사님은 잘 모르실지 모르겠지만, 저는 그런 일 많이 겪었어요."

여자는 미소를 지었는데, 그 웃음에는 즐거움이나 기쁨 같은 감정은 조금도 묻어 있지 않았다. 아주 처연한, 그런 슬픈 미소였다.

"그래도……."

위지원 변호사는 뭐라고 말은 하고 싶었지만, 말을 꺼내지는 못했다. 자신이 건드릴 수 있는 그런 분위기가 아니라는 생각이 들어서였다.

"그럼 일어나 볼게요. 애 아빠한테 가봐야 해서……."

여자는 자리에서 일어나려고 했다. 그런데 그때 혁민이 말을 걸었다.

"제가 몇 마디 이야기해도 될까요?"

"예? 무슨 이야기를……."

혁민은 부드럽게 미소 지으면서 말했다.

"오래 걸리지는 않을 테니까 잠깐만 들어보시죠."

여자는 주저하다가 자리에 앉았다.

"제가 자세히 알아보지는 않았지만, 그래도 병원비가 제법 나오겠던데요."

"예, 뭐 생각보다는 그럴 것 같더라고요."

병원비 이야기를 하자 여자의 표정이 더 어두워졌다.

"지금 소송을 하지 않겠다는 이유가 돈 때문에 그러시는 건가요?"

"뭐… 그런 것도 있고……."

사실은 그게 큰 것 같았다. 최소한 몇백만 원을 수임료로 내야 하니 그게 부담스러운 것이다. 그리고 그 돈을 내도 이길 수 있을지 없을지도 모르고. 게다가 돈을 받는다고 해도 시간이 얼마나 걸릴지도 모르는 일.

소송을 몇 년 정도 끄는 건 아주 우습다. 그러니 일반인으로서는 하고 싶지 않은 게 아니라 그럴 형편이 안 되는 거다. 그 사이에 받게 되는 정신적인 스트레스도 엄청나고 말이다.

"그러면 이렇게 하시죠. 그러면 서로가 만족할 만한 상황이 될 것 같네요."

혁민의 말에 여자와 위지원 변호사가 다 귀를 기울였다.

"그러면 수임료를 조금 낮추면 어떻겠습니까? 대신에 성공 보수를 조금 올리고요."

혁민은 그렇게 이야기를 하고는 둘의 눈치를 살폈다. 여자는 조금 망설이는 눈치였고, 위지원 변호사는 그런 건 상관없다는 표정이었다.

위지원 변호사의 반응이야 예상한 대로였다. 사무실에서 이야기할 때부터 이 사건을 맡고 싶어 하는 기색이 역력했으니까.

"괜찮겠네요. 그러면 부담이 줄어드시니까."

위지원 변호사는 흔쾌히 그렇게 이야기했는데, 그러자 여자는 조금 고민이 되는 듯했다. 당연한 것이 이렇게 되면 변호사도 승소해야 자신이 챙길 게 많아지니까 열심히 할 것 아닌가. 그런 생각이 드니 소송을 할까 말까 고민이 되는 거였다.

하지만 쉽게 결정을 내리지 못하겠는지 우물쭈물하다가 다시 생각하고를 반복했다.

'무슨 다른 문제가 있나?'

혁민의 생각에는 이 정도면 제안을 받아들여도 이상하지 않은데, 결정을 못 하는 걸 보니 무언가 다른 이유가 있는 듯했다. 게다가 여자의 생각이 너무 길어지는 것 같기도 해서 질문을 던졌다.

"보험사에서는 뭐라고 하던가요?"

"예? 보험사에서요?"

보험사에서는 별다른 이야기는 듣지 못했다. 조사할 게 있어서 시간이 좀 걸린다는 식으로만 이야기했으니까. 약간 겁을 주기는 했다. 만약이라는 말을 붙이기는 했지만, 문제가 있는 경우에는 보험금을 받지 못할 수도 있다고.

보험사에서 한 이야기를 들은 혁민은 보험금을 쉽게 주지는 않을 것 같다는 느낌을 받았다. 아닐 수도 있지만, 일단 간을 본 것 같았다. 진짜 피해자인지 아닌지도 살펴보지만, 잘 어르고 달래서 보험금을 후려칠 수 있는 종류의 사람인지도 살피는 것이다.

그렇게 해서 나가는 보험금을 줄일 수 있으면 보험사로서는 이득이니까.

"정 어려우시면 할부도 가능해요."

위지원 변호사는 한 번에 목돈을 내는 게 부담스러우면 나누어 내도 된다고 말했다. 그래도 여자는 여전히 고민했다.

혁민은 여자의 반응을 보고 돈이 문제가 아니라는 걸 깨달았다. 위지원 변호사를 믿지 못하는 거였다.

'어떻게 해서든 보험금은 받고 싶은 거지.'

그래서 변호사 사무실에 온 것이다. 그리고 아마도 위지원 변호사의 사무실 말고 다른 변호사 사무실도 몇 군데 들렀을 것이다. 어떻게 하는 게 좋은지 알아보기 위해서. 물론 비용도 알아보고.

이야기를 들어보니 보험사에서는 은근히 겁을 주면서 분위기를 만들어가고 있었다. 조금 있으면 협상을 하러 올 것이다. 원래 약정된 금액에서 팍 후려친 금액을 제시하면서.

그러면서 그걸 받아들이지 않으면 소송에 들어갈 것이고, 보험 사기로 고발하겠다고 은근히 위협을 할 것이다. 그리고 여자는 이 모든 걸 다 알고 있을 것이다. 여러 변호사 사무실에서 이런저런 이야기를 들었을 테니까.

'그렇다면 변호사를 선임하기는 할 생각인 것 같은데……'

제법 이름 있는 변호사를 쓰려면 돈이 어마어마하게 들 테니까 그러지는 못할 것이다. 누누이 경제적으로 어렵다는 이야기를 했으니까. 그리고 병원비를 부담스러워하는 상황으로도 그런 사실을 알 수 있었다.

'그러니까 고만고만한 변호사 중에서 그나마 가장 괜찮은 변호사를 고르겠다 이거네.'

하기야 위지원 변호사가 신뢰가 가지는 않을 것이다. 이제막 연수원 졸업하고 개업한 초짜 변호사. 사건을 아직 한 번도 해본 적 없고, 나이도 20대 후반 정도로 보이니 선뜻 맡기기에는 무리가 있었다.

"일단 생각을 좀 해보시죠. 아무래도 남편분이나 자제분들하고도 얘기는 해보셔야 할 것 아닙니까. 그렇게 하시고 내일 다시 이야기하는 걸로 하시죠."

그렇게 말하고는 혁민은 자리에서 일어섰다. 위지원 변호사는 갑자기 혁민이 일어서자 어떻게 해야 하는지 몰라서 엉거주춤하게 있었는데, 혁민은 웃으면서 인사를 하고는 그녀에게 눈짓을 주고는 밖으로 나왔다.

위지원 변호사는 급하게 혁민의 뒤를 따라 나왔는데, 갑자기 왜 이러는지 영문을 몰라 어리둥절한 표정이었다.

"갑자기 무슨 일이죠? 얘기하다가 말고 그냥 끝내고 나오고……."

"그대로 있었다가는 바로 거절할 것 같은 분위기라서요."

그 말을 듣자 위지원 변호사는 또 엉뚱한 소리를 했다.

"아! 그러면 수임료도 나중에 받는다고 할 걸 그랬나?"

정말 이 사건을 맡고 싶기는 한 모양이었다. 하지만 인간관계나 세상 물정에 대해서는 아무것도 모르는 철부지였다.

"아마 그렇게 해도 쉽지 않았을 겁니다."

"왜요? 지금 그분들 형편이 어려워서 그런 거 아닌가요?"

그건 핑계였다. 그래도 변호사 사무실까지 가서 상담도 받고 그 변호사가 신경도 많이 써주었는데, 대놓고 다른 데다 맡기겠다고 하는 건 좀 그렇지 않은가. 그래서 그런 핑계를 대는 것이다.

여자가 망설인 건 고민을 한 게 아니었다. 말을 꺼내기가 어려웠던 것이다. 위지원 변호사가 이래저래 신경을 많이 써주어서 미안한 마음에 말을 꺼내지 못하고 있었던 거다.

"그것보다는 이쪽을 신뢰하기 어려워서 그러는 것 같던데요."

"그래요? 그럼 소송은 포기하시려나?"

역시나 순진한 사람이었다. 다른 변호사 사무실을 돌아다녔다는 것도 아마 생각하지 못하고 있을 것이다.

"그래도 수임료 받는 걸 조금 늦추거나 하면 사건 맡는 데 도움이 좀 되지 않을까요?"

"음… 제 생각입니다만, 앞으로 이런 일이 있더라도 그렇게는 하시지 않는 편이 좋을 것 같습니다."

"왜요?"

위지원 변호사는 엉뚱했지만, 호기심도 많았다.

'에디슨 과네, 에디슨 과. 어렸을 때 병아리 부화시킨다고 집에 있는 달걀 품었을 수도 있었겠어.'

혁민은 그렇게 생각하면서 자기 생각을 말해주었다.

"아닌 건 아닌 거거든요. 사건을 맡겠다고 하는 의지는 잘 알겠는데, 그런 식으로 하면 상대가 오히려 믿지 못할 수도 있어요. 실력이 없으니 가격으로 승부하는구나 이렇게 말이죠."

"웅… 그럴 수도 있겠네요. 그래도 사건을 꼭 하고 싶을 때는요?"

혁민은 웃으면서 말을 이었다.

"자기가 하고 싶은 대로 전부 하면서 살 수는 없어요. 억지로 하려고 하면 오히려 일을 망치는 경우가 더 많습니다. 때로는 포기할 줄도 알아야죠."

위지원은 고개를 끄덕였다. 하지만 그래도 사건을 맡고 싶으면 어떻게 하느냐고 물었다.

"그래도 맡고 싶으면요?"

"예, 정말 하고 싶을 때도 있잖아요."

"뭐, 그러면 조금 전략적으로 움직일 필요가 있죠."

혁민은 상대방이 무얼 원하는지를 먼저 알아야 한다고 말했다.

"사실 그래서 검사를 하다가 변호사 개업하는 사람이 사건 수임하는 게 가장 유리해요. 왜 그런지는 아시겠죠?"

"아! 검사들은 계속해서 사람을 상대하니까 그러는 거구나. 어쩐지 검사 출신 변호사가 돈 잘 번다고 그러더라고요."

위지원 변호사는 그런 것도 다 연관이 있는 게 신기하다고 중얼거렸다.

"뭐 다 그런 건 아니겠지만, 아무래도 사람을 어떻게 상대해야 하는지 잘 아니까 수임하는 데는 유리하죠. 의뢰인의 어디를 어떻게 찌르고 건드려야 내가 원하는 대로 움직일지를 다른 사람들보다야 잘 알 테니까요."

검사가 사무실에 피의자나 참고인을 불러서 하는 일이 그런 거 아니겠는가. 자신이 원하는 대답을 들으려면 어떤 식으로 사람을 요리해야 하는지 자연스럽게 알 수밖에 없는 직업이니까.

판사는 기록을 위주로 살피게 되니 사람과 직접적으로는 맞닿아 있지 않다. 그래서 사건을 수임하고 수임료를 받아내고 하는 것에 익숙하지 않다. 당연한 거 아니겠는가. 가만히 앉아서 들어오는 사건만 처리하면 되었으니까.

하지만 변호사가 되면 완전히 다르다. 그래서 검사 출신이 적응을 잘하는 편이다. 능숙하게 의뢰인과 딜을 하면서 말이다.

"그래서 저는 이용당하지 말고 이용하라고 말하고 싶네요."

"이용당하지 말고 이용해라?"

"예. 사람을 이용하는 게 뭐 나쁜 쪽으로 그러라는 게 아니라 휘둘리지 말고 자신이 주도권을 가지고 이끌라는 겁니다."

위지원은 혁민의 이야기를 귀담아들었다. 지금까지 자신에게 이런 이야기를 해준 사람은 처음이었기 때문이었다.

최근에는 사법연수원에서의 경쟁이 엄청나게 치열했다. 연수원생의 수가 급격하게 늘어나면서 변호사의 수가 엄청나게 늘었기 때문이었다. 다들 판사나 검사로 임관하고 싶어 하는 건 당연한 일.

그래서 연수원에서 별난 일이 다 있었다. 시험을 보다가 누가 부정행위를 했다고 교수에게 고발하는 일까지 일어나서 교수들이 원래는 이런 곳이 아니었다면서 혀를 찰 정도였다.

"주도권……."

서로 경쟁자이다 보니 이야기를 잘 해주지 않았다. 그건 선배도 크게 다르지 않았다. 일반적으로 누구나 알 수 있는 이야기는 잘 해주었지만, 정말 자신에게 도움이 되는 말이라는 느낌은 받지 못했다.

그런 목마름을 우연히 알게 된 혁민이 해주고 있었다. 위지원 변호사는 역시나 경험이 중요한 거라고 생각하면서 혁민의 이야기를 경청했다. 그리고 혁민은 내일 어떤 식으로 해야 좋을 것 같다고 말해주었다.

"그런 것보다 내일 만나서는 수임료 이야기는 하지 마세요."

"예? 그럼 무슨 이야기를 해요?"

"그 사람들이 원하는 건 돈 이야기가 아니거든요. 저 같으면 이런 식으로 이야기할 것 같아요."

혁민은 걸어가면서 위지원 변호사에게 이야기했다.

* 　* 　*

　"그러니까 그쪽에서는요, 이대로 가면 채무부존재확인소송을 걸 거예요. 보험금 주지 않아도 된다는 걸 법원에서 인정해 달라. 이런 소송이거든요."

　다음 날, 위지원 변호사는 피해자 가족들과 만난 자리에서 이야기를 잘 풀어나갔다.

　"거기다가 보험 사기로 고발한다고도 할 거구요."

　남편이 고개를 끄덕였다. 이미 알고 있는 이야기였으니까.

　"마디모 프로그램도 신청했다고 하니까 그 결과를 기다리고 있을 거예요."

　"예? 마디모 프로그램이요?"

　가족들이 모두 그게 뭐냐는 표정으로 위지원 변호사를 바라보았다.

　"자동차 사고를 시뮬레이션할 수 있는 프로그램인데요……."

　마디모는 네덜란드 응용과학기술 연구소에서 개발한 교통상해 사고 감정 프로그램이다. 'MAthematical DYnamic MOdels'의 앞 글자를 따서 마디모(MADYMO)라고 부르는데, 아직은 널리 알려지지 않은 상황이었다. 2008년에 국과수에 도입되었는데 2010년에 의뢰 건수가 32건밖에 되지 않을 정도였다.

　경찰이나 보험사에서도 이것을 아는 사람이 많지 않은 상황이니 일반인이야 오죽하겠는가. 위지원 변호사는 보험사에서 어떻게 나올 것이라는 걸 대략 설명했다.

"그러면 그런 거 가지고 보험금을 후려칠 거라는 말씀이시죠?"

지금까지와는 달리 남편이 먼저 질문을 했다. 여태까지는 주로 아내가 말을 하고 다른 사람들은 듣고만 있었는데, 위지원 변호사가 다른 곳에서는 듣지 못한 이야기도 해주니 궁금한 것들이 좀 생긴 모양이었다.

"보험사에서야 가능하면 보험금을 내주지 않는 방향으로 할 거예요. 자기들 유리한 증거만 가지고 주장을 하겠죠."

"맞습니다. 그런 놈들 하는 게 다 똑같아요. 에이 드러운……."

남편은 화가 난다는 듯 짜증을 내면서 혀를 찼다.

"그런데 이게 뒤에서 사고가 난 차량 둘은 정말로 사기일 가능성도 있거든요. 그래서 이게 좀 복잡할 수가 있어요."

위지원 변호사는 혁민에게서 들은 이야기를 잘 써먹었다. 전체 손실된 고급 외제 차량을 사다가 번호 세탁을 한 후에 하는 사기부터 미수선 수리비 이야기까지 쭉 풀어놓았다.

"아아! 정말 별난 게 다 있네요. 그런데 변호사님이 그런 쪽으로 굉장히 잘 아시네요?"

"제가 아는 것보다 도와주시는 분이 계시거든요. 그분이 그쪽으로 아주 전문가세요."

가족들이 다 고개를 끄덕였다. 사실 위지원 변호사가 자기가 아는 척을 했으면 오히려 역효과가 났을 것이다. 나이로 보나 경험으로 보나 그런 분야를 잘 알기에는 좀 무리가 있었으니까.

하지만 조력자가 있는데 그 사람이 전문가라면야 충분히 이해가 되는 상황이었다. 남편은 다시 위지원 변호사에게 물었다.

"그러면 그분이 사건 관련해서는 도움을 주시나 보군요."

"예. 이번 사건이 해결될 때까지 도움을 주시기로 하셨어요. 전문적인 부분은 그분이 도움을 주시고, 법률적인 건 제가 진행하는 거죠. 아무래도 이런 소송은 전문적인 지식이 있어야 하거든요."

당연한 말이다. 이제까지 그런 모습이 전혀 없어서 위지원 변호사에게 사건을 맡기지 않으려고 했던 거 아닌가. 하지만 이제는 상황이 바뀌었다. 다른 변호사보다 위지원 변호사에게 맡기는 게 더 나아 보였다.

'돈을 더 많이 주면 정말 이름 있는 변호사에게도 맡길 수 있겠지. 하지만 수임료로 천만 원 넘게 낼 여력은 없으니…….'

남편은 실익을 잘 따져 보았다.

'쓸 돈은 한정되어 있고, 개중에서 누구에게 맡기느냐가 문제였는데…….'

위지원 변호사는 남편이 생각하는 동안 아내하고 이야기를 나누었다.

"혹시 사고 났을 때 사진 같은 거 찍은 거 있으세요?"

"사진이요? 저희가 찍은 건 없고, 경찰도 찍고 보험사에서 와서 찍어갔는데……."

"혹시 다른 목격자나 다른 사람이 사진을 찍거나 하지는 않았고요?"

"글쎄요? 저는 경황이 없어서… 그런데 그건 왜 그러시죠?"

위지원 변호사는 혹시 모르는 일이라서 일단 최대한 증거를 모으는 거라고 했다. 그리고 그렇게 이야기를 마치고 그녀가 돌아가고 난 후, 남편이 아내에게 이야기했다.

"저분한테 맡기는 게 좋지 않겠어?"

"그러게요. 나이가 어려서 좀 그럴 줄 알았는데, 그래도 가장 나을 것 같죠, 여보?"

"나이가 뭐 대순가. 나이도 제대로 먹어야지. 지저분하고 더러운 술수만 배운 것들도 얼마나 많은데."

남편은 버럭 화를 냈다. 그리고 가족은 사건을 위지원 변호사에게 맡기려고 했다. 그런데 그때 보험사 직원이 그들을 찾아왔다.

"잠깐 얘기 좀 나누시죠."

보험사 직원은 만면에 미소를 띤 채로 그들에게 이야기했다.

보험사 직원은 이야기하면서 두 사람의 반응을 유심히 살폈다.

"그러니까 이 정도 금액까지는 가능하다는 얘기죠?"

보험사 직원은 협상 카드를 내밀러 온 거였다. 약관에 정해져 있는 금액보다는 적었지만, 당장 숨통은 트일 수 있는 그런 액수.

　"이게 말이 되는 거야? 아니 우리는 피해자라고 피해자. 그런데 왜 보험금을 못 주겠다는 건데? 이거 보험사가 이렇게 나와도 되는 거야?"

　아내가 제시한 금액에 관심을 보이는 데 반해 남편은 버럭 성을 냈다. 보험사 직원은 특히 남편의 반응을 자세히 살폈다. 보험사에서 의심하고 있는 건 바로 남편이었기 때문이었다.

　남편은 얼마 전에 보험을 하나 더 들었다. 경제적으로도 여유가 없는 상황인데도 말이다. 누가 봐도 의심스러운 상황 아닌가.

　"저는 원만한 합의점을 찾기 위해서 온 겁니다. 잘 생각해 보시죠."

　"아니, 이 양반이. 보험을 든 사람이 사고가 나면 보험금을 받는 게 당연한 거지. 합의가 뭐가 필요하냐고. 안 그래?"

　남편은 목소리를 키우면서 삿대질을 했는데, 보험사 직원은 태연한 얼굴이었다. 항상 겪는 일이었기 때문이었다. 남편이 흥분해서 난리를 치자 아내가 뜯어말리면서 이야기했다.

　"아유, 좀 가만히 있어봐요. 저기, 만약에 이대로 하겠다고 하면 돈은 언제 받을 수 있는 거예요?"

　"합의만 되면 바로 드릴 수 있습니다. 결재를 받아야 하니까 당일에는 좀 어려울 수도 있고, 다음 날에는 받으실 수 있죠."

돈이 바로 나온다는 말에 아내는 관심을 보였다. 하지만 남편은 웃기는 소리 하지 말라면서 전부 내놓는 게 당연한 거라고 이야기했다.

이야기는 조금 더 진행되었지만, 결론은 나지 않았다. 부부가 의견 일치를 보지 못했기 때문이었다. 보험사 직원은 이번 주까지 답변을 달라고 이야기했다.

"저희도 그러고 싶지는 않지만, 이번 주까지 답변이 없으시면 아까 말씀드린 절차대로 진행될 겁니다. 시간이 조금만 늦어도 돌이킬 수 없으니까 주의하시구요. 이게 자동적으로 제 손을 떠나서 다른 담당자한테 넘어가거든요."

보험사 직원은 친절하고 자세하게 또박또박 설명했다.

"정말 고소하고 그렇게 진행된다는 말인가요?"

아내는 걱정된다는 듯 물었다.

"아마도 그렇게 될 겁니다. 그러니까 그런 짐 충분히 생각해 보시고 연락 주세요. 저도 좀 더 챙겨 드릴 수 있는 방법이 있는지 알아보겠습니다."

보험사 직원은 자신은 누구의 편도 아니라면서 이야기했다.

"저도 회사에서 일하지만, 가족이 있는 사람 아닙니까. 저는 시스템이 어떻게 돌아가는지 잘 아니까 이런 말씀 드리는 거예요. 저야 보험금이 얼마 나가든 무슨 상관이 있겠어요. 제 돈이 나가는 것도 아닌데요."

직원은 절대로 자신이 이런 이야기를 했다는 걸 다른 사람에게는 말하면 안 된다고 신신당부했다. 아주 상냥한 얼굴로.

하지만 그는 부부와 헤어지고 나자마자 표정이 확 바뀌었다. 무표정한 얼굴로. 그리고 걸으면서 바로 회사로 연락했다.

"예, 팀장님. 이야기는 전달했습니다. 예. 그렇죠. 역시 남편 쪽이 좀 수상하던데요?"

보험사 직원은 몇 가지 이야기를 팀장에게 말했다.

"확실하지는 않습니다. 아내 쪽에서는 그 정도라도 빨리 받고 끝내려고 하는데, 남편이 워낙 강하게 나와서 말이죠."

그는 그 점이 더 의심스럽다고 했다. 그렇게 돈을 더 받기를 원하는 걸 보면 무언가 사정이 있는 게 아닌가 싶었으니까.

ㅡ금액이 그렇게 큰 것도 아니니까 그냥 마무리되는 게 좋은데 말이지.

"그러게 말입니다. 그런데 그냥 감입니다만, 둘 다 쉽지 않을 것 같습니다."

직원이 친절하게 이야기를 한 건 사실 진심이 아니었다. 업무를 조금이라도 더 효과적으로 진행하기 위한 그만의 방식이었다.

ㅡ가족이 있는 몸이라고 했다고? 너 아직 결혼도 안 했잖아.

"사실이 뭐 중요합니까. 상대가 그렇게 믿으면 되는 거죠."

직원은 킥킥대며 웃었다.

ㅡ한 번 정도 더 찾아가. 이건 끌어봐야 좋을 것 없다고. 가서 어떻게든 합의를 해보라고.

"안 그래도 그럴 생각입니다. 금요일 오전에 약속을 잡으려고요."

의심스러운 점은 분명히 있었다. 남편이 사건이 나기 얼마 전에 상당한 금액의 보험을 새로 들었다는 점, 그리고 같이 사고를 당한 가족들보다 남편이 통증이 심하다고 호소하고 있다는 점 등이 의심스러웠다.

게다가 아직 공식적으로 받은 건 아니지만, 마디모 프로그램으로 시뮬레이션해 본 결과 남편은 부상 정도가 아주 가벼울 것이라는 결과가 나왔다. 그래서 보험 사기로 의심은 되었지만, 고소하기에 충분한지는 여러 증거를 놓고 검토를 해봐야 알 수 있다.

"이게 조사하고 소송 들어가고 하면 그게 다 돈이니까."

회사는 나름대로 원칙을 가지고 리스크 관리를 한다. 그냥 의심이 든다고 무조건 고발하고 소송을 할 수 있는 건 아니다. 어느 정도 증거가 있어야 그렇게 할 수가 있다. 그런데 그런 증거를 확인하고 소송을 하려면 그만큼 인력과 시간이 소모되고, 그건 다시 말하면 돈이 들어간다는 뜻이다.

보험 회사에서 이런 일이 얼마나 많겠는가. 의심 가는 사건이 거의 매일 나온다. 하지만 모든 사건을 조사할 수는 없다. 그래서 어떤 사건에 집중할 것인지 결정해야만 한다.

그래서 팀장은 이번 건은 적당한 선에서 마무리할 수 있으면 그렇게 하자는 방침을 정한 것이다. 자금과 인력을 들여 조사했다가 사기가 아니라면 골치가 아프게 되니까. 물론 중간에라도 결정적인 증거가 나온다면 이야기는 달라지겠지만.

"뭐 걸리는 게 없으니……."

보통은 관련자들 조회를 해보면 뭔가 걸리게 마련이다. 전과가 있거나, 과거 보험금 수령 내역이 과도하게 많은 경우가 그렇다.

보험 사기의 경우 여러 차례 반복해서 하게 되니까 자연스럽게 보험금을 여러 번 받게 된다. 그런 걸 조사해서 나오는 게 있으면 바로 조사하고 고소를 하게 된다. 그런데 이번 건은 그런 게 없었다.

하지만 그런 전력이 없다고 하더라도 보험 사기가 아니라는 말은 아니다. 경제적인 이유 때문에 아는 사람끼리 짜고 그런 일을 벌이는 경우도 허다하니까.

"그나저나 둘 다 합의를 할 것 같지는 않은데……."

이 일을 오래 하다 보니 감이란 게 있었다. 가운데 있는 고급 외제 차량이야 보험사가 다르니 자신이 상관할 바가 아니었고, 앞뒤 차량이 문제였다. 그런데 두 차량 모두 합의를 하지 않을 것 같았다. 그리고 둘 다 의심스러웠다.

"사기일 가능성이 높은데……."

보험사 직원은 아무래도 이번 일은 소송까지 갈 것 같다는 느낌을 받았다.

*　　　*　　　*

"사건을 맡기시겠다고요?"

"예. 잘 좀 부탁합니다."

피해자 가족 중에서 아내가 위지원 변호사 사무실로 찾아와 서는 소송을 하겠다고 말했다.

"그러면 바로 소송을 시작할게요."

위지원 변호사는 밝은 표정으로 이야기했지만, 아내의 표정은 그다지 좋지 못했다. 괜한 일을 벌이는 게 아닌가 싶은 그런 표정이었다.

"걱정하지 마세요. 제가 최선을 다하겠습니다."

하지만 아내의 얼굴은 여전히 어두웠다. 안 그래도 병원비 때문에 걱정이었는데, 변호사 수임료까지 나가야 하니 한숨이 절로 나왔던 것이다.

하지만 첫 소송을 하게 된 위지원 변호사는 신바람이 났다.

보험금지급청구소송은 일반적인 민사소송과 다를 바 없다. 받아야 할 보험금이 4천만 원가량 되니 단독판사 재판으로 진행될 것이다. 소가, 즉 소송을 통해서 받으려고 하는 금액이 1억 원 미만이면 단독판사 재판으로, 1억 원이 넘으면 합의부 재판으로 진행된다.

'판사를 잘 만나야 할 텐데…….'

단독판사 사건. 말 그대로 판사 한 명이 판결을 내리게 된다. 합의부 재판이야 부장판사와 상의를 거쳐서 판결을 내리게 되니 조금 덜하지만, 단독판사 재판의 경우 판사에 따라서는 다소 황당한 판결이 나오기도 한다.

그리고 상대 변호사도 중요하다. 노련한 변호사일수록 상대 변호사와 판사를 흔드는 능력이 뛰어나다. 그러니 상대 변호사가 어떤 전략을 들고 나오는지에 따라서 유연하게 대처할 수 있어야 한다.

"지금부터네요. 흐응~ 준비를 잘해야지."

위지원 변호사는 무척이나 기분이 좋은 듯 콧노래를 흥얼거렸다. 처음 데뷔하는 운동선수나 연예인과 비슷한 느낌일 것이다. 기대도 되고 두근거리기도 하지만, 약간은 걱정이 되기도 하는.

혁민은 나중에 증인신문을 할 때가 걱정되었다. 사실 증인을 제대로 신문해서 원하는 대답을 하게 만드는 일은 쉽지 않은 일이다. 처음 신문을 하는 사람은 자신이 무슨 말을 하는지도 모르고 횡설수설하다가 끝내는 경우도 있다.

'이거, 물가에 애 내놓은 그런 기분인데?'

소송을 진행하는 위지원 변호사보다 옆에서 보고 있는 혁민이 더 긴장되는 느낌이었다.

그리고 얼마 후, 소장이 접수되고 담당 판사와 상대 변호사가 누구인지 알게 되었다.

"이거 골치 아프게 되었는데?"

"뭐가요?"

혁민은 위지원에게 담당 판사와 상대 변호사에 관한 정보를 알려주었다. 담당 판사를 알아보니 상당히 보수적이고 친기업 성향을 가진 판사였다. 위지원 변호사로서는 좋을 게 없는 상황. 게다가 상대 변호사도 실력이 좋은 사람이었다.

위지원 변호사는 상대 변호사의 이름을 들어보았다고 하고
는 약간 의아해했다.

"어? 그 변호사분은 보험회사에 있는 분이 아닌데?"

"당연한 겁니다."

혁민은 사정이 어떻게 된 것인가를 설명해 주었다.

대형 보험사는 자체적으로 법무팀이 있다. 하지만 법무팀에
서 모든 소송을 수행하지는 않는다. 정확하게 말하면 할 수가
없다. 보험회사에서 하는 소송이 워낙 많기 때문이다.

"그래서 보통 자문 변호인단을 구성해 놓습니다. 숫자는 보
통 몇십 명 정도인데, 자체적으로 소화할 수 없는 경우 사건을
그들에게 배분하죠."

그렇게 하고 그 관리는 법무팀 변호사가 맡는 식으로 진행
한다. 배분하는 방식은 회사마다 조금씩 다른데, 기본적으로
는 순번을 정해서 한다. 개중에 특별한 사건이 있는 경우에는
특정 변호사가 맡기도 하고.

그런데 이번에 사건을 맡은 변호사는 증인신문에 상당히 강
점을 가지고 있는 변호사였다. 검사 출신인 그는 증인을 몰아
붙이는 데 일가견이 있었다.

"그런 변호사이니 나중에 소송에 들어가서는 그런 점에 주
의해야 합니다. 우리 쪽 증인은 짜낼 수 있을 때까지 짜려고
할 테니까요."

"그렇겠죠? 저기… 소송하는 데 증인신문이 중요하겠죠? 혁
민 씨는 증인신문 하는 거 많이 보셨겠네요?"

위지원 변호사는 궁금하다는 듯 물었다. 실제 재판 참관도 해보기는 했지만, 치열한 법정 공방과 증인신문을 하는 건 보지 못했으니까.

　"법정에 가보셨을 테니까 아시겠지만, 그렇게 치열하게 다투는 재판은 많지 않거든요. 대부분은 정말 지루하죠. 그냥 판사가 이 내용 맞죠? 이렇게 물어보면서 쓱쓱 넘어가는 경우가 대부분이니까요."

　주로 오전에 하는 재판들이 그렇다. 그나마 오후에 하는 재판은 조금 나은데 그래도 드라마나 영화에 나오는 것 같은 그런 장면은 거의 볼 수 없다.

　"하지만 아주 간혹 정말로 치열한 재판이 있습니다."

　혁민은 증인을 아주 혹독하게 몰아붙여서 울리는 것도 보았다고 이야기했다.

　"판사가 만류하는데도 계속하더군요. 그런데 그 정도가 되면 문제가 생깁니다."

　"어떤 문제요?"

　"증인의 멘탈이 나가 버리면 정상적으로 사고를 할 수가 없게 되거든요."

　그렇게 되면 진술이 오락가락하게 된다. 그러면 그 점을 지적하면서 상대에게 유리한 증언을 무력화시킨다.

　"법정에서는 법리적인 다툼만 있는 게 아닙니다. 소송의 스킬도 중요하죠."

　"저도 듣기는 했어요. 그런데 직접 해본 적은 없어서……."

"누구에게나 처음은 있는 겁니다. 해보기도 전에 걱정부터 할 건 없지 않을까요?"

혁민의 말에 위지원 변호사는 맞는 말이라면서 웃었다.

"혁민 씨는 꼭 저희 할아버지 같으세요. 아니, 저기… 외모가 그렇다는 게 아니구요."

위지원 변호사는 말을 해놓고 당황해서 손사래를 쳤다.

"제가 말을 고리타분하게 해서 그런 소리 많이 듣습니다."

"그렇죠? 아니… 고리타분하다는 게 아니라요……."

위지원 변호사는 같은 말이라도 무언가 깊이가 있는 것 같고, 와 닿는 느낌이 있는 그런 말을 많이 한다고 이야기했다.

"그런데 어디선가 본 것 같은데… 정말 우리 만난 적이 없었나요?"

"예. 제 기억으로는 없네요. 혹시 비슷한 사람하고 헷갈리시는 거 아닌가요?"

"그런가? 이상하네. 이름도 익숙한 것 같고……."

그렇게 고개를 갸웃거리다가 그녀는 자신의 자리로 돌아갔다. 혁민은 지금이라도 자신이 연수원 선배라는 걸 말할까 하다가 그만두었다.

그런 것보다는 지금처럼 그냥 보험 사건 전문가 정도로 오해하는 게 여러모로 편했다. 변호사라는 게 밝혀지면 분명히 껄끄러운 면이 있을 테니까.

'그리고 소송의 스킬만 필요한 게 아니지.'

보험사와 같이 힘이 있는 상대와 싸울 때는 법적인 것 외의

요소도 필요하다. 법적인 것만 가지고는 어떻게 할 수 없는 괴물들이기 때문이다.

'하지만 아직 변호사로서 법정에 서본 적도 없는 초보에게 그런 것까지 말하는 건 무리겠지.'

그런 것도 필요하다는 걸 결국에는 알아야 한다. 하지만 지금은 그런 걸 이야기해도 소용없을 것이다. 그런 건 들어서 깨달을 수 있는 게 아니니까. 들어봐야 의미도 제대로 모른 채 잠깐 기억했다가 잊어버리게 될 것이다.

자신이 직접 경험해 봐야 뼈에 새겨진다. 그리고 아마도 이번에 위지원 변호사는 그런 경험을 하게 될 것이다.

위지원 변호사는 혁민이 그런 생각을 하고 있다는 건 모른 채, 책상에 앉아서 무언가를 열심히 하고 있었다. 아마도 법원에 제출할 준비서면 작성을 하고 있을 것이다.

'이용당하지 말고 이용해라. 주도권을 가지고 나의 페이스로 상대를 끌어들여라. 잘 기억하라고, 후배. 어떤 말인지 곧 알게 될 테니까.'

*　　　*　　　*

"예, 형사님. 아유, 제가 감사하죠."

혁민은 조사를 전문적으로 하는 사람은 아니다. 운전 겸 경호를 맡은 배인수의 도움을 받고 있기는 했지만, 그래도 무언가 부족한 것 같아서 김준복 형사에게 연락해서 도움을 청했다.

김 형사가 연락하고 나니 사건을 조사했던 경찰을 비롯한 경찰서 사람들의 태도가 벌써 달랐다. 전에는 소가 닭 쳐다보듯 무관심하고 조금은 퉁명스럽기까지 했는데, 이제는 제법 친근하게 대해주었다.

아마도 위에서 찍어 눌렀으면 이런 반응이 오지는 않았을 것이다. 아는 정보야 제공했겠지만, 속으로는 툴툴거렸을 것이다. 하지만 동료라고 할 수 있는 사람의 부탁이다 보니 아무래도 마음이 조금이라도 더 쓰이는 모양이었다.

"그러니까 바로 뒤에 있던 차량에서 사람이 내려서 사진도 찍고 그랬다는 거죠?"

"아, 그렇다니까. 그런데 그건 왜 물어보는 거유?"

"뭐 특별한 이유가 있어서 그러는 건 아니구요, 그냥 혹시 몰라서 알아두려는 거죠. 그런데 그 차량이나 사람 정보는 없나요?"

"그거야 우리는 모르지. 사고하고 관련이 있는 사람도 아니고……."

혁민은 원하는 내용을 모두 듣고는 감사하다며 인사했다.

"제가 이번 주에 저녁 한번 사죠. 한잔 좋죠?"

"아이구, 그렇게까지 할 거 없는데……."

경찰은 됐다고 하면서도 술 생각이 나는지 아주 거절하는 표정은 아니었다.

"무슨 말씀이세요. 이렇게 알게 된 것도 인연인데… 제가 연락드릴게요."

"정 그렇다면야 뭐… 알았어. 연락하면 그때 보자고."

혁민은 그렇게 경찰과 헤어지고 바로 변호사 사무실로 향했다. 그리고 가는 도중에 전과는 느낌이 조금 다르다고 생각했다.

전에 한성철의 변호를 하면서 경찰과 함께 조사할 때는 여유가 없었다. 오로지 사건, 증거, 단서. 이런 것에만 집중하다 보니 시야가 아주 좁았던 것 같았다. 하지만 지금은 그렇지 않았다.

조금 떨어져서 전체적인 그림을 보는 그런 느낌이랄까. 그리고 무엇보다도 사람을 상대하는 거나 여러 면에서 여유가 있었다.

"조사하신 건 좀 성과가 있나요?"

"특별한 건 없는 것 같은데요?"

혁민은 의뢰인 인터뷰도 하고 사건 현장에 나갔던 경찰과 이야기한 내용을 들려주었다.

"그나저나 변론준비기일 준비는 잘되어가나요?"

혁민의 말에 위지원 변호사의 눈이 초롱초롱해졌다. 자신의 첫 사건. 처음으로 판사와 상대 변호사를 만나서 이야기를 나누는 자리였으니까.

"준비는 한다고 했는데 잘할지는 모르겠어요. 좀 떨리기도 하고."

그렇게 이야기하면서도 그녀는 무척 기대되는 듯했다.

혁민은 자신이 도울 건 없느냐고 물었는데, 위지원 변호사는 고개를 저었다.

"법리적인 부분은 제가 알아서 해야죠. 혹시라도 전문적인 부분에서 막히는 게 있으면 여쭤볼게요."

그러면서 좀 이상하다고 중얼거렸다.

"뭐가 그렇게 이상한데요?"

"아무리 봐도 보험 사기로 보기에는 문제가 있거든요."

위지원은 이해가 잘 안 된다는 투로 이야기했다. 사실 의뢰인에게 다소 의심쩍은 부분이 있기는 했지만, 보험 사기라고 보기에는 많이 부족했다.

"이게 보험사에 입증책임이 있거든요. 그러니까 보험사에서는 우연성을 조각하는… 아, 그러니까."

위지원 변호사는 말을 하다가 멈칫했다. 법률적인 용어를 혁민이 알아듣지 못할까 싶어서 그런 거였다. 혁민은 그런 눈치를 채고는 속으로 웃지 않을 수 없었다.

'이봐, 지금 포크레인 앞에서 삽질하는 거야.'

하지만 자신의 정체를 모르고 있으니 굳이 티를 낼 건 없었다.

"조각과 같은 법률 용어 정도는 저도 익숙합니다."

혁민은 사건을 많이 다루어봐서 괜찮다고 했고, 위지원 변호사는 수긍하고는 말을 이었다. 결론은 보험사에서 그걸 입증하기가 어려울 것 같다는 거였다.

"그런데 이러면 굳이 소송까지 갈 필요는 없는 것 같은데……"

심증은 있는데, 물증은 없는 상황. 그리고 그 심증도 어디까지나 의심에 불과한 거였다. 보험 사기라는 결정적인 증거는 없었다.

"최근에 보험을 새로 들었다는 게 좀 걸리기는 하지만, 보험을 든 것 자체가 죄는 아니잖아요. 그리고 사고 난 사람들과 아는 사이도 아니고."

"그건 그렇죠. 남편도 전혀 모르는 사람들이라고 했으니까요. 하지만 원래 이런 겁니다."

혁민은 왜 그런지 이야기를 해주었다. 일단 보험금을 지급해 달라는 소장이 접수되면 법원은 보험사에 소장을 송달한다. 그러면 보험사에서 답변서를 보내는데, 특별한 경우가 아니면 일단 부인하는 답변서를 제출하게 된다.

보험사가 보험금의 지급을 보류했다는 건 무언가 문제가 있다는 것이다. 그렇지 않은데도 지급을 미뤘다가는 더 큰 문제를 야기할 수도 있으니 보험사에서도 그 부분은 신중하게 접근한다.

예전이라면 또 모른다. 몇 사람 입만 잘 막으면 널리 퍼지지 않았으니까. 언론만 잘 관리하면 되었다. 하지만 요즘이 어떤 세상인가. 인터넷이 발달한 이후로는 상황이 완전히 바뀌었다. 하지만 피해자가 보험금지급청구소송을 하게 되면 문제가 조금 달라진다.

"어지간하면 소송을 합니다. 질 것 같아도 말이죠."

"예? 질 걸 알면서도 소송을 왜 해요? 돈도 많이 들 텐데……."

"소송까지 가지 않으면 더 큰 걸 잃는다고 생각하니까요."

쉽게 말해서 우습게 보이면 안 된다는 생각을 하는 거다. 만약 보험금 지급이 보류되었을 때 소송만 하면 빨리 돈을 받을 수 있다는 식으로 소문이라도 나면 너도나도 소송을 걸 것이다.

경영진은 그러면 회사의 부담이 더 커진다는 생각을 하는 거다. 그래서 소송을 걸어오면 결국에는 돈을 주더라도 쉽게는 받지 못한다는 인식을 심어주려고 한다. 그래야 쉽게 소송을 걸지 못할 테니까.

"상황을 자신들의 뜻대로 끌고 가겠다는 의지를 보여주는 겁니다."

"그런 걸 의지라고 하나요? 꼬장 부리는 것처럼 보이는데요?"

위시원 변호사는 코웃음을 치면서 말했는데, 혁민도 그 말에는 동의했다. 그걸 꼬장이라고 해야 할지 다른 말로 불러야 할지는 모르겠지만, 결국에는 자기들 마음대로 하겠다는 거다.

내가 하자는 대로 따라오지 않으면 돈을 받더라도 아주 힘들게 받아. 그러니까 공연히 소송 같은 거 할 생각하지 말고 내가 하자는 대로 따르고, 내가 하는 말을 얌전하게 받아들이기만 해. 이런 자세를 강요하는 거다.

"보험을 들 때하고 보험금을 받을 때가 완전히 다르네요."

"회사가 이익만 생각하게 되면 그렇게 되는 거죠. 가능한 한 많은 돈을 거두어들이고, 나갈 돈은 최소한으로 하고.”

“그런가요? 조금 슬프네요. 세상이 그렇다는 거 모르는 건 아니었지만, 이렇게 자세하게 알게 되니까 마음이 좋지는 않네요.”

위지원 변호사는 씁쓸한 표정으로 이야기했다.

‘이 정도는 정말 양호한 거야. 정말 세상이 어떤지 알고 나면 기가 막힐 노릇이지. 그러니까 드라마나 영화보다 세상이 더 시궁창이라고 하는 거겠지만.’

둘은 잠시 이야기를 더 나누다가 각자 일을 하기 위해서 자리로 움직였다. 혁민은 오늘 내용을 정리해서 주겠다고 하고는 노트북을 펼쳤고, 위지원 변호사는 내일 있을 변론준비기일 관련 서류를 다시 살펴보기 시작했다.

혁민은 자료를 정리하다가 슬쩍 위지원 변호사를 쳐다보았다.

‘덜렁대는 성격이라서 조금 불안한데…….’

하지만 그건 그녀가 감당해야 하는 몫이다. 걱정을 해봐야 소용없는 일.

혁민은 다시 고개를 숙이고 자료를 정리하는 일에 집중했다.

*　　*　　*

변론준비기일은 소송의 쟁점을 정리하는 날이다. 조정실이나 판사실에서 양측 변호사가 참석해서 그 점에 대해 합의를 하게 된다.

위지원 변호사는 판사와 만나기로 한 조정실 앞에서 숨을 골랐다.

"후우~"

누구에게나 처음이란 건 떨리는 일이다. 괜찮다고 마인드 컨트롤을 하면서 왔지만, 막상 조정실 앞에 서니 심장이 방망 이질 쳤다. 하지만 조정실 앞에서 계속 서 있을 수도 없는 일.

그녀는 노크하고는 안으로 들어갔다.

"어서 오세요."

조정실에는 이미 판사와 상대 변호사가 도착해 있었다.

"죄송합니다. 제가 늦었습니다."

위지원 변호사는 당황한 목소리로 말하고는 시간을 확인했 다. 하지만 정해진 시간은 아직 10분이나 남아 있었다.

"아닙니다. 우리가 조금 먼저 온 거예요. 늦으신 게 아닙니 다."

흰머리가 여기저기 보이는 변호사가 이야기했다. 그는 무척 이나 인자한 표정으로 이야기를 했는데, 나이는 40대 중후반 정도로 보였다. 그리고 판사는 30대 중반 정도로 보였고.

위지원 변호사는 처음부터 조금 주눅이 들었다.

나이나 연륜이나 모든 면에서 자신이 가장 뒤처지는 상황인 데, 약속 장소에 가장 늦게 도착했으니 더욱 위축된 거였다.

"아, 그러셨군요. 제가 의정부지원에 있을 때 부장님이셨거든요."

"저랑 연수원 동기라서 가끔 연락은 합니다. 아시겠지만, 다들 바빠서 서로 보는 건 쉽지가 않더군요."

둘은 위지원 변호사가 오기 전에도 이런저런 이야기를 하고 있었던 듯 친근하게 말을 섞었다. 위지원 변호사는 꿀 먹은 벙어리처럼 그런 모습을 구경만 하고 있었고.

그러다 상대 변호사가 시계를 보더니 판사에게 이야기했다.

"이거 시간이 되었으니 시작하시면 될 것 같습니다."

"아, 그럴까요?"

판사는 자신은 격식 같은 거는 크게 구애받지 않으니 편안하게 이야기를 하자고 하면서 이야기를 시작했다.

"사실 특별히 이야기할 것도 없을 것 같은데 말입니다."

"우연성을 조각하는 고의에 의한 자손행위라는 것을 보험사가 입증해야 합니다."

판사의 말에 위지원 변호사가 만약 보험사가 보험 사기를 주장한다면 그 사실을 입증해야 한다고 이야기했다.

그러자 상대 변호사가 말을 받았다.

"면책 사유 입증책임이 있다는 거야 당연한 거겠죠. 그런데 판사님. 시간을 조금 더 주셨으면 합니다."

상대 변호사는 조사할 시간이 더 필요하다고 이야기했다.

"무슨 조사를 하는 건가요? 구체적인 내용을 들어봐야 결정할 수 있을 것 같군요."

"사건과 관련된 증거자료 수집입니다."

상대 변호사는 증거를 찾기 위함이라고 이야기했다.

"원고가 보험 사기와 관련이 있다는 걸 입증하기 위한 증거입니다."

"음… 그렇다면 2주 시간을 더 드리겠습니다."

상대 변호사가 감사하다는 인사를 했고 그렇게 자리는 마무리되었다.

위지원 변호사는 허탈했다. 기껏 준비해서 왔더니 말 몇 마디 하고는 연기가 되었으니까.

"어땠어요?"

사무실로 돌아와서 소파에 털푸덕 쓰러진 위지원 변호사에게 혁민이 물었다.

"아, 몰라요. 망했어……."

위지원 변호사는 바보같이 굴었다면서 발을 동동 굴렀다.

혁민이 무슨 일이 있었느냐면서 살살 달래가면서 물었는데, 이야기를 들어보니 별일도 아니었다.

"처음에야 당황하는 게 당연한 일 아닙니까. 오히려 좋을 수도 있어요."

"좋긴 뭐가 좋아요. 사람들이 다 바보라고 생각했을 텐데……."

"그러니까 좋은 거 아닙니까. 상대가 방심하면 할수록 기회는 많이 생기는 겁니다."

혁민의 말에 위지원 변호사는 입을 삐쭉 내밀면서 말도 되지 않는 소리라면서 투덜거렸다. 하지만 혁민의 말에 귀가 솔 깃한 표정이었다.

"상대 변호사가 얕잡아 볼 거 아닙니까. 이거 완전히 풋내기 네? 이러면서 말이죠. 상대가 그러면 그럴수록 한 방 제대로 먹일 기회가 오는 겁니다."

"그러면 좋겠지만⋯⋯."

혁민은 그렇게 될 테니까 앞으로 준비를 잘하면 되는 거라 고 이야기했다. 그리고 갑자기 여러 가지 생각이 들었다.

'가만. 후배에게는 이런 이야기를 하면서 왜 나는 그러지 않 았지?'

처음에는 그러지 않았는데, 최근에는 소송하면서 너무 나댔 다는 느낌이 있었다. 힘이 잔뜩 들어가서 있는 대로 잘난 티를 냈다는 그런 생각이 든 거였다.

'뭐야. 알고 있는 것도 모르는 척하고, 상대에게 많은 걸 숨 겨야 하는 건데 완전히 잘난 맛에 전부 내보이면서 움직였잖 아?'

최근 있었던 일을 생각하면 할수록 바보 같았다는 생각이 들었다.

'초심을 잃었어. 모든 게 너무 잘 풀리니까 내가 최고라는 생각에 예전과는 다르게 변했던 거야.'

혁민은 입술을 깨물면서 자책했다. 그러면서 자신이 위지원 변호사를 가르치는 게 아니라 같이 배워 나가는 것 같다는 생 각이 들었다.

'내가 조언을 한답시고 얘기를 해줬지만, 사실은 나도 그렇게 못 하고 있었어.'

피식피식 웃음이 나왔다.

위지원 변호사는 혁민이 심각한 표정이 되었다가 갑자기 웃기 시작하자 이상하다는 듯 쳐다보았다.

"아닙니다. 예전 생각이 좀 나서요. 아무튼, 준비 잘해서 한 방 제대로 먹여줍시다."

"그래요. 저도 다시 마음 가다듬어야겠어요."

위지원 변호사도 앞으로는 제대로 하겠다면서 전의를 불태웠다. 혁민도 조언하고 코치를 하면서 자신도 많이 배울 것 같다고 생각했다.

'이런 걸 교학상장이라고 하는 거겠지.'

교학상장은 가르치고 배우면서 서로 성장한다는 뜻의 한자성어다. 혁민은 지금 자신에게 딱 맞는 말이라고 생각했다. 그리고 앞으로가 더욱 기대되었다.

그런데 둘은 얼마 후 전혀 뜻밖의 소식을 듣게 되었다.

"예? 의뢰인하고 가장 뒤에 있던 차량 운전자하고 아는 사이라고요?"

"아니, 그게 무슨……."

혁민과 위지원 변호사는 너무나도 놀라서 지금 상황이 쉽게 믿어지지가 않았다.

"분명히 전혀 모르는 사람이라고 하지 않았나요?"

"예, 분명히 그랬어요. 그런데 아는 사이라니……."

둘이 고등학교 동창이라는 거였다. 게다가 같은 반을 한 적도 있었다니 전혀 모르는 사이일 수가 없었다.

"아니, 이게 어떻게 된 거예요?"

위지원 변호사는 병원에 있는 의뢰인을 찾아가서 다짜고짜 물었다. 그러자 의뢰인은 어리둥절한 표정으로 성을 냈다.

"갑자기 들이닥쳐서 무슨 말을 하는 거요? 알아듣게 얘기를 해야……."

"아니, 사고를 낸 다른 사람들하고는 모른다면서요. 전혀 관계없는 사람들이라고 하셨잖아요."

"그랬지. 그게 뭐가 어때서 그러는 거요?"

의뢰인은 왜 이러는지 모르겠다는 표정으로 말했다. 위지원 변호사는 어처구니가 없다는 표정으로 말했다.

"아니, 맨 뒤에서 사고를 낸 차 주인하고는 고등학교 동창이라던데 어떻게 전혀 모르는 사람일 수가 있는 거죠? 게다가 같은 반을 한 적도 있었다면서요."

"아, 나는 또 뭐라고. 같은 반을 한 적도 있기는 있지."

의뢰인은 그게 뭐 대수냐는 듯 대꾸했다.

"그러면 그 사실을 얘기를 해주셨어야죠. 이거 본안 소송 들어가서 증인신문 하기 전에 알았으니 망정이지 그러지 않았으면 꼼짝없이 당할 뻔했잖아요."

"에이, 그냥 같은 학교만 나왔지 연락처도 모른다니까. 모르는 사람이나 마찬가지야. 그냥 얼굴 정도만 아는 거지."

의뢰인은 자신은 잘못한 게 없다는 식으로 이야기했다.

"선생님은 그렇게 생각하실지 몰라도 다른 사람이 보기에
는 그렇지 않다니까요. 그러니까 있는 그대로 말씀을 해주셔
야 해요. 안 그러면 제가 어떻게 소송을 준비하겠어요."

"에이, 정말 모르는 사이라니까 그러네. 학교 다닐 때도 안
친했고, 얘기한 것도 손에 꼽을 정도라니까."

위지원 변호사의 말을 의뢰인은 받아들이지 않았다. 자기는
잘못한 게 없다는 거였다. 아마도 위지원 변호사가 신출내기
에 나이도 어려 보여서 그러는 모양이었다.

위지원 변호사는 화가 나는 걸 참으면서 차근차근 이야기했
다.

"전혀 모르는 사람은 아닌 거죠? 고등학교 동창이니까 말이
에요."

"그러니까 모르는 사람이나 마찬가지라니까 그러네. 그런
식으로 따지면 이 도시에서 모르는 사람이 몇 있겠어? 이렇게
저렇게 오다가다가 얼굴이라도 한 번은 봤을 건데 말이야."

혁민은 피식 웃었다. 저런 사람도 간혹 있다. 꼭 막힌 사람.
그리고 고집이 강해서 자기주장을 바꾸려고 하지 않는 사람.

혁민은 분을 삭이고 있는 위지원 변호사에게 이야기했다.

"변호사님."

"예?"

"그냥 소송 접으시죠."

위지원 변호사는 고개를 돌려 혁민을 보았는데, 소송을 그만두자는 말에 깜짝 놀라서 눈이 동그래졌다.

위지원 변호사가 고개를 돌리고 있어서 의뢰인은 그녀의 표정을 보지는 못했다.

의뢰인도 말을 듣고는 흠칫 놀란 표정을 지었는데, 설마하니 그렇게까지 나오겠느냐는 표정을 지어 보였다.

하지만 혁민이 이런 사람 한둘 상대해 보았겠는가.

"어차피 이렇게 비협조적이면 소송에 들어가도 어렵지 않습니까. 소송 들어가서 뒤통수 맞느니 그냥 깔끔하게 여기서 접는 게 나을 것 같네요."

혁민은 그렇게 말하고는 계속에서 손으로 위지원 변호사를 톡톡 건드리면서 신호를 주었다. 다행스럽게도 그녀는 혁민의 신호를 알아들었다.

"그러는 게 좋겠네요. 이런 식이면 저도 소송 진행 못 하죠."

위지원 변호사는 귀책사유가 의뢰인에게 있으니 착수금은 돌려주지 못한다고 말하고는 자신은 손 떼겠다고 이야기했다.

"아니, 저기요. 잠깐만."

진짜로 혁민과 위지원 변호사가 밖으로 나가려고 하자 의뢰인은 황급하게 둘을 불러 세웠다.

"저기, 이런 법이 어딨습니까. 내가 뭐 큰 잘못을 한 것도 아니고……."

"큰 잘못 했는데요?"

혁민은 무표정한 얼굴로 그렇게 대답했다.

"아니, 그게 무슨… 그냥 모르는 사람이라서…….."

"그러니까 그냥 모르는 사람이라고 하고 다른 변호사 알아보세요."

혁민은 그렇게 말을 툭 내뱉고는 위지원 변호사에게 그냥 나가자고 했다.

"저기, 알았수다. 아는 사람이요, 아는 사람."

급해진 의뢰인은 자리에서 벌떡 일어서서 둘을 말렸다.

혁민과 위지원 변호사는 다시 의뢰인 앞으로 왔고. 다시 이야기가 시작되었다.

'이런 사람은 기를 확실하게 꺾어놓지 않으면 자꾸만 헛소리하게 마련이야.'

대충 어떤 사람인지 감이 왔다. 가부장적이고 고집 센 사람. 끝까지 자기주장대로 밀어붙이는 불도저 같은 스타일. 하지만 지금은 약간 기가 눌렸는지 아까보다는 고분고분해졌다.

"판결은 누가 내립니까?"

"판결이요? 그거야 판사가…….."

"그러면 판사가 그렇다고 생각하는 게 중요합니까, 선생님이 그렇다고 생각하는 게 중요합니까?"

혁민의 말에 의뢰인은 쉽게 대답하지 못했다. 그러자 위지원 변호사가 말을 걸었다.

"저한테는 있는 그대로 전부 이야기를 해주셔야 해요. 그래야 소송에서 이길 수 있어요. 제가 준비를 해도 갑자기 알지도 못하는 이야기가 툭 튀어나오면 어떻게 할 수가 없잖아요. 만약 소송 들어갔는데 증인으로 나온 사람이 제가 모르는 이런 이야기를 하면 정말 큰일 나는 거예요."

"알았수다. 앞으로는 있는 대로 다 이야기하리다."

위지원 변호사는 그렇게 해야 보험금을 제대로 받을 수 있다면서 말을 이었다.

"그러면 그 차 주인하고는 동창이기는 하지만 연락처도 모르고 만난 적도 없다 이런 말씀이죠?"

"그렇지. 얘기를 나눈 것도 지금까지 몇 번밖에 안 될 거야. 30년 정도 되었는데 말 나눈 게 손에 꼽을 정도면 진짜 모르는 거나 마찬가지지 뭐."

그렇게 생각할 수도 있겠구나 싶기는 했다. 하지만 그런 생각을 하고 있으면 안 된다. 판단은 의뢰인의 몫이 아니다.

"그런 건 생각하지 마시고 그냥 있는 사실만 전부 이야기해 주시면 됩니다. 그 사람하고 통화를 하거나 만나서 이야기한 적이 없다는 거죠?"

"그렇다니까. 번호도 몰라. 그리고 따로 만나고 그런 적은 한 번도 없고."

혁민은 고개를 갸웃거렸다. 중소도시다 보니 이리저리 따지다 보면 대부분 관련 있는 사람이 된다. 인구가 많지 않으니 한두 다리만 건너가면 다 연관이 있게 되니까.

'그런데 왜 그런 걸 가지고 물고 늘어지는 거지? 그 정도 가지고는 판사가 인정을 안 해줄 것 같은데……'

분명히 무언가 다른 게 있었다. 노련한 변호사가 그런 걸 모르고 덤벼들지는 않을 테니까.

"혹시나 해서 여쭤보는 건데요. 거기 다른 사람들하고는 정말 모르는 거죠? 학교 선후배거나 얼굴을 안다거나 만난 적이 있다거나."

"글쎄? 여기 토박이면 학교 선후배일 수는 있을 것 같은데 얼굴을 모르겠던데. 만난 적은 당연히 없고."

혁민은 알았다고 이야기하고는 혹시라도 잘못 이야기한 거나 말하지 않은 게 있으면 바로 연락을 달라고 했다. 지금까지 이야기한 거를 시시콜콜 전부 다시 물어볼 수는 없는 일이니까.

그거 말고도 소송 준비를 위해서 해야 할 일이 많았다. 위지원 변호사와 혁민은 몇 가지 질문을 더 한 후에 다시 사무실로 들어왔다. 들어오는 길에 위지원 변호사가 혁민에게 물었다.

"저기……."

"예? 얘기할 거 있으면 편하게 하시죠."

"아까 말이에요."

위지원 변호사는 조금 머뭇거리다가 이야기했다.

"의뢰인한테 조금 심하게 한 게 아닌가 싶어서요."

"아. 그것 때문에 그러시는 건가요?"

이제 사회 초년생이다. 세상 물정을 하나도 모르는 사람이라고 봐도 무방한 초짜.

"제가 얘기드린 거 기억하시죠? 끌려다니지 말고 주도권을 꽉 쥐고 있으라고."

"예. 그렇긴 한데……."

혁민은 웃으면서 말을 이었다.

"서로를 위해서 확실한 게 좋습니다. 무조건 잘해준다고 능사가 아니거든요."

혁민은 강하게 할 때는 강하게 해야 하니 마음 약하게 먹지 말라고 이야기했다.

"그리고 사람 상대하는 일이 다 어렵습니다. 워낙 다양한 사람들이 있어서요. 그러니까 자기가 중심을 잡고 있지 않으면 이 일 하기 어렵습니다."

위지원 변호사는 세상에 쉬운 일은 없는 것 같다고 말하고는 한숨을 내쉬었다. 변호사 개업을 했을 때는 장밋빛 꿈에 부풀어 있었는데, 실제로 일을 맡아서 진행하다 보니 생각했던 것과는 많이 달랐기 때문이었다.

"그렇게 하나하나 알아가는 거죠. 누구는 처음부터 잘했겠습니까."

"그렇죠? 하다 보면 잘하게 되겠죠?"

어쩐지 그렇게 말하는 위지원 변호사의 목소리에 힘이 없어 보였다.

*　　　*　　　*

혁민은 의뢰인이 왜 최근에 보험에 들었을까를 따져 보았다. 사실 그것만 아니라면 이런 식으로 오해를 받지 않아도 되었다. 그래서 의뢰인과 이야기를 해보았다.

"보험? 그거야 뭐 혹시나 무슨 일 있으면 정말 큰일이겠다 싶어서 한 거였지."

의뢰인은 한숨을 푹 내쉬고는 자기 이야기를 시작했다.

"회사에 다니다가 2008년에 명예퇴직했어. 말이 명예퇴직이지 안 나갈 수가 없었거든. 그나마 퇴직금이라도 받은 게 다행이야. 내가 아는 사람은 그것도 못 받고 그냥 회사 부도나서 길거리 나앉은 사람도 있으니까."

그 당시에는 그런 일이 흔했다. 혁민은 이야기를 들으니 자신만 별세계에 있었던 것 같다는 느낌이 들었다. 돈이나 별다른 걱정 없이 살아왔으니까.

"거기 나와서 내가 뭘 하겠어. 계속해서 회사만 다니던 사람이 기술을 알아, 뭘 알아? 할 수 있는 게 몇 개 없더라고. 그래도 먹는 게 나을 거라고 생각했지."

그래서 시작한 것이 치킨집이었다.

"치킨집은 잘되셨구요?"

"처음에야 나쁘지 않았지. 애들 대학교 등록금은 벌 수 있겠다 싶더라고. 실제로 큰애 입학금도 닭 팔아서 냈지."

의뢰인은 당시 생각이 나는지 껄껄 웃었다. 하지만 그 표정은 오래가지 못했다. 바로 침울한 얼굴이 된 의뢰인은 한숨을 내쉬었다.

"그런데 닭집이 하나둘 계속 생기기 시작하더라고."

회사를 그만두는 사람은 많아지고, 그 사람들이 할 수 있는 건 별로 없었다. 그래서 가장 많이 생긴 게 치킨집 아니던가.

40대 후반에 벌써 일하지 않고 놀 수는 없는 일이다. 애들 대학교에 결혼에, 앞으로 돈 들어갈 일이 산더미처럼 쌓여 있으니까. 그렇다고 그런 사람들이 돈이 많은 것도 아니다. 대부분 5천만 원 이하의 소자본으로 장사를 시작한다.

노후? 그런 건 생각할 수도 없다. 당장 먹고살아야 하니까. 그래서 그나마 있는 돈에다가 모자라면 대출까지 끼고 장사를 시작한다.

"이게 시가 큰 것도 아니잖아. 그런데 골목마다 닭집이 생기니 장사가 잘되겠어? 다들 제 살 깎아 먹는 거지."

작년까지만 해도 그나마 조금 나았는데, 올해는 정말 바닥 중의 바닥이라고 했다.

"그래도 전에는 이거저거 다 빼고 이백 정도는 손에 들어왔는데, 요즘은 알바가 나보다 더 많이 벌어 간다니까."

의뢰인은 헛웃음을 웃었다.

"애 엄마가 식당 나가서 버는 돈은 배달하는 애 알바비로 그냥 나가. 걔들도 돈 줘야 하니까. 그런 식으로 장사하다 보니까 벌써 가게 근처에서도 둘이나 망했어."

그래도 또 생긴다고 했다.

"이거 봐. 올해 장사가 안되니까 흰머리까지 갑자기 늘더라니까?"

의뢰인은 자신의 머리를 보여주었는데, 두피 근처에 있는 머리카락은 거의 흰색이었다. 염색을 해서 몰랐지 거의 백발이라고 봐도 무방했다.

"그런데 이거 말고는 할 게 없어. 내가 지금 막노동을 하겠나, 아니면 경비를 하겠나? 힘 쓰는 거야 몸이 이래서 하지도 못할 거고, 이런저런 일 해봐야 돈 얼마 받지도 못해."

그나마 할 수 있는 게 이거밖에는 없어서 하는 거라고 했다.

"그런데 친하던 친구 놈이 덜컥 죽어버렸지 뭐야. 장례식장 가서 가족들 보니까 정말 딱하더라고. 마누라하고 애들 생각이 안 날 수가 있나? 그래서 좀 무리인 건 알지만 하나 들었지."

혁민은 고개를 끄덕였다. 그럴 수도 있겠다 싶었다. 하지만 시기나 상황이 좋지는 않았다.

"그런데 말이야, 정말 보험금은 제대로 받을 수 있는 건가? 그거 못 받으면 이게 참 어려워서… 가게도 그렇고 이제 작은 애 대학도 보내야 하는데……"

혁민은 자신이 아는 대로 대답을 해주었는데, 의뢰인은 보험에 관해서 아주 자세하게 물어보았다.

"제가 사건 관련해서는 잘 알지만, 보험 자체는 전문가가 아니라서요."

"아, 그런가?"

혁민은 그렇게 이야기를 마치고 의뢰인이 하는 치킨집이 있는 곳으로 가보았다. 가는 길에도 벌써 치킨집이 여러 개 보였다.

"이러니까 장사가 잘될 리가 없지."

혁민은 치킨집에 도착해서 안을 살폈다. 닭은 임시로 아내가 튀기고 있었지만, 손님은 거의 없었다. 시간이 조금 이른 탓도 있겠지만, 장사가 안되는 건 분명한 듯 보였다.

"저기, 잠깐 얘기 좀 할 수 있을까요?"

혁민은 아르바이트를 하는 사람과 이야기를 나누었다. 그런데 거기서 뜻밖의 말을 들었다.

"얼마 전에 누가 찾아와서 이거저거 묻고 갔다고요?"

"예. 한참 물어보더라고요. 장사는 잘됐냐, 뭐 사장님이 요즘 어땠냐. 뭐 이런 거 저런 거 아주 시시콜콜 물어봤어요."

혁민은 감이 좋지 않았다. 이런 데까지 와서 조사하는 걸 보면 무언가 쥐고 있는 패가 있다는 것이다.

'보험 사기를 입증할 수가 있다, 이거지? 그런데 뭘 가지고?'

혁민은 물어볼 내용을 다 확인한 후에 사무실로 돌아갔다. 그리고 드디어 소송이 시작되었다는 이야기를 들었다.

'이제부터가 진짜구나. 그나저나 뭘 가지고 나올까? 그리고 후배는 어떻게 그걸 받아치려나?'

자신이 맡은 사건이라면 이렇게 긴장하지 않을 것이다. 하지만 다른 사람이 소송을 진행하는 걸 보니 자기가 할 때보다도 훨씬 긴장이 되었다.

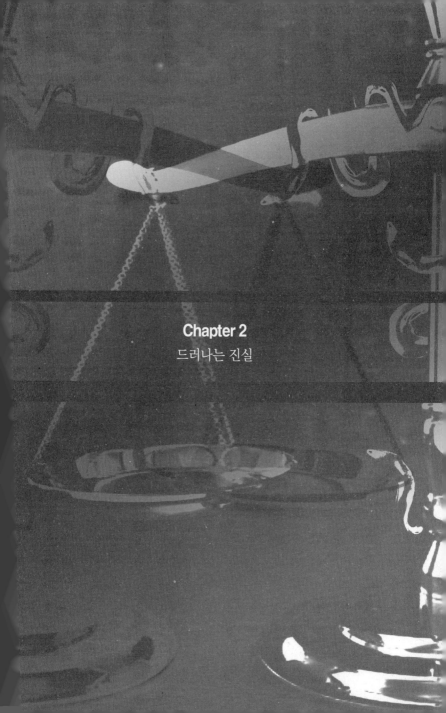

Chapter 2
드러나는 진실

"특별한 얘기는 없었구요?"

"글쎄요? 별다른 얘기는 없었는데요?"

혁민의 질문에 위지원 변호사는 아주 간단하게 끝이 났다고 이야기했다. 이번에도 잔뜩 긴장한 채 갔는데, 허무하게 마무리가 되어서 조금은 허탈하다면서. 하지만 변론준비기일에 특별할 일이 뭐가 있겠는가.

혁민도 변론준비기일에 대충 어떤 이야기가 오갔을지는 짐작이 되었지만, 혹시나 뭔가가 있을지도 몰라서 물어본 거였다.

"사실 특별한 쟁점이 있는 것도 아니니까 어떻게 보면 당연한 거죠."

"그건 그래요. 보험 사기냐 아니냐. 쟁점은 그것밖에 없으니까요."

변론준비기일이 열리지 않았어도 이상하지는 않을 사건이었다. 변론준비기일은 쟁점을 정리하는 자리다. 이 사건처럼 쟁점 자체가 별다를 게 없는 사건은 변론준비기일을 열지 않을 수도 있다.

하지만 변론준비기일이 꼭 필요한 경우도 있다. 사건에 따라서는 쟁점이 아주 복잡할 수도 있는데, 그걸 정리하지 않고 소송에 들어갔다가는 아주 피곤해진다. 여러 쟁점을 일일이 다 건드리다 보면 사건이 언제 끝날지 알 수 없게 된다.

그래서 판사와 양측 변호사가 모여서 소송에 들어가기 전에 미리 이야기하는 거다. 이 부분은 합의가 된 것이니 건드리지 않기로 하고, 문제가 되는 이 부분만 가지고 하자. 이런 식으로 정리하는 거다.

"사법 정책적 입장에서는 변론준비기일을 열게 되어 있지만, 실무적으로야 반드시 그런 건 아니니까요."

"이야~ 어떻게 저보다 더 잘 아시는 것 같아요. 하기야 사건을 많이 다루어보셨다고 하셨으니까."

위지원 변호사는 역시 경험이 중요한 거라면서 중얼거렸다.

혁민은 웃을 수밖에 없었다. 위지원 변호사는 좀 엉뚱한 캐릭터였다. 어떤 면에서는 굉장히 똑똑한데, 어떤 면에서는 아주 허당이었으니까.

"그나저나 이제 시작이네요."

앞으로 벌어질 상황은 아주 간단했다. 보험사에서는 입증하면 되는 거고, 위지원 변호사는 그걸 반박하기만 하면 된다.

물론 그렇게 정리를 한다고 해도 소송을 진행하다 보면 새로운 증거나 증인이 나오기도 하고, 새로운 쟁점을 가지고 다퉈야 하는 경우도 생긴다. 그리고 타당한 이유가 있으면 인정을 하게 되고.

하지만 이번 사건에서 새로운 쟁점이 나올 것 같지는 않았다.

"그건 그렇고 외제 차 쪽 보험사에서는 보험 사기로 의심하고 이전부터 조사를 해왔다는 거군요."

"그러니까요. 저도 좀 놀랐는데, 그렇다고 하더라고요."

저쪽 보험사에서는 고급 외제 차량을 이용한 보험 사기를 계속해서 조사해 왔다고 했다. 외제 차 쪽의 운전자는 예전에도 그 보험사에서 보험금을 타낸 적이 있었던 모양이었다.

"하기야 그러니까 그런 식으로 나왔겠죠. 저도 어쩐지 좀 이상하다 싶었거든요. 입증하기가 어려워 보이는데도 계속 밀어붙이는 느낌이 나서요."

보험사에서는 의뢰인도 보험 사기에 연루된 것으로 보고 있는 것이다.

"주축 멤버들은 따로 있지만, 표면에 드러나는 사람들은 현지에서 구하는 경우도 있거든요. 한 사람이 계속해서 보험금을 타면 문제가 되니까 명의를 구해서 돌려가면서 받아내고 그러기도 하고……."

"그런데 그렇게 조사를 했으면 형사 고소도 하지 않나요? 아니다. 벌써 했으려나?"

"아뇨. 그렇지는 않죠."

혁민은 고개를 저었다.

"형사소송이 진행 중이면 민사소송은 보통 그 결과를 보고 나서 진행합니다. 아무래도 그쪽이 강제력이 있으니까요."

"아, 맞다. 저도 알고 있어요. 수사나 그런 걸로 보면 아무래도 그러는 게 맞겠죠?"

당연한 것이 민사소송은 법원에 증인을 불러 이야기를 들어야 한다. 하지만 형사소송은 경찰과 검찰에서 조사를 한다. 아무리 증인을 불러서 신문을 한다고 해도, 경찰과 검찰의 수사만 하겠는가.

그래서 법원에서도 형사소송 결과를 보고 민사소송을 진행하는 게 일반적이다. 무리하게 진행했다가 두 재판이 결과가 다르게 나온다거나 하면 곤란하기도 하고.

"게다가 형사가 진행 중이면 변론준비기일에 판사가 추정하겠다고 했을 겁니다."

"예? 추정이요? 뭘 추정해요?"

혁민은 피식 웃었다. 아직 초짜라서 들어본 적이 없는 모양이었다.

"판사가 보험 사기로 고소했는지 물어보고, 고소했다고 하면 형사사건의 수사를 지켜보고 변론을 속행한다고 하겠죠."

그럴 경우 추정하겠다고 이야기한다. 추후지정하겠다는 말인데, 초보 변호사 중에는 그 의미를 몰라서 허둥지둥하는 경우도 있다.

"알아두시면 도움이 될 겁니다."

"아, 그렇구나. 법전에 나오는 용어야 익숙한데, 실무에서 쓰는 용어는 아직 조금 낯서네요."

위지원 변호사는 말이 너무 어렵다면서 고개를 저었다.

"그러니까 아직 형사소송이 진행 중인 건 아니라는 말이죠. 경찰에 수사를 의뢰하지도 않았을 겁니다."

경찰에 수사를 의뢰했어도 비슷한 상황이 된다. 수사 결과를 지켜보고 변론을 속행하는 쪽으로 판사가 결정한다.

"왜 그럴까요? 좀 이상하지 않아요? 그렇게 조사를 했다면서 수사도 의뢰하지 않고."

"뭐, 여러 가지 이유가 있을 수 있겠지만, 아직 결정적인 증거는 찾지 못한 상태여서 그럴 겁니다. 그냥 심증만 가지고 수사를 의뢰할 수는 없으니까요."

하지만 보험 사기라는 확신은 가지고 있는 것 같다고 했다.

"그런데 보험사에서도 뭔가 이상하다는 건 느낄 텐데… 고급 외제 차량을 이용한 보험 사기. 그런 사기는 보통 두 대로 하거든요. 그게 깔끔하죠."

"맞아요. 이게 세 대가 되니까 좀 복잡하더라고요."

일단 별개의 사고로 보고 과실 비율을 정한다. 대부분의 경우에는 직접 사고가 일어난 차량 사이에만 과실 비율이 존재하는 게 원칙이다. 그리고 과실 비율은 사고 유형 및 조건에 따라 정해져 있다.

연쇄 추돌의 경우에는 가장 뒤 차량의 과실만 잡기도 하는데 그것도 가장 앞차가 대인 사고인 경우에는 또 달라진다. 연쇄 추돌로 추돌 횟수만큼 통증을 느꼈다고 하면 후미 차량 모두 공동으로 과실 비율을 잡는다.

"상당히 복잡하죠. 그래서 만약 사기라면 그런 식으로 하지 않아요. 두 대면 깔끔하니까요. 물론 그런 걸 악용해서 세 대로 할 수도 있겠지만."

복잡하긴 하지만 전문가에 의해서 그 부분은 다 정리가 된 상태였다. 문제는 보험 사기냐 아니냐. 그것만 밝혀지면 되었다.

하지만 보험사 입장도 이해는 되었다. 일반적으로 두 대로 하니까 의심을 피하기 위해서 여러 대의 차량을 동원하는 것도 생각해 볼 수는 있는 일이다. 사기란 뒤처리가 중요하다. 돈을 타내는 것만큼 들키지 않는 것도 중요하다.

그러니 세 대라고 무조건 보험 사기가 아니라고 판단할 수는 없는 것이다. 그리고 보험사에서도 그래서 의뢰인을 의심하는 것일 테고.

"정말 이상한 타이밍에 우리 의뢰인이 사고에 얽인 거네요."

"생각해 보니 그건 그렇네요. 참 절묘하네. 아예 경찰로 조사가 넘어가서 조사가 진행되었으면 사기단하고 얽일 일도 없었을 거잖아요."

위지원 변호사의 말에 혁민이 맞장구쳤다.

"맞아요. 조사가 진행되고 있었을 테니까요. 그리고 보험사에서 조사하지 않은 상황이면 보험금을 그냥 받았을 거고 말이에요."

조사는 했는데, 아직 결정적인 증거를 확보하지 못해서 고소는 하지 못한 시점. 그래서 지금과 같은 상황이 발생하게 된 것이다.

"뭐, 그 덕분에 이렇게 소송을 진행하고 있는 거니까 저는 고맙다고 해야 하나요?"

위지원 변호사는 고개를 갸웃거리면서 말했다.

"어쨌든 상대도 마음먹고 덤벼드는 사건이니 긴장해야 할겁니다. 조사하는 사람들도 대부분 경찰 출신이니까요. 현직이 아니라서 조사하는 데 한계가 있기는 하지만."

보험사에서 보험 사기를 조사하는 팀을 SIU(Special Investigation Unit)라고 부른다. 보험사마다 규모가 조금씩 다르기는 하지만 많은 곳은 사십여 명, 적은 곳은 열 명 정도로 구성되어 있다.

그냥 법리적으로 다투는 것도 초보 변호사보다야 경험이 많은 변호사가 당연히 유리하다. 하지만 이렇게 증인을 신문하고 그걸 통해서 사실관계를 밝히고 하는 건 초보에게 훨씬 불리하다.

법리적인 부분이야 공부도 했고, 배우기도 했으니까 어떻게든 비벼볼 수 있다. 하지만 사람을 다루고 그걸 통해서 무언가를 밝히고 하는 건 경험을 해보지 않으면 알 수 없는 영역이다.

"그래서 그 부분이 걱정이에요. 제가 잘못하는 건 상관없는데, 그것 때문에… 휴우…….."

이제 본안 소송이 시작되니 점점 압박감을 느끼는 모양이었다. 자신이 제대로 하지 못하면 의뢰인이 피해를 볼 수도 있다는 사실. 생각보다 부담스러운 일이다.

"그 부분은 제가 좀 도움을 드리죠. 실전 대비해서 리허설을 좀 한다고 생각하시면 될 것 같습니다."

"정말요? 다행이다."

위지원 변호사는 안도의 한숨을 내쉬었는데, 혁민의 생각은 조금 달랐다.

'그렇게 좋아할 것만은 아닐 건데…….'

왜냐하면, 리허설을 조금 거칠게 할 생각이었기 때문이었다. 기왕 하는 거 제대로 하는 게 좋지 않겠는가.

'뭐, 처음에 멘탈이 제대로 단련되면 앞으로 변호사 생활하는 데도 도움이 되겠지.'

혁민은 그렇게 생각하며 웃었고, 위지원 변호사도 다행이라고 생각하면서 웃었다.

둘 다 웃고 있었지만, 그 의미는 조금 달랐다.

*   *   *

"뭐, 판검사 하다가 변호사 하는 사람이야 이유가 뭐 있겠
나. 다 비슷비슷한 이유지."

이번 사건을 맡은 흰머리의 변호사가 이야기했다. 그의 옆
에는 보험사 법무팀 소속 변호사가 있었는데, 그가 사건을 관
리하는 터라 대화하고 있는 거였다.

워낙 베테랑이라 이야기를 할 게 그리 많지는 않았다. 그래
서 이야기하던 도중에 이런저런 화제를 가지고 대화하게 되었
다.

"마누라 등쌀에 버티지를 못해요. 연수원 동기네 집에 갔다
가 오면 아주 눈이 돌아간다니까."

지금이야 상황이 다르지만, 예전에는 그래도 판검사보다는
변호사가 잘 벌었다. 그것도 격차가 꽤 큰 경우도 많았다. 판
검사의 월급이야 공무원 월급으로 딱 정해져 있는 거고, 변호
사는 능력에 따라서 엄청난 수입을 벌어들이기도 했으니까.

그러니 부인이 그런 변호사 집에 갔다가 오면 어떤 생각이
들겠는가. 당신보다 연수원 때 공부도 못했던 사람도 저렇게
사는데 당신은 뭐 하는 거냐. 가족 생각도 해야 하지 않느냐.
별소리가 다 나오게 된다.

"그래서 변호사 하는 사람도 있고, 그거 아니면 뭐 밀려서
나오는 거지."

자신보다 아래 기수가 자신보다 윗자리에 가면 나와야 할
때가 된 거다. 굳이 난 버티겠다고 하고 남아 있을 수는 있겠
지만, 그러는 사람은 거의 없다.

"검사 하실 때하고, 지금 변호사 하실 때하고 언제가 더 좋은 것 같습니까?"

"허허. 곤란한 질문을 하는구만."

백발의 변호사는 조용히 웃다가 이야기했다.

"솔직하게 말해서 벌이는 지금이 더 좋지. 하지만 개인적으로는 예전이 더 좋았던 것 같아. 나는 검사가 체질적으로 잘 맞는 것 같거든."

"제가 가끔 이런 질문을 드리면 대부분 그렇게 대답하시더군요."

"아마도 대부분 그럴 거야. 나도 마찬가지고."

백발의 변호사는 아직도 검사 때 습관이 남아 있다고 했다.

"검사는 항상 눈을 보고 이야기하거든. 무조건 기선 제압이지. 지금이야 조금 조심하는 편이지만, 검사 그만두고 바로 나왔을 때는 왜 그렇게 잡아먹을 듯이 노려보느냐는 얘기를 많이 들었지."

"지금도 증인신문 할 때는 서슬이 퍼렇다고 소문이 자자하던데요."

보험사 변호사의 말에 백발의 변호사는 껄껄 웃었다.

"이제야 그럴 기운이나 있나. 다 헛소리지."

말은 그렇게 했지만 듣기 싫지는 않은 표정이었다.

둘은 잠시 더 이야기를 나누다가 다시 업무 이야기로 돌아갔다.

"이번 소송도 무난하겠죠?"

"소송이야 해봐야 아는 거지. 판사도 사람이니 잘못 판결할 수 있는 거거든. 이번에야 딱히 그럴 것 같지는 않지만 말이야."

　"저도 그렇게 생각합니다. 상대도 워낙 초보이고 하니……."

　그 말에 백발의 변호사는 살짝 고개를 저었다.

　"상대가 초보인 거 무슨 상관인가. 그러다가 큰코다친다고. 내 친구 중에 태경에 있는 친구가 있는데, 그 친구도 연수원 졸업한 지 얼마 되지도 않는 친구한테 한 방 먹었다니까."

　"아니, 그런 일이 있었습니까?"

　보험사 변호사는 화들짝 놀라면서 이야기했다. 백발의 변호사는 얼마 후에 있을 공판에서 상대 실력을 한번 확인해 봐야겠다고 이야기했다.

　그리고 같은 시각.

　"이 사람이 증인이라……."

　혁민은 증인 목록을 보면서 고개를 갸웃거렸다. 뜻밖의 사람이 있었기 때문이었다.

　"왜 그러시는데요?"

　"가장 뒤 차량 주인 말이에요. 의뢰인하고 동창이라고 한 그 사람."

　"아, 그 사람. 그 사람도 증인 목록에 있더라고요. 그런데 그게 무슨 문제가 있나요?"

"뭐, 아직은 확실하지는 않지만……."

보험사에서는 이번 사건을 보험 사기라고 생각하고 있었다. 그렇다면 증인으로 신청한 가장 뒤 차량의 주인도 보험 사기꾼으로 생각하고 있다는 것이다.

"그런데도 증인으로 불렀다는 게 좀 이상하군요."

증인으로 부를 수 없는 건 아니었다. 오히려 이번 소송을 계기로 얽어매려고 그러는 것일 수도 있다.

'고민해 봐야 뭐. 증인신문 하는 거 보면 알겠지. 무슨 속셈인지.'

혁민은 그렇게 생각하고는 자료를 덮었다.

그리고 얼마 후, 공판에서 그 남자가 증인으로 나왔다. 그리고 상대 변호사의 질문에 대답했다.

"예. 원고를 만난 적이 있습니다. 사고가 나기 대략 한 달 정도 전이었습니다."

혁민은 방청석에서 이 광경을 보다가 어이가 없어서 코웃음이 저절로 나왔다.

"허~ 이건 또 무슨 소리야?"

맨 뒤 차량의 주인이 가장 먼저 증인으로 나온 건 아니었다. 상대 변호사가 가장 먼저 증인으로 부른 사람은 원고의 동창이었다.

"원고와는 잘 아는 사이시죠?"

변호사는 증인과 원고가 잘 아는 사이라는 걸 확인하고는 본격적인 질문을 하기 시작했다.

"원고와 한 달 전쯤에 동창회에서 만나신 적이 있죠?"

"예, 맞습니다. 거기서 만났습니다."

"그 자리에서 원고가 경제적으로 무척 어렵다는 이야기를 했었죠?"

"치킨집이 근처에 많이 생겨서 장사가 잘 안 된다는 이야기를 했습니다."

"조금 더 구체적으로 이야기해 주시겠습니까?"

"음… 마이너스가 날 때도 있고, 벌어봐야 월세하고 인건비로 대부분 나간다고 하는 걸 들었습니다."

상대 변호사는 거침이 없었다. 다른 증인도 불러 원고가 경제적으로 얼마나 몰리고 있었는지를 확인했다. 그런데 생각보다 상황이 심각했다. 돈을 빌려주었다고 한 사람이 여럿 있다는 게 확인되었다.

그 모습을 보면서 가족들이 동요했다. 원고의 가족은 바로 혁민의 옆에 앉아 있었는데 원고가 어렵다는 건 알았지만, 그 정도로 상황이 안 좋은 건 몰랐던 모양이었다.

"엄마. 혹시… 이건 정말 혹시나 그런 건데… 진짜 아빠가 그런 거 아냐?"

"얘는. 쓸데없는 소리 하지 마. 니 아빠가 어디 그럴 사람이니?"

원고의 딸이 불안한 듯 속삭였는데, 아내는 야단을 쳤다. 하지만 그녀 역시 불안한 기색을 감추지는 못했다.

"그러니까 돈을 더 빌릴 데도 없었다는 얘기군요."

"그런 식으로 이야기했습니다. 빌릴 만한 데는 다 빌려서 얘기해 볼 데가 없다고 했으니까요."

원고가 경제적으로 정말 심각한 상황까지 몰렸다는 걸 모두가 알게 되었다. 매달 나가야 할 돈은 있었는데, 가게가 오히려 마이너스가 될 때가 많았으니까. 그것도 일단 주변에서 돈을 빌려 메꿨지만, 이제는 그러기도 어려운 상황.

원고는 지금의 상황이 무척이나 불편한 듯 몸을 계속해서 뒤척였다. 자신이 그렇게 어려운 상황에 있다는 게 사람들에게 알려지는 게 무척이나 싫은 모양이었다.

하지만 상대 변호사는 거기에서 그치지 않았다. 이번에는 원고를 증인으로 불렀다.

"원고는 최근에 가게 월세를 내지 못해서 건물 주인과 다툼이 좀 있었죠?"

원고는 우물쭈물하면서 대답하지 못했다.

그러자 재판장이 답변을 재촉했다.

"원고는 대답하세요."

"그게… 다툼이 있기는 했습니다."

상대 변호사는 바로 이어 질문했다. 숨을 돌리거나 생각할 틈을 주지 않고 몰아붙이려는 전략이었다.

"월세는 몇 달이나 밀렸습니까?"

"두 달이……."

"이번 달에도 내지 못했으니까 석 달이 된 거군요."

변호사는 원고의 대답을 듣지도 않고 바로 말을 이어나갔다.

"그래서 얼마 전에 가게를 내놓으셨죠? 하지만 가게를 보러 온 사람은 지금까지 한 명도 없었습니다. 맞습니까?"

"…예. 그렇습니다."

원고는 풀이 죽어서 힘없이 대답했다.

"그런데 최근에 가게 주인이 자신이 사용하겠다고 말을 했죠?"

원고는 한숨을 내쉬면서 고개를 끄덕거렸다. 그리고 약간은 짜증이 섞인 목소리로 그렇다고 대답했다.

"그러면 권리금을 날리게 된 거군요."

"……"

원고는 대답하지 못했다. 사실 그게 가장 억울한 일이었다. 가게를 열 때는 권리금이란 돈을 분명히 내고 들어갔는데, 나올 때는 받을 수가 없단다. 그런데 그건 법으로 그렇게 되어 있단다.

'법 같은 소리 하고 앉아 있네. 개뼉다구 같은 놈의 법.'

그 돈만 받을 수 있었어도 상황이 이렇게까지 몰리지는 않았을 것이다. 천만 원이 넘는 돈을 생으로 날리게 생겼는데, 법으로는 그러는 게 맞는 거란다. 권리금은 법으로는 보호받지 못하는 거란다.

'니미. 그런 거는 보호해 주지 않으면서 이런 큰 회사 일은 잘 챙겨주겠지?'

원고는 그렇게 분노를 곱씹었는데, 상대 변호사는 원고가 그렇게 바닥까지 떨어진 상황이라는 걸 계속 이야기했다.

"최근에 집을 내놓으려고 공인중개사를 만난 적이 있었죠?"

원고는 망설이다가 그렇다고 말했는데, 이번에도 가족이 동요했다. 가족에게는 이야기한 적이 없는 모양이었다.

벌이도 시원치 않은 판에 돈까지 생으로 날리게 생겼다. 남은 돈을 가지고는 어디 가서 가게를 내지도 못한다. 그래서 집을 팔 생각을 했지만, 그것도 여의치 않았다. 주택 거래가 거의 되지 않고 있었기 때문이었다.

그런 극한상황에 몰렸다는 말을 하고는 신문을 마쳤다. 그리고 상대 변호사는 바로 다른 증인을 불렀다. 바로 맨 뒤 차량의 주인이었다.

"이번에 문제가 된 사고에서 증인은 가장 뒤쪽 차량, 원고는 가장 앞쪽 차량의 소유주이고 당시에 운전도 했습니다. 맞습니까?"

"예. 맞습니다."

"증인은 원고와는 고등학교 동창이죠?"

"예. 그렇습니다."

거기까지는 별다를 게 없었다. 다 알고 있는 사실이었으니까. 하지만 다음 질문이 혁민을 당황하게 만들었다.

"증인은 원고를 만난 적이 있죠? 가장 최근에 만난 게 언제입니까."

"사고가 나기 대략 한 달 정도 전이었습니다."

그 말을 들은 혁민은 어처구니가 없었다. 위지원 변호사도 당황한 기색이 역력했다. 분명히 만난 적이 없다고 들었는데, 상대는 만났다고 증언을 하고 있었으니까. 상대 변호사는 질문을 이어나갔다.

"어디서 만나셨죠?"

"한 달 전쯤에 동창회가 있었습니다. 거기서 만났습니다."

"아까 먼저 나왔던 증인들이 이야기한 바로 그 동창회군요. 그렇죠?"

"예. 그렇습니다."

혁민은 위지원 변호사 쪽을 보았는데, 의뢰인과 무슨 이야기를 하고 있었다. 형사 법정은 검사 측과 피고인 측이 서로 마주 보게 되어 있지만, 민사 법정은 피고와 원고 측이 판사를 쳐다보고 나란히 앉게 되어 있다.

그래서 혁민은 위지원 변호사와 의뢰인의 뒷모습만 볼 수 있었는데, 의뢰인이 고개를 끄덕이는 모습이 보이는 게 아닌가.

혁민은 한숨을 내쉬었다. 말은 듣지 않았지만, 증인의 말이 사실이라는 걸 알 수 있었다.

'그렇게 이야기를 했는데도…….'

의뢰인은 제대로 이야기를 해주지 않았다. 멍청해서 그런 것인지 일부러 감춘 것인지는 모르겠지만.

"만나서 무슨 얘기를 했습니까?"

남자는 요즘 분위기가 그래서 그런 건지는 모르겠지만, 먹고살기 어렵다는 얘기를 주로 했다고 말했다. 문제는 그다음 이었다.

"이번 사건은 보험금을 노리고 고의로 사고를 낸 것이죠?"

"예. 그렇습니다."

"증인 말고 이 자리에 보험 사기에 가담한 사람이 또 있습니까?"

"예. 그렇습니다."

"그게 누구인지 지목해 주실 수 있습니까?"

남자는 주변을 한번 훑어보더니 손을 천천히 들어 올리고는 손가락으로 원고를 가리켰다. 그러면서 남자는 자신과 원고가 고의로 사고를 낸 거라고 말했다.

"야! 이 새끼야!! 내가 언제? 이 사기꾼 새끼."

원고는 격분해서 소리를 버럭 질렀다. 그리고 자리에서 일어서서는 증인을 향해 달려 나가려고 했다.

"너, 이 새끼 가만히 안 둘 거야. 일루와 이 새꺄."

갑자기 법정 안이 난장판이 되었다. 원고는 증인을 향해 소리를 지르면서 삿대질을 했고, 사람들이 그런 원고를 뜯어말렸다.

*　　　*　　　*

"어떻게 된 건가요?"

사무실로 함께 온 후, 위지원 변호사가 의뢰인에게 물었지만, 의뢰인은 말이 없었다. 공판에서 그녀는 너무 당황해서 반대신문을 제대로 하지도 못했다.

하지만 혁민은 자신이 그 자리에 있었다고 하더라도 별로 나을 것 없었을 거라고 생각했다.

준비가 전혀 안 돼 있는 상황에서 그렇게 강펀치를 얻어맞았는데 뭘 하겠는가.

"만난 건 사실이죠? 그리고 가게를 내놓은 것도, 건물 주인이 집을 비워달라고 한 것도."

"맞습니다. 다 사실이에요."

위지원 변호사는 한숨을 내쉬었다.

"그러면 사기에 가담했다고 하는 사실도 정말인가요?"

"아니! 그런 적 없다니까!! 내가 왜 그러겠어!"

의뢰인이자 원고인 남자는 억울하다는 듯 격앙이 된 채 말했지만, 쉽게 믿을 수 없었다. 이미 신뢰가 무너진 상황이라 어디까지 믿어야 하는지 알 수 없었다. 그건 위지원 변호사나 혁민이나 마찬가지였다.

혁민은 일단 동창회의 일부터 질문했다. 정리를 확실하게 할 필요성이 있기 때문이었다. 지금 상황이 무척 좋지 않았다.

증인의 자백만 없었더라도 문제가 그렇게까지 심각한 건 아니었다. 경제적인 상황이 어렵다고 하더라도 모두가 보험 사기를 하는 건 아니니까. 하지만 같이 보험 사기에 가담했다는 증언이 나왔다.

"동창회에서 만난 건 왜 이야기하지 않았습니까?"

"그거야 한두 명 만나는 자리도 아니고······."

"얘기도 했다면서요."

"그거야 둘이 얘기한 것도 아니라니까. 그냥 앉은 자리에서 사람들끼리 한 거라고."

원고는 계속해서 억울하다고 이야기했다. 동창회에서 얼굴을 보고 같은 테이블에서 앉은 적도 있다고 했다. 술을 마시면서 자리를 돌아다녔으니까. 하지만 둘이 이야기를 나눈 건 아니라고 말했다.

"그냥 그 자리에서 왔구나 하는 정도만 본 거야. 정말 얘기를 한 적이 없다니까 그러네."

"그러면 가게 상황이나 재산 처분하려고 한 거는요?"

위지원 변호사나 혁민에게는 그 정도로 어렵다는 이야기는 하지 않았다. 그리고 가게나 집과 관련된 이야기도 하지 않았고.

"그건······."

원고는 대답을 제대로 하지 못하고 말을 흐렸다. 그리고 무언가 말을 하려는데, 갑자기 가족들이 들어왔다. 원고가 먼저 집에 가 있으라고 했는데, 그럴 수가 없었던 모양이었다.

"여보. 얘기 좀 해요."

"아, 집에 가 있으라니까 그러네. 좀 이따 갈 테니까 그때 얘기하자고."

평소 같았으면 알겠다고 하고 넘어갔을 아내였겠지만, 오늘은 달랐다.

"아뇨, 지금 얘기해요."

"아 지금 변호사님하고 얘기하는 거 안 보여?"

"지금 변호사가 가족보다 중요하다는 거예요?"

아내가 신경질적으로 소리쳤다.

위지원 변호사와 일하고 있던 여직원은 어쩔 줄을 모르고 가족과 원고의 눈치만 살폈다. 쉽사리 끼어들기 쉽지 않은 분위기여서 그런 거였다.

"이 여편네가. 가 있어. 금방 갈 거라니까."

"아빠, 너무해요."

딸까지 거들고 나서자 원고는 기가 막힌다는 표정이 되었다. 그래서 무어라 하려는데, 딸이 섭섭하다는 표정으로 쏘아붙였다.

"왜 아빠 혼자 다 정하고 그래요? 우리 의견은 묻지도 않고?"

"맞아요. 적어도 상의는 했어야죠."

"아니 이것들이 정말!! 돌아가 있어! 공연히 소란 피우지 말고."

딸에 이어서 아들까지 나서자 원고는 자리에서 일어나더니 버럭 소리를 질렀다.

"그러지 마시고 지금은 가족분들하고 같이 돌아가시죠. 저희도 정리해야 할 게 좀 있으니까 이야기는 내일 하는 편이 좋겠습니다."

혁민이 보다 못해 나섰다.

"그러시죠. 지금보다는 내일 이야기하는 게 좋겠습니다. 제가 내일 연락을 드리죠."

위지원 변호사도 조금 지친 표정으로 말했다. 오늘 정신적으로 충격을 많이 받아서 그런 모양이었다.

가족들도 저렇게 나오고 혁민과 위지원 변호사도 말을 그렇게 하니 원고는 가족과 함께 나갈 수밖에 없게 되었다. 원고는 가족들에게 뭐라고 하면서 사무실을 나갔는데, 사람들이 나가자마자 위지원 변호사는 소파에 풀썩 쓰러졌다.

"아. 뭐가 뭔지 하나도 모르겠어요."

지친 표정을 한 그녀는 고개를 절레절레 저었다.

혁민은 그렇게 느낄 만하다고 생각했다. 자신도 지금 좀 혼란스러웠으니까.

"일단 상황이 좋지 않다는 건 확실하군요."

보험사는 나름대로 보험금을 지급하지 않아도 되는 이유를 입증했다. 원고가 보험 사기라는 증거를 제시한 것이다.

경제적으로 어려웠는데, 거기다가 권리금까지 뜯기게 생겼다. 그리고 이제는 돈을 빌릴 곳도 없을 정도로 몰린 상황이다. 그러니 보험 사기와 같은 극단적인 방법을 써도 이상하지 않다는 걸 보여주고는 마지막에 증언을 곁들였다.

재판장이 보기에는 충분히 신빙성이 있는 것으로 받아들였을 것이다. 그리고 그런 식으로 자신의 죄를 자백하면서 증언하는 경우 재판장이 믿을 확률이 높다. 자신에게 불이익이 되는 일을 하면서까지 거짓말을 하지는 않을 거라고 생각해서 그런 것이다.

"그런데 사실 그런 식으로 자기 죄를 자백한다는 건 좀 이상한 일이긴 한데……."

사람은 자신의 죄를 순순히 자백하지 않는다. 벌을 받고 싶어 하는 사람이 어디 있겠는가. 그래서 그 자백을 받아내기 위해서 온갖 방법을 다 동원하는 거 아닌가. 그런데 이렇게 순순히 자백한다? 분명히 무언가 이상했다.

하지만 문제는 자백에 문제가 있다는 걸 입증하는 건 쉽지 않다는 거였다. 사실 지금까지는 그래도 여유가 있었다. 입증 책임이 보험사에 있었으니까. 하지만 이제는 상황이 바뀌었다. 원고가 이기기 위해서는 보험사의 주장이 사실이 아니라는 걸 이쪽에서 입증해야 한다.

"이거 피곤하게 됐네요. 거기다가 원고가 하는 말도 믿을 수가 없고……."

"그러니까요. 오늘은 일단 좀 쉬어야겠어요. 머리가 복잡해서 생각이 떠오르지를 않아요."

위지원 변호사는 내일 다시 만나서 이야기하자고 말했다. 이야기하는 그녀의 표정은 무척 지쳐 보였고, 힘들어 보였다. 혁민도 정신적인 대미지를 받을 정도였는데, 초보 변호사가 오죽했겠는가.

문제는 정말로 보험 사기가 아닌가 하는 생각마저 든다는 거였다.

다음 날, 혁민이 사무실에 들어오자 위지원 변호사는 걱정스러운 표정으로 물었다.

"정말 보험 사기가 아닐까요?"

"그럴 수도 있겠지만… 그냥 제 생각입니다만, 법정에서의 반응으로 보아서는 아닌 것 같기는 하네요. 하지만 지금은 무언가를 확실하다가 이야기할 수가 없으니……."

혁민은 일단은 의뢰인의 이야기를 들어보자고 이야기했다.

위지원 변호사는 시간을 정하기 위해서 의뢰인에게 연락했다.

"이상하네?"

"뭐가요?"

"연락을 받질 않아요."

한참 핸드폰을 들고 있던 위지원 변호사는 연결이 안 된다면서 눈살을 찌푸렸다. 분명히 통화음은 가는데 전화는 받지 않는다는 거였다.

"어제 술이라도 마시고 뻗어 있는 건가?"

의뢰인 가족의 분위기로 보아서는 집에 가서 평온하고 안락한 시간을 보내지는 않았을 것이다. 보아하니 의뢰인이 술도 제법 하는 것 같았고. 그러니 늦게까지 술을 마시고 아직 일어나지 않았을 수도 있는 일.

"집에다가 제가 연락을 해보죠."

혁민은 곧바로 의뢰인의 집에 연락했고 바로 아내가 전화를 받았다. 그런데 아내는 뜻밖의 대답을 했다.

"네? 나갔다고요?"

―예. 나간 지 좀 됐는데…….

"그래요? 어디로 간다고 하던가요?"

―그런 얘기는 없었는데요. 원래 어디 간다고 말하고 나가는 사람이 아니라서… 저는 당연히 변호사 사무실에 가는 줄 알았는데…….

집에서 나간 지는 한 시간이 넘었다고 하니 변호사 사무실로 향한 거라면 벌써 도착했어야 했다. 당연히 다른 곳으로 간 것이다.

"알겠습니다. 어디 있는지 아시게 되면 바로 연락 주세요. 그리고 혹시 연락이 오면 변호사 사무실로 전화 좀 달라고 얘기해 주시구요."

위지원 변호사는 옆에서 듣고 있다가 바로 질문을 던졌다.

"저기, 혹시 도망친 거 아닐까요? 왜 범행을 들킬 것 같으니까 그럴 수도 있잖아요."

"가족을 버리구요? 가족까지 버리고 도망칠 그런 사람일까요?"

혁민의 말에 위지원 변호사는 생각에 잠겼다. 그러고는 천천히 고개를 저었다. 의뢰인은 무뚝뚝하고 상당히 가부장적인 사람이었다. 그래서 오히려 가족을 내팽개치고 자기만 도망칠 위인으로는 보이지 않았다.

"같이 가면 같이 갔지 혼자서 도망치지는 않았을 것 같네요. 그래도 혹시 모르는 거 아닌가요? 왜 사람이 위급한 상황이 되면 전혀 그럴 것 같지 않은 행동도 하잖아요."

"그럴 수도 있기는 하지만, 그럴 거면 어젯밤에 바로 도망쳤을 겁니다."

혁민은 자신 같으면 그렇게 했을 것이라고 말했다. 잡힐까 봐 걱정해서 도망친 거라면 한시라도 빨리 자리를 뜨려고 했을 테니까. 그리고 밤에 움직이는 게 사람들 눈에도 덜 띄고.

"다른 사정이 있어서 전화를 받지 못하는 것일 수도 있으니까 일단 연락을 계속해 보죠."

하지만 시간이 계속해서 지나도 전화는 연결되지 않았다. 꺼져 있지는 않은데, 계속해서 연락을 받지 않아서 가다가 전화기를 떨어뜨린 게 아닌가 하는 생각이 들 정도였다.

그리고 점심시간이 조금 지난 시각, 의뢰인의 가족들이 사무실로 찾아왔다.

"혹시 이쪽으로 연락이 없었나요?"

의뢰인의 아내는 상당히 걱정스럽다는 표정으로 이야기했다.

"아뇨, 이쪽으로는 연락 온 게 없는데요. 가게에도 없으시구요?"

"예, 거기는 오전에는 원래 열지도 않아요. 가봤는데 닫혀 있었구요."

위지원 변호사는 어디 갈 만한 곳이 없느냐고 물었는데, 아내는 그럴 만한 곳은 전부 연락을 해보았거나 가봤다고 이야기했다. 그러면서 점점 표정이 어두워졌다.

"어제 그렇게까지 이야기를 하지 말아야 했는데……."

혁민은 일단 아내를 진정시키고 어제 어떤 일이 있었는지를 물었다. 어제의 일이 오늘 행방에 아무래도 영향을 주었을 테 니까.

"조금 다퉜어요. 어떻게 그런 중요한 일을 나한테 상의도 없 이 할 수가 있느냐고 말이에요."

"그랬더니 뭐라고 하던가요?"

"자기가 알아서 다 할 건데 믿지 못하느냐고 그랬어요. 원래 그런 일에 참견하고 그러는 거 무척 싫어했거든요."

아내의 말에 딸도 말을 덧붙였다.

"저도 섭섭하다고 했어요. 가족인데 상의해야 하는 거 아니 냐고요."

"그랬다가 애아버지한테 소리만 들었어요. 어딜 어른이 얘 기하는데 끼어드느냐고요."

딸의 말이나 아내의 말 모두 일리가 있었다. 그리고 요즘은 대부분의 가족이 그러는 것 같았다. 무슨 일이 있으면 그래도 가족하고 상의해서 결정하고. 그런데 의뢰인은 그런 스타일과 는 전혀 달랐다.

혁민은 이야기를 듣다 보니 시대를 한 이십 년은 되돌아간 듯한 느낌이 들었다. 권위적이고 가부장적인 아버지, 아내는 큰일에는 말도 꺼내지 못하게 하는 남편. 지금은 보기 어려운 그런 스타일 아닌가.

'아니, 자기가 무슨 대발이 아버지야?'

대발이 아버지는 1990년대 초반에 '사랑이 뭐길래'라는 드라마에 나온 캐릭터였다. 항상 호통치고 무서운 남편이자 아버지. 거기에 아무 말도 하지 못하고 숨죽이고 사는 가족들.

혁민은 이 가족의 모습과 그 드라마가 겹쳐 보였다.

"그러고 난 다음에는요? 그러고 나서는 별다른 일 없었나요?"

"그러고 나서는……."

잠시 머뭇거리면서 서로를 쳐다보던 아내와 딸은 주저하다가 말을 이었다.

"평소 같으면 그냥 그렇게 끝났을 텐데 어제는 좀……."

"엄마하고 저하고 계속 뭐라고 했거든요. 그런데 그러는 게 당연한 거 아니에요? 어떻게 아무런 말도 없이 그럴 수가 있는 건데요?"

혁민은 고개를 끄덕였다. 가족들 입장도 이해는 되었으니까.

"혹시 이상한 생각 하는 건 아니겠죠? 혹시라도 무슨 일 있을까 봐 자꾸만 불안해서……."

아내는 딸의 손을 잡으면서 어두운 표정을 한 채 걱정의 말을 내뱉었다. 그녀의 얼굴에는 짙은 근심이 드리워져 있었다.

"괜찮을 거야, 엄마. 별거 아닐 거야."

딸도 근심과 후회가 가득한 표정이었지만, 엄마를 위로하려고 애썼다.

아들은 의뢰인이 잘 가던 곳을 살펴보고 있다고 했는데, 특별한 연락이 없는 걸 보니 아직 찾지는 못한 모양이었다.

큰소리가 오가고 정상적인 대화는 이루어지지 않았다고 했다. 의뢰인은 화가 난 채 안방으로 들어갔고, 아내와 딸은 딸의 방에서 같이 잠을 잤고.

"아침에는 어땠는데요?"

"그냥 무표정했어요. 사실 겁도 나고 해서 말을 먼저 걸지 못하겠더라고요. 그런데 그냥 아무 말도 없이 휙 나가 버렸어요."

술에 취해 있지는 않았다고 했다.

혁민은 잠깐 생각하다가 다시 질문했다.

"혹시 가실 만한 다른 장소 같은 데 아세요? 왜 기분이 좀 착잡하거나 그럴 때 가는 장소가 있나 잘 생각해 보세요."

"딱히 그런 장소는……"

원체 규칙적으로 생활하는 사람이라서 가봐야 집 근처에 있는 공원 정도라고 했다. 물론 거기에도 가봤지만, 찾을 수 없었고.

"그러면 거기 말고 아주 가끔이라도 찾아가던 장소는요?"

"아! 시골집……"

아내는 몇 년 전까지만 해도 시어머니가 살아계셔서 가끔 시골집에 갔다고 했다.

"그래요? 거기가 어딘데요?"

"거기다 어디냐 하면요……"

시골집이라고는 했지만, 그리 멀리 있지는 않았다. 이곳에서 한 시간 반 정도 걸리는 곳에 있었으니까.

혁민과 위지원 변호사는 아내, 딸과 함께 그곳으로 향했다. 아들은 계속해서 가게나 의뢰인이 다닐 만한 곳을 찾아보기로 했고.

바로 출발한 일행은 대략 한 시간 반 정도 후에 목적지에 도착했다. 그렇게 도착한 시골집이 있는 곳은 평범한 농촌 마을이었는데, 정말 한적하고 평화로운 곳이었다. 사람들은 전부 일하러 나갔는지 별로 눈에 띄지 않았다. 집도 워낙 띄엄띄엄 있었고.

"그러니까 산 쪽으로 올라가는 걸 보셨다는 거죠?"

"그랴. 거기 산소가 있잖여. 거기 갔겠지."

"아, 그래요? 감사합니다."

혁민과 위지원 변호사는 할머니에게 인사했다. 할머니는 얼마 전에 의뢰인을 보았다고 하면서 이야기를 해주었다.

시골집에 도착한 일행은 차를 발견하고는 왜 전화를 받지 않는지 알 수 있었다. 의뢰인의 핸드폰이 차 안에 있었으니까. 하지만 집에는 의뢰인이 있지 않았다. 그래서 두 팀으로 나누어서 의뢰인이 어디에 있는지를 찾기로 했다.

돌아다니면서 의뢰인을 보았는지 물어보았는데, 그러다가 혁민과 위지원 변호사가 먼저 행방을 알아낸 것이다.

"이리로 오라고 전화를 할까요?"

"일단 가서 있는지 확인하고 연락하죠. 거기서 다른 데로 움직였을 수도 있잖아요."

일단 산으로 올라가서 의뢰인이 거기에 있는지 확인부터 하기로 했다. 산이라고는 했지만, 높은 건 아니었다. 하지만 제대로 된 길도 없었고, 경사가 제법 가팔라서 위지원 변호사는 무척이나 숨을 헐떡였다.

"잠깐만요."

위지원 변호사는 괜히 하이힐을 신고 왔다고 투덜거렸다. 하지만 헥헥거리면서도 할머니가 알려준 방향으로 계속해서 올라갔다.

조금 올라가자 약간 평평한 곳이 나왔고 저 멀리에 산소가 보였다. 그리고 거기에 누군가가 있는 것도 보였고.

"있는 것 같은데요?"

"헤엑~ 헤엑~ 그래요? 그러면… 빨리… 가보죠."

위지원 변호사는 혁민의 팔을 잡으면서 말했다. 힘들어서 서 있기도 힘든 모양이었다.

혁민은 그녀를 부축하면서 산소가 있는 곳으로 걸어갔다.

*　　　*　　　*

"보험에 왜 새로 들었냐고 했지?"

의뢰인은 처음에는 혁민과 위지원을 보고 뭐하러 왔느냐고 퉁명스럽게 굴었다.

혁민은 가만히 듣고만 있었는데, 그러자 의뢰인은 한숨을 크게 내쉬더니 이야기를 하기 시작했다.

"다 뻥이야. 친구 장례식 갔다가 마음이 심란했던 건 사실이지. 하지만 그렇다고 당장 먹고 죽을 돈도 없는데 보험을 들겠어?"

의뢰인은 하늘을 한 번 보더니 말을 이었다.

"방법이 없더라고, 방법이. 애들은 점점 크지, 돈 들어갈 일은 점점 많아지지. 그런 데다가 장사도 안되고. 도저히 안 되겠더라고."

의뢰인은 차분하게 말을 이어나갔다.

"어쩌겠어. 닭집은 그냥 계속 잡고 있어봐야 가망이 없겠더라고. 하루라도 빨리 접는 게 남는 거겠더라고. 이대로 다가가는 월세 밀린 것 때문에 보증금까지 다 까먹게 생겼더란 말이야. 그래서 내놨지."

의뢰인은 다른 걸 해볼 생각이었다고 했다. 그래서 요즘 어떤 게 잘되는지도 좀 알아보고 나름대로 생각한 것도 있다고 했다.

"서울에 있는 친구 얘기를 들어보니까 고기 뷔페가 잘된다더라고. 생각해 보니까 그럴 것 같아. 예전보다 고기 많이 먹잖아. 그런데 경기가 좋지 않으니까 돈들은 없고."

서울에는 고기 뷔페가 많았지만, 아직 이곳에는 보지 못했다고 했다. 그리고 특별한 기술이 없어도 가능했고.

"이게 장사도 만만치 않더라고. 회사 다니다가 장사하면 왜 망하는지도 알 것 같아. 사람 상대하고 그러는 게 장난이 아니거든."

"사람 상대하는 게 가장 어렵죠. 그건 동감합니다."

"그래, 그렇지. 그래도 나는 닭집이라도 해본 경험은 있으니까 적당한 자리에 열기만 하면 괜찮겠더라고. 그런데 그게 돈이 한두 푼 드는 게 아니더란 말이지."

그래서 여기저기 돈을 빌릴 수 있나 알아보기도 하고 장소도 알아보고 그랬단다. 하지만 아이템을 이야기하지는 않았다. 그랬다가 누군가가 먼저 시작해 버리면 곤란하니까.

그리고 조금이라도 빨리 시작해야겠다고 생각해서 무척 마음도 조급했다고 말했다. 그렇게 준비를 하다가 번화가는 아니지만, 그래도 제법 괜찮은 장소를 찾았다고 했다.

"당장은 조금 불편하겠지만, 집을 좁은 데로 옮기고 가게 보증금에 권리금 받으면 어떻게든 차릴 수는 있겠더라고. 그런데 건물 주인 그 새끼가 지가 쓴다고 하면서 권리금을 못 주겠다는 거야."

그때까지만 해도 차분했던 의뢰인의 목소리가 갑자기 커졌다.

"내가 알아보니까 그 새끼 상습범이더만. 지가 쓴다고 하고 내쫓고 나서는 얼마 후에 다시 다른 사람한테 권리금 받고 가게 내주고. 씨발. 그런데 그럴 수 있냐고 했더니 뭐라고 하는 줄 알아? 법대로 하래, 법대로. 이런 씨발."

의뢰인의 눈빛이 확 달라졌다. 눈의 흰자위가 희번덕거리는 것이 서늘한 살기가 맴돌았다.

"그래서 보험에 든 거야. 내가 그 새끼 죽여 버리고 자동차 타고 바다에 빠져서 뒤질라고."

홍분해서 말을 좀 횡설수설하기는 했지만, 건물 주인을 죽이고 자신도 사고로 위장해서 자살하려고 했다는 말이었다. 그게 걸리지만 않으면 가족들이 거액의 보험금을 받게 될 테니까.

"아니, 아무리 그래도 그렇게 생각하시면 어떻게 해요.

"뭐? 방법이 없잖아, 방법이. 말이 된다고 생각해? 권리금이라는 게 실제로 돈이 왔다 갔다 하는 건데 그걸 왜 생으로 뜯겨야 하는 건데? 이건 건물 주인이 사기 치는 걸 법이 도와주는 거 아냐. 니미. 그게 무슨 법이야?"

의뢰인의 말에 위지원 변호사는 대꾸할 수가 없었다. 굉장히 불합리한 일이라는 걸 자신도 알고 있었으니까. 그리고 그런 걸 악용하는 사람들이 있다는 것도 사실이었으니까.

"그리고 지금도 봐. 그 사기꾼 새끼가 순전히 뻥 치고 있는데 완전히 나만 엿 먹게 생긴 거 아냐. 나한테 왜 이러는데? 내가 뭘 그렇게 잘못했다고! 엉?"

의뢰인은 점점 홍분해서 고래고래 소리를 질렀다.

"회사에서도 죽도록 일했는데 짤려, 그동안 모은 돈으로 가게 열었는데 거기 들어간 권리금은 가게 주인한테 뜯겨. 어? 그것뿐이야? 사고 났는데 사기꾼으로 몰려. 왜?? 세상이 뭐 이따구야?? 난 열심히 살았다고. 그냥 먹고살라고 일만 했다고!!!"

위지원 변호사는 당황해서 어쩔 줄을 몰랐다. 그래서 혁민이 나섰다.

"하나씩 바로잡아 보죠."

"바로잡아? 어떻게?"

의뢰인은 웃기지 말라는 듯 말했다. 어차피 다 끝난 거라는 듯. 하지만 혁민은 별다른 감정 변화 없이 이야기했다.

"법만 잘 활용해도 어느 정도까지는 가능합니다. 거기다가 플러스알파까지 있으면 더 좋을 거구요. 그러니까 한번 시도나 해보죠. 죽는 게 급한 건 아니잖습니까."

그 말에 의뢰인은 코웃음을 쳤다.

"법? 이제 당신들도 알 거 아냐. 법, 그거 보험사나 건물 주인같이 있는 놈들 거야. 언제 우리 편들어주는 거 봤어?"

그는 유전무죄 무전유죄라는 말 들어보지 않았느냐고 말했다.

"엄청나게 해먹어도 있는 놈들은 다 집행유예로 나오잖아. 뭐 교도소 들어가는 사람들도 있겠지. 들어가면 뭐해? 어차피 크리스마스나 광복절 되면 슬쩍 다 나오는데. 그런데 우리도 그래? 우리 같은 사람도 그러냐고!"

대답하기 쉽지 않았다. 현실은 공명정대와 같은 말과는 거리가 있었으니까. 하지만 혁민은 곧바로 받아쳤다.

"다른 사람 이야기할 거 없습니다. 지금 문제는 당신이잖습니까."

혁민은 법이 그렇게 엉망이기만 했다면 사회가 지금처럼 유지되지 못했을 것이라고 이야기했다.

"분명히 더럽고 지저분한 부분, 있어요. 지금까지 그래 왔고, 앞으로도 쉽게 없어지지는 않을 겁니다. 하지만 그런 면만 있는 게 아니라는 것도 알지 않습니까. 법은 정의를 추구합니다. 그걸 지키기 위해서 나름대로 애쓰는 사람들도 있습니다."

이번에는 의뢰인이 대답하지 못했다. 그런 부분이나 그런 사람이 있다는 것 역시 사실이었으니까.

"어떤 사회도 완전무결할 수는 없다고 봅니다. 그것에 가까워지기 위해서 노력을 할 뿐이죠. 여기 위지원 변호사는 그런 사람 중 한 사람이라고 저는 생각해요. 그렇지 않았으면 사건을 맡지도 않았을 거고, 지금 여기까지 올라오지도 않았을 테니까요."

혁민의 말에 의뢰인이 고개를 돌려 위지원 변호사를 쳐다보았는데, 그녀는 쑥스러운 듯 뺨을 붉적였다.

"뭐, 그런 것 같기는 합다……."

혁민은 그러니까 해볼 가치는 있지 않으냐고 이야기했다.

"이긴다는 보장은 없어요. 하지만 해보지 않으면 가능성 자체가 없어지는 겁니다. 몇 번 졌다고 해서 인생에서 패배한 건 아닙니다. 당신의 인생은 아직 진행형 아닌가요?"

혁민의 말에 의뢰인은 입술을 깨물면서 주먹을 쥐었다.

"진행형……."

"그래요. 다른 사람이 어땠고 그런 건 신경 쓰지 맙시다. 중요한 건 자신이에요. 지금 어렵다는 거 알아요. 정말 죽을 생각을 할 정도로 고통스럽고 힘겨운 거 잘 압니다. 하지만 그럴 때가 무언가 변하는 순간이에요. 거기서 어떻게 하느냐에 따라서 비극이 되느냐, 해피엔딩이 되느냐. 갈라지는 겁니다."

무덤가에는 잠시 고요함이 흘렀다. 뺨을 간질이는 부드러운 바람과 풀과 나뭇잎이 바스락거리는 소리만이 주변을 채우고 있었다.

위지원 변호사는 혁민을 쳐다보았다. 그의 얼굴에서 자신의 아버지와 지금은 고인이 된 고등학교 때 은사의 얼굴이 보였다. 자신의 인생에 지금까지 가장 큰 영향을 준 바로 그 사람들의 얼굴이.

"당신……."

의뢰인이 웃으면서 입을 열었다.

"사기꾼으로 나섰으면 끝내줬겠어."

짧은 말이었지만, 그가 마음을 돌렸다는 걸 모두가 알 수 있었다. 그는 혁민을 쳐다보더니 위지원 변호사에게 손을 내밀었다. 위지원 변호사도 웃으면서 그의 손을 잡았고.

"까짓거 한 번 더 속아봅시다. 그런데 이길 방법이 있기는 한 거유?"

의뢰인은 편안한 표정으로 물었다. 아직도 위지원 변호사를 믿지 못하는 그런 느낌을 받을 수도 있는 말이라 기분이 나쁠 수도 있었는데, 다들 그렇게는 받아들이지 않았다. 의뢰인이 마음을 정하고 그냥 담담하게 물었다는 걸 알 수 있었으니까.

"아직은 끝난 게 아니니까 가능성은 있는 거죠. 그런데 정말로 하지 않은 거죠?"

"허허. 죽을 생각까지 한 사람이 뭐 얻을 게 있다고 거짓말을 하겠수. 나는 하지 않았어요."

위지원 변호사는 고개를 끄덕였다. 말에서 진정성이 느껴졌기 때문이었다. 그리고 이제는 서로 대화가 좀 통한다고 생각했다.

전까지는 마음에 벽을 몇 개는 세우고 이야기를 하는 그런 느낌이었다. 그런데 지금은 그런 게 하나도 느껴지지 않았고, 거리감도 전혀 없었다. 이제 정말 제대로 된 소통을 할 수 있게 된 거였다.

"그런데 좀 이상한 게 있어요. 왜 그 사람이 누명을 씌운 걸까요?"

"글쎄? 그거야 나도 모르지. 나도 그게 이해가 안 되는 거라니까."

의뢰인은 그 사기꾼 새끼를 가만히 두지 않겠다고 투덜거렸다. 혁민도 그 점은 무척 궁금하던 차였다.

'그건 좀 이상하기는 했어. 의뢰인에게 누명을 씌운다고 해서 자신에게 무슨 이득이 될 일이 있나? 그게 아니면 원한이 있어서 그랬다고 봐야 하는데……'

혁민은 혹시나 싶어서 물어보았다.

"그 사람하고 예전에 좋지 않은 일이 있었다거나 그런 건 없었나요?"

"안 좋은 일? 글쎄? 딱히 그런 일은 없었는데… 학교 다닐 때도 어울리지도 않았으니까. 그리고 그 이후로는 더욱 볼 일이 없었고."

그러자 위지원 변호사가 무언가를 물으려 했는데, 뒤에서 딸의 목소리가 들렸다.

"아빠~"

고개를 돌려보니 의뢰인의 아내와 딸이 보였다. 아마도 의뢰인이 이곳에 갔다는 걸 누군가에게 듣고 달려온 듯했다.

"아니, 이 양반이. 어딜 가면 간다고 얘기를 해야지. 그리고 핸드폰을 가지고 있든가."

"맞아요. 얼마나 걱정했다고."

아내는 잔소리를 퍼부었고, 딸은 아빠의 팔에 매달려서는 칭얼거렸다. 하지만 그런 두 사람을 바라보는 의뢰인은 그저 웃기만 했다.

"무슨 소리야. 내가 뭐 어쨌다고. 잠깐 머리가 복잡해서 그냥 바람이나 잠깐 쐬려고 한 건데."

다소 퉁명스러운 말이었지만, 말투는 무척 부드러웠다.

"일단 내려가죠. 집에 가서 이야기를 좀 더 하든가 아니면 사무실에 가서 하는 게 좋을 것 같네요."

그녀의 말에 사람들이 동의하고는 산 아래로 내려가기 시작했다.

*   *   *

"상황은 어떻게 보면 아주 심플합니다."

혁민은 지금 문제가 되는 건 사기 보험을 같이 공모했다는 증언이라고 했다.

"하지만 그건 거짓 증언이죠. 그 점을 밝히면 됩니다."

"그런 걸 밝힐 때는 어떻게 하죠?"

그건 법적인 부분은 아니었다. 증거나 증언의 허점을 포착하고 사람을 다루는 영역이어서 위지원 변호사는 조금 긴장한 듯했다. 그런 건 지금까지 한 번도 해본 적이 없었으니까.

"당장 증거를 제시하기는 어려우니까 일단은 그 증인을 압박해야 합니다. 그래서 무언가를 토해내게 해야죠."

"그건 아는데 제가 그런 걸 해본 경험이 없어서……."

"제가 도움을 좀 드리죠. 일단 제가 먼저 변호사 역할을 해볼 테니까 변호사님이 그 증인 역할을 하세요."

혁민은 어떤 식으로 사람을 압박해야 하는지를 보여주기로 했다. 그런 게 배운다고 당장 능숙하게 할 수 있는 그런 건 아니었지만, 그래도 경험을 해보는 편이 훨씬 도움이 될 테니까.

"증인은 사기 전과가 있죠?"

"예."

그 증인은 사기로 교도소에 다녀온 적이 있었다. 그것도 두 번이나.

"증인은 보험 사기에 가담하게 된 계기가 교도소에서 알게 된 동료 수감자에게서 연락을 받았기 때문이라고 했습니다. 맞습니까?"

"예, 맞습니다."

증인을 신문할 때 처음부터 몰아붙이지는 않는다. 하지만 그때부터 기 싸움은 이미 시작이 된 거다.

혁민은 그런 식으로 물어보다가 질문을 멈추었다.

"제가 지금 어떻게 움직이고 어떤 식으로 쳐다봤는지 알겠습니까?"

"예?"

위지원 변호사는 당황해서 대답하지 못했다. 어떤 식으로 질문해야 하는지만 생각하고 있었는데, 갑자기 움직임이나 시선을 물어보니 그런 거였다.

"무엇을 말하는지만 중요한 게 아닙니다. 상대를 압박하려면 정교하게 각본을 짜고 거기에 상대가 빠지도록 만들어야 하는 겁니다."

혁민은 상대는 이미 전과가 있는 사람이라는 점을 강조했다.

"전과가 있다는 게 무슨 의미인지는 잘 알겠죠? 이미 경찰과 검찰에서 당할 만큼 당해봤고, 재판도 거쳤다는 겁니다."

그러므로 위지원 변호사같이 초보, 거기다가 여성이 신문하러 나올 경우에는 상대의 술수에 놀아날 가능성이 높다고 했다.

"학교에서 그 많은 시간을 뭐 하고 지내겠습니까. 거기서 범죄와 관련해서 어떻게 하면 걸리지 않는지에 대한 이야기, 법이나 검찰, 경찰에 관한 정보, 재판이나 신문받을 때의 노하우. 이런 걸 다 배웁니다."

그러니 처음부터 우습게 보여서는 절대로 안 된다고 했다. 그리고 주눅이 들어서도 안 되고.

"처음에 눈싸움에서 밀리면 끝장입니다. 제압하지는 못하더라도 만만하지 않다는 걸 보여주어야 나중에 압박이 더 잘 먹혀드는 겁니다."

"아~ 정말 그렇겠네요."

위지원 변호사는 고개를 끄덕였다. 그녀는 신세계가 열리고 있는 기분이었다. 이런 걸 누가 알려주겠는가. 그녀는 혁민의 한 마디도 놓치지 않겠다는 듯 집중했다.

"자. 그럼 다시 수업 시작합시다."

혁민은 다시 신문을 시작했다. 그리고 상대를 압박해서 혼들어놓는 방법을 직접 체험하게 해주었다. 혁민이 압박을 시작하자 말이 조금 빨라지기 시작했다.

위지원 변호사는 정신이 하나도 없었다. 무슨 대답을 하려고 하면 중간에서 자르고, 생각하려고 하면 사정없이 대답하라고 몰아붙였다. 설마하니 대화를 하는 것만 가지고 압박감을 그렇게 느낄까 하는 생각을 했었는데 그건 완전한 착각이었다.

위지원 변호사는 폭풍우에 휩쓸려 자신의 뜻과는 상관없이 몸이 이리저리 마구 움직이는 그런 느낌이었다. 머릿속이 멍해지고 상대가 말하는 것에 대답하기 바빴다. 그리고 이상하게도 자꾸만 눈물이 나려고 했다.

"일단 오늘은 여기까지만 하죠."

"……."

위지원 변호사는 아무런 말도 하지 못하고 멍한 상태로 자리에 앉아 있었다. 혁민은 빙긋 웃으면서 이야기했다.

"실전에서는 이것보다도 더 심하게 하는 경우도 있습니다."

"더 심하게요? 그건 너무한 거 아닌가요? 지금도 장난 아닌 것 같은데… 인권 침해라는 이야기도 나오겠어요."

혁민은 표정이 굳어지며 이야기했다.

"인권은 그만큼 존중받아야 하는 사람이 누려야 하는 권리입니다. 인간 같지도 않은 사람에게는 그만한 대우를 해줄 필요가 없다고 생각합니다."

여기까지 말한 혁민은 표정을 누그러뜨리면서 부드럽게 이야기했다.

"물론 이건 제 개인적인 생각이지만 말입니다."

"음… 저는 동의하지는 않지만, 공감은 가는 말이네요."

위지원 변호사는 그렇게 말하고는 자리에서 일어섰다. 그리고 몸을 이리저리 틀면서 기지개를 켰다. 누군가에게서 여기저기 얻어맞은 그런 느낌이 들었기 때문이었다.

"그리고 이런 식으로 압박하면 상대는 말실수가 나오게 됩니다.

"아무래도 그렇겠죠. 여유를 주고 생각을 하게 하면 머릿속으로 따져 보고 대답하겠지만, 지금처럼 그럴 틈도 주지 않고 몰아붙이면 반사적으로 대답을 할 테니까요."

혁민은 고개를 끄덕였다.

"그렇게 하다 보면 예전에 진술한 것과는 다른 게 분명히 나올 겁니다. 그게 포인트죠."

"진술의 신빙성을 문제 삼을 수 있겠군요."

"그렇죠. 거기다가 상대는 전과자이니 효과가 더 클 겁니다. 선입견 없이 재판한다고 하지만 완전히 없을 수는 없거든요. 상대의 약점은 최대한 이용해야 합니다."

위지원 변호사는 정정당당하지는 않게 보인다고 하면서도 그렇게 해야 한다면 하겠다고 이야기했다.

"그리고 진술의 신빙성이 아니더라도 거짓이라는 증거를 찾을 수도 있을 겁니다. 만난 시간이나 장소, 무슨 말을 했는지, 여러 가지 질문을 하면 개중에 걸리는 게 있을 겁니다. 그러면 그걸 가지고 지금 증인이 위증을 하고 있다는 걸 증명하면 되는 거죠."

하지만 반대로 제대로 압박하지 못해서 증인에게 놀아나게 되면 의뢰인이 사기에 가담했다는 걸 오히려 굳어지게 할 수 있다고 주의를 주었다.

"그러면 이번에는 반대로 해보죠. 여기가 법정이라고 생각하시고 한번 해보세요."

이번에는 혁민이 의자에 앉아 증인 역할을 했다.

위지원 변호사는 마음을 가다듬고는 증인 신문을 시작했다.

"증인은 사기 전과가 있죠?"

"예. 그렇습니다."

"증인은 보험 사기에……."

"잠깐만요."

혁민은 위지원 변호사의 말을 끊었다.

"지금 뭐 하시는 겁니까?"

"예? 지금 배운 대로……."

"지금 국어책 읽어요? 그리고 같은 말이라도 자신감 있게 해야죠. 나는 진실을 알고 있다! 니가 지금 거짓말을 하고 있다는 걸 난 안다! 위증하고 있다는 걸 반드시 밝혀내겠다!! 이런 강한 의지가 있어야죠."

혁민은 의지라는 게 굉장히 추상적인 개념일 것 같지만, 실제로 그 사람이 말하고 행동하는 것에서 그런 게 보인다고 했다.

"그래야 판사도 수긍하고 증인도 불안하게 생각할 거 아닙니까. 그러니까 그런 생각으로 마음을 단단히 먹고 다시 해보세요."

"예! 그렇게 해볼게요!"

위지원 변호사는 마음을 가다듬고는 다시 신문을 시작했다.

하지만 혁민의 마음을 만족시키는 건 쉽지 않았다.

"다시! 더 자신감 있게!! 지금까지의 자신은 잊어버려요. 당신은 지금 노련하고 경험 많은 훌륭한 변호삽니다. 수많은 난관을 헤치고 나온 사람. 그렇게 생각하세요. 그리고 밀어붙여요!! 할 수 있다고 생각해야 할 수 있는 겁니다. 자, 다시!!!"

혁민은 무척 거칠고 엄하게 위지원 변호사를 대했다. 단시간에 효과를 보려면 그렇게 해야만 했다. 위지원 변호사는 살짝 힘겨워하기도 했지만, 그래도 잘 따라와 주었다.

그리고 그날 밤에 사무실에서 나갈 때, 위지원 변호사는 완전히 녹초가 되어 있었다. 하지만 표정은 밝았다.

혁민은 그녀를 보면서 말했다.

"처음보다는 훨씬 나아졌습니다."

"정말요?"

위지원 변호사의 표정이 확 밝아졌다. 혁민은 앞으로 걸어가면서 말했다.

"생각한 것보다는 잘하고 있네요. 제가 생각한 수준에 한 4~5% 정도는 되는 것 같습니다."

그 말을 들은 위지원 변호사는 혁민의 등을 보면서 눈을 흘기면서 입을 삐쭉 내밀었다.

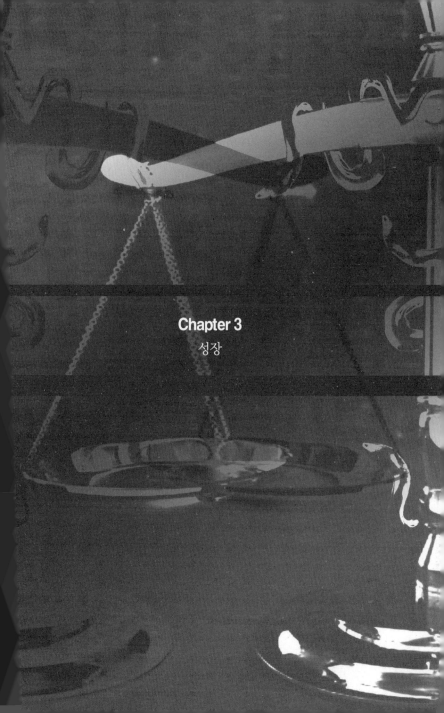

Chapter 3
성장

위지원 변호사는 마음을 가다듬고 앞으로 나섰다. 증인, 그러니까 가장 뒤쪽 차량의 운전자이자 소유주, 의뢰인의 동창이자 사기 전과가 있는 남자는 혁민의 말대로 여유가 있어 보였다.

사실 법정에 서면 왠지 모르게 위축되는 그런 게 있다. 법정이 주는 묘한 위압감 같은 게 있는데, 이미 경험이 있어서 그런지 증인에게는 그런 모습이 보이지 않았다. 오히려 편안한 표정으로 위지원 변호사를 보면서 히죽 웃었다.

게다가 상대 변호사도 백전노장이라 그런지 여유만만한 모습이었고.

그런 상황에서 위지원 변호사는 마음을 가다듬으면서 입을 열었다. 자신은 경험도 풍부하고 확실한 증거를 가지고 있는 변호사라고 자기최면을 걸면서.

"증인은 사기 전과가 있죠?"

"이의 있습니다."

상대 변호사는 본 사건과는 무관한 내용이며 선입견을 심어줄 수도 있는 일이라면서 이의를 제기했다.

"증인의 신뢰성을 검증하긴 위함입니다. 그리고 본 사건과 무관하지 않습니다. 왜냐하면, 증인이 보험 사기에 합류하게 된 계기가 교도소에서 만난 사람과 연관이 있기 때문입니다."

위지원 변호사는 차분하게 이야기했다. 이미 이런 상황을 예상하고 대비했기 때문이었다. 너무나도 태연자약한 대응에 상대 변호사가 오히려 놀라는 눈치였다.

'역시나 맥을 끊어오네. 하지만 뭐 이 정도쯤이야.'

혁민과 리허설을 할 때는 더 심하게 당하기도 했었다. 이 정도는 이제는 아무것도 아니었다. 위지원 변호사는 아무렇지도 않게 받아넘겼고, 판사도 위지원 변호사의 손을 들어 이의를 받아들이지 않았다.

"계속 신문하세요."

"증인이 보험 사기에……."

위지원 변호사는 처음부터 증인과 눈을 맞추었다. 그리고 자신감 있는 태도로 증인을 대했다. 확신에 찬 모습과 목소리. 그리고 무언가 확실한 증거를 가지고 있는 듯한 분위기.

처음에는 나이도 어린 변호사를 살짝 깔보았던 증인은 점차 위축되었다. 만약 증인이 진실을 말했더라도 법정 분위기 때문에 움츠러들었을 텐데, 무언가 켕기는 게 있으니 오죽하겠는가.

'아직은 여유가 있어 보이긴 하지만 눈을 피해. 이러면 내가 심리적으로 우위에 있는 거라고 했지?'

범죄자들은 본능적으로 자신이 약한 모습을 보이면 불리하다는 걸 알고 있다. 그래서 자신이 위축되더라도 그러지 않은 척하려고 노력한다. 하지만 그런 티를 완전히 감추는 건 어려운 일이다. 몸은 자신도 모르게 반응하니까.

그리고 그런 걸 잘 아는 사람이 한 명 더 있었다. 바로 상대 변호사였다. 그는 검사 출신이다. 얼마나 많은 범죄자를 상대했겠는가. 이 법정 안에서 사람의 심리 변화와 상태를 누구보다도 잘 아는 게 바로 상대 변호사라고 할 수 있을 것이다.

'나이도 어린 친구가 제법인데? 이겨 이대로 두면 곤란하겠어.'

상대를 얕잡아 보는 건 아니었지만, 경험과 연륜은 어쩔 수 없는 거라고 생각하고 있었다. 하지만 위지원 변호사의 몇 마디 말과 진행하는 솜씨를 본 그는 그녀를 결코 만만하게 생각해서는 안 된다고 확실하게 느꼈다.

하지만 맥을 끊기 위해서 몇 차례 시도를 해보았지만, 소용없었다. 위지원 변호사가 너무나도 쉽게 받아쳤던 것이다. 그렇다고 계속해서 훼방을 티 나게 할 수도 없는 일. 결국, 상대 변호사는 그냥 지켜볼 수밖에 없었다.

"그러니까 동창회에서 원고가 경제적으로 어렵다는 걸 듣게 되었고, 그래서 포섭했다 이거죠? 그런 상황이면 넘어오겠다 싶어서 말이죠."

"예. 그렇습니다."

"그런데 사실 평범하게 살아온 사람이 그런 걸 결심하기는 쉽지 않았을 것 같은데요. 바로 승낙하던가요?"

"바로는 아닙니다. 나중에 참가하겠다고 알려왔습니다. 사실 경제적으로 내몰리게 되면 이상한 일도 아니죠."

증인은 아직은 여유를 가지고 대답했다. 특별히 이상하거나 문제가 될 만한 질문은 없었으니까.

하지만 위지원 변호사는 지금까지의 진행에 아주 만족하고 있었다.

'역시나 허술하네. 뒤로 가면 재미있어지겠어.'

그렇게 생각하면서 그녀는 질문을 이어나갔다. 초반 몇 개의 질문은 특별할 게 없었다. 하지만 위지원 변호사는 템포 조절을 잘했다. 상대가 질문을 기다리면 살짝 끌고, 생각하려고 하면 빠르게 치고 들어갔다. 심리적으로 조금씩 흔들어놓는 거였다.

그렇게 되자 증인은 점점 불안하고 초조해졌다. 지금까지는 별다른 질문을 한 것도 아닌데 심리적으로 조금씩 와해되고 있었다.

"그러면 원고와는 어떤 식으로 작전에 관해서 이야기를 나누었습니까?"

"그러니까… 대포폰으로 통화했습니다."

"그러면 그 대포폰은 어떻게 했습니까?"

"음… 버렸습니다."

"그러면 원고와 만난 적은 따로 없습니까? 동창회 이후에요."

"예. 동창회에서 만나고 이후로는 대포폰을 통해서만 이야기를 나누었습니다."

이미 진술한 내용이었다. 만나서 이야기했다고 하는 건 위험할 수도 있어서 대포폰을 사용했다고 이야기했다. 그 시간에 원고가 다른 곳에 있었다는 게 밝혀지면 곤란하니까. 하지만 대포폰이야 언제 어디서든 사용할 수 있는 거 아닌가.

그리고 실제로 보험 사기를 꾸미면서 대포폰을 사용하기도 했고. 하지만 질문을 할수록 단단하게 쌓아놓았던 벽이 조금씩 무너지고 있었다.

"그러면 작전에 관해서 어떤 이야기를 했습니까?"

"예?"

"차량이 세 대가 동원되는 작전입니다. 그리 간단한 게 아닐 것 같은데 작전에 관해서 자세하게 이야기했을 것 아닙니까. 무슨 얘기를 했습니까?"

"그게……."

실제로 한 적이 없는 이야기를 지어내려고 하니 증인의 머릿속이 복잡해졌다. 하지만 대충 생각은 하고 있던 터라 대답을 할 수는 있었다.

"언제 어디쯤에서 할 것이라는 거하고… 음… 원래 역할이 크지 않아서 그렇게까지 이야기를 많이 할 필요는 없었습니다."

증인은 대답하고도 만족스러워했다. 급히 떠올린 것치고는 나쁘지 않았기 때문이었다.

"그러면 리허설은 언제 했습니까? 실제로 작전하기 전에 현장을 확인했죠?"

"예? 리허설… 그러니까… 사고가 나기 일주일 전에 했습니다."

증인은 교통 상황이나 그런 것도 체크하기 위해서 같은 요일에 하는 게 좋다고 생각해서 일주일 전에 했다고 말했다. 실제로도 그날 리허설을 했다.

"그러면 거기에 원고도 있었겠네요?"

"네? 뭐… 있었습니다."

"시간은 언제였습니까?"

"사고 시점과 마찬가지인 오전 10시경이었습니다."

리허설같이 중요한 일에 공모한 사람이 빠졌다고 할 수는 없는 일 아닌가. 당연히 참가했다고 이야기했다.

그 이야기를 듣자 위지원 변호사는 방청석에 있는 혁민을 쳐다보았다.

혁민은 고개를 끄덕이고는 재빨리 가지고 있는 서류를 뒤적였다.

혁민이 서류를 보는 사이에 위지원 변호사는 계속해서 신문을 이어나갔다.

"이상하네요? 동창회 이후에는 만난 적이 없다고 하지 않았던가요?"

"아! 그게… 그러니까… 제가 착각했네요. 계속 통화를 하다가 리허설 때는 만나야 해서… 얘기를 거의 하지 않아서 착각한 것 같네요."

증인은 불안한 표정으로 분위기를 살폈지만, 위지원 변호사는 거기에 대해서는 질문을 더 하지 않았다. 증인은 다행이라고 생각하고는 가슴을 쓸어내렸다.

"그러면 돈은 어떤 식으로 나누기로 했습니까?"

"일단 책임자에게 보내고 미리 정한 비율대로 분배하기로 했습니다."

"그런 내용도 원고와 이야기를 했죠? 언제 이야기했습니까?"

"음… 그러니까… 대포폰으로 통화를 하면서 했습니다. 언제인지 정확하게는…….."

증인은 그렇게 말하면서 슬슬 눈치를 살폈다. 조금씩 불안해지기 시작한 거였다. 위지원 변호사는 고개를 끄덕이고는 다시 질문을 이어나갔다.

"그러니까 중요한 이야기는 전부 대포폰을 통해서 대화했다 이거네요?"

"예, 맞습니다."

그리고 그 타이밍에 날카로운 질문이 증인을 파고들었다.

"그러면 대포폰은 원고에게 언제 주었습니까?"

"예?"

"대포폰을 원고에게 주었으니까 그걸 가지고 통화를 했을 거 아닙니까. 그걸 준 게 언제입니까?"

증인은 곤혹스러운 표정이 되었다. 미처 생각하지 못한 내용이어서 그랬다. 그래서 겨우 생각해 낸 것이 동창회였다. 그

것 말고는 떠오르지 않았다.

"동창회··· 동창회에서 쳤습니다."

"동창회요? 그래요? 그러면 증인은 원고에게 보험 사기에 가담하라는 제안도 동창회에서 했겠군요."

"예··· 그렇습니다."

위지원 변호사는 피식 웃었다. 그녀는 자리로 돌아가서는 서류를 집어 들었다. 그리고 증인에게 다가가면서 말했다.

"그것참 이상하네요. 그런 비밀을 요하는 이야기를 단둘이 있을 때도 아니고 사람이 여럿 있는 동창회에서 이야기했다니 말입니다."

"그게··· 사람이 왔다 갔다 해서 둘이 있을 때······."

"글쎄요? 다른 증인들의 증언에 따르면 그 테이블에는 계속해서 사람들이 있었는데, 언제 이야기했다는 거죠?"

위지원 변호사는 다른 증인들의 증언이 적힌 서류를 흔들었다.

증인은 아차 싶었다. 하지만 억지로 머리를 쥐어짰다.

"저기··· 사람들이 화장실에 가고 그래서 잠깐 기회가 있었습니다."

"그러면 증인은 말만 꺼내면 원고가 승낙하리라 생각하고 있었나 보네요?"

"네?"

"그렇지 않습니까. 가담하겠다는 의사를 밝히지 않았으면 대포폰을 주지 않았겠죠. 대포폰을 주었다는 건 상대가 가담하겠다는 의사를 표시했으니까 주었을 거 아닙니까."

위지원 변호사는 생각할 여유도 주지 않고 질문을 퍼부었다.

"예? 뭐… 그렇죠……."

"그러니까 이상하다는 거 아닙니까."

위지원 변호사는 회심의 미소를 지으면서 말을 이었다.

"증인은 동창회에서 원고가 경제적으로 어렵다는 말을 듣고 보험 사기에 끌어들이기 위해서 이야기를 했다고 했습니다. 동창회에서 말이죠."

위지원 변호사는 그러면 대포폰을 가지고 간 게 이상하지 않으냐고 이야기했다. 마치 거기에서 누군가가 포섭될 것이라는 걸 미리 알고 있었던 듯 대포폰을 가지고 갔으니 말이다.

"그게… 맞다. 혹시나 싶어서… 그래서 가지고 있던 겁니다."

"그래요? 좋습니다. 그러면 원고는 언제 가담하겠다고 하던가요?"

"예?"

"증인이 제안하고 원고가 가담하겠다고 했으니까 대포폰을 주었을 거 아닙니까. 그러니까 이야기를 하니 원고가 언제 가담하겠다고 했습니까?"

"그거야… 제안을 하고 조금 있다가……."

동창회를 하면서 모든 사건이 이루어져야 했다. 당연히 제안을 하고 동창회가 끝나기 전에 대답했다고 말했다.

"그런가요? 그것도 이상하네요. 아까는 대답은 나중에 했다고 하지 않았습니까?"

"예? 나중이요? 그렇죠. 나중에……."

증인은 머릿속이 복잡해져서 횡설수설했다.

"그게 나중이라는 게… 다른 날이라는 게 아니라… 그러니까 동창회가 끝날 무렵에……."

"그래요? 그러면 어떻게 알려왔습니까? 직접 말로 하던가요? 아니면 전화를 하던가요?"

"직접… 그러니까……."

증인은 아까 답변한 내용을 생각해 내서는 그것과 충돌하지 않는 대답을 하려고 무진 애를 썼다. 하지만 인간의 기억력이라는 게 생각보다 정확한 게 아니다.

그리 오랜 시간이 지난 것도 아니었지만, 무슨 말을 했는지 정확하게 생각이 나지 않았다. 증인은 대답하지 못하고 계속해서 말을 더듬었다.

그러는 사이에 혁민이 위지원 변호사를 보면서 손짓을 했다.

위지원 변호사는 잠시 혁민에게 다가갔고, 혁민은 그녀에게 메모가 된 종이를 주면서 무언가를 귓속말로 전했다.

고개를 끄덕이며 돌아온 위지원 변호사는 판사를 보면서 이야기했다.

"상식적으로 일반인이 그런 말을 들었을 때, 그 자리에서 바로 답변을 했다는 건 납득하기 어려운 일입니다. 며칠이라도 고민하는 게 정상적인 일일 것이고, 증인도 분명히 나중에 참가 의사를 알려왔다고 이야기했습니다. 증인! 그렇게 이야기하지 않았습니까?"

"예. 뭐… 그렇기는 한데……."

위지원 변호사는 증인에게로 시선을 돌리면서 계속해서 질문했다.

"분명히 사고가 나기 일주일 전에 리허설을 했다고 했습니다. 그리고 원고도 참가했다고 했습니다. 맞습니까?"

"예… 그렇습니다……."

증인이 대답은 했지만, 자신감은 하나도 없어 보였다.

"오전 10시경이라고 이야기했는데, 원고는 그 당시 그 장소에 없었습니다."

위지원 변호사는 메모를 슬쩍 확인하고는 말을 이었다.

"그 시각, 돈을 빌리기 위해서 친구를 만나고 있었습니다. 카페에서 한 시간 반 정도 만났고, 오전 10시 50분경에 헤어졌습니다."

원고는 그 시각, 그가 경제적으로 몰리고 있다는 걸 증언하기 위해서 나왔던 증인 중 한 명을 만나고 있었다. 더는 빌릴 데가 없다는 이야기를 들었다는 바로 그 증인이었다.

"이상하지 않습니까? 보험 사기에 가담하기로 한 사람이 돈을 빌린다니 말입니다. 게다가 리허설을 했다는 그 시각에 원고는 그 장소에도 없었습니다."

위지원 변호사의 말에 증인은 당황했고, 상대 변호사는 침중한 표정이었다. 증인이 완벽하게 걸려들었다는 걸 알 수 있었으니까. 그리고 이건 다시 뒤집기도 어려웠다. 워낙 촘촘하게 만들어진 덫에 걸려든 거라서 어떻게 하기 어렵다는 생각을 한 것이다.

그리고 위지원 변호사의 말에 판사도 고개를 살짝 끄덕였다. 증인의 말은 뒤죽박죽이었고, 위지원 변호사의 논리는 정연하고 타당성이 있었으니까.

"이상입니다."

이미 사실이 어떻다는 걸 판사가 알아들었는데, 중언부언 계속 떠드는 건 좋지 않았다. 오히려 이렇게 마무리하는 편이 더 깔끔했다.

위지원 변호사는 자리로 돌아오면서 혁민을 향해서 생긋 웃었다. 혁민은 엄지를 올리면서 최고였다는 입 모양을 해 보였고.

"더 강하게 확 몰아붙일 수도 있었는데… 아유~"

위지원 변호사는 자그마한 주먹을 흔들어대면서 흥분한 채 이야기했다. 정말 짜릿하다는 게 어떤 건지를 제대로 느꼈으니 이러는 게 당연할 것이다.

'재능이 있어.'

작전을 짠 건 혁민이었다. 어떤 식으로 사람의 심리를 파고들어야 허점이 드러나는지, 진술에 어떤 문제가 있는지를 고려해서 시나리오를 만들었다. 하지만 시나리오를 만들었다고 해서 아무나 다 그걸 잘할 수 있는 건 아니다.

실전에 들어가면 긴장하게 되고, 긴장하게 되면 실수가 나온다. 그리고 어디 계획한 대로만 일이 흘러가던가. 미처 예기치 못한 일들이 빵빵 터지는 게 실전이다. 오늘도 예상하지 못한 일이 있었다.

대포폰이나 리허설 관련된 내용은 증언들을 비교하면서 찾아낸 사실을 가지고 함정을 판 거였다. 하지만 나머지는 전부 임기응변이었다.

'100점은 아니야. 쓸데없는 질문도 좀 있었고, 맺고 끊는 게 좀 약했어.'

하지만 이게 처음이라는 게 중요했다. 첫 시도에서 이 정도 능력을 보인다는 건 타고난 뭔가가 있다는 거였다.

'잔뜩 긴장해서 어버버버거리다가 무슨 말을 했는지도 모른 채 끝나는 경우도 많으니까. 연습보다 실전에 강한 타입인가?'

리허설을 할 때까지만 해도 혁민은 사실 조금 걱정이 되었다. 원하는 수준에는 한참 미치지 못했으니까.

하지만 실전에서는 기대한 것보다 훨씬 잘했다.

"어땠어요?"

"60점."

"애개? 겨우?"

위지원 변호사는 입을 삐쭉 내밀고는 투덜거렸다. 자기가 생각하기에는 잘한 것 같은데 너무 점수가 짜다고 하면서.

혁민은 웃을 수밖에 없었다. 이럴 때 보면 아직 애 같았으니까.

"처음 하면서 그 정도 점수 받는 사람 거의 보지 못했으니 충분히 자부심 가져도 될 겁니다. 오늘은 정말 잘했어요."

"그렇죠? 아, 개운하네. 역시 이기는 게 확실히 좋긴 좋아요."

아직 이겼다고 확신하기에는 일렀지만, 오늘 기울었던 분위기를 거의 가져온 건 사실이었다. 보험 사기에 가담했다고 한 증언에 문제가 있다는 걸 증명했으니까.

"그런데 말이에요, 연습할 때는 진짜 이렇게 될까? 하는 생각이 있었는데, 직접 해보니까 확실히 뭔가 다르네요. 뭔지 좀 알 것 같아요. 아유~ 조금만 더 했으면 더 확실하게 알 수 있었는데."

위지원 변호사는 손을 파닥거리면서 안타깝다고 말했다. 그러면서 상대를 어떤 식으로 끌어들여야 하는지 알 것 같다고 했다.

혁민은 심리적으로 흔들고 자신이 원하는 방향으로 상대를 유혹하는 건 여자들이 더 잘할 수도 있겠다는 생각이 들었다.

'하긴. 원래 그런 건 여자들이 더 잘하니까.'

하지만 위지원 변호사는 내용을 찾아내고 구성하는 건 감이 잘 안 온다고 말했다.

"그런데 어떻게 내용을 구성해야 상대를 옴짝달싹 못하게 할 수 있을지는 잘 모르겠어요. 그런 거 찾아내는 건 너무 어려워요."

"사람이 모든 걸 다 잘할 수는 없는 거 아닙니까."

"그래도 그런 걸 잘하는 게 더 중요할 것 같은데… 변호할 때는 앞에 나가서 이런 거 말하는 것보다는 그런 사실을 찾아내는 게 더 중요하잖아요."

그녀는 그런 것도 좀 배울 수 있었으면 좋겠다고 이야기했다. 혁민은 차분하게 말해주었다.

"사람의 기억은 한계가 있어요. 기본적으로 자신에게 불리한 내용은 숨기려고 하고, 유리한 내용은 부풀려서 말하려고 합니다."

"네, 그런 것 같아요."

"그러니까 말보다는 기록을 잘 살펴야 해요. 기록을 놓고 쭉 비교하면서 서로 다르게 이야기하는 곳이 어디인지를 찾는 게 가장 우선입니다."

혁민은 그런 작업은 아주 단순한 작업이지만, 가장 기본이 되는 작업이니 절대로 소홀하게 생각하면 안 된다고 강조했다.

위지원 변호사는 혁민이 중요한 말을 할 것 같자 수첩을 꺼내서 적기 시작했다.

"흐응~ 기본이 중요하죠. 그리고요?"

"여러 명이 증언을 하면 분명히 다른 부분이 나옵니다. 모두 같다면 그게 더 이상한 거죠. 그 부분을 중점적으로 살펴보고 진실이 무엇인지 찾아가면 됩니다."

혁민은 서로의 의견이 어긋나는 곳이 중요한 부분일 경우가 많다고 했다. 그리고 기록을 바탕으로 비어 있는 부분을 채워 나가야 한다고 말했다.

"모든 게 전부 나와 있지는 않아요. 그러니까 있는 걸 가지고 없는 부분을 채워 나가는 작업. 이게 정말 중요합니다."

혁민은 그런 것까지 해야 하는 경우는 그렇게 많지는 않다고 했다.

"한 가지만 명심하세요. 기록은 기억을 지배한다."

"기록은 기억을 지배한다?"

"예. 기억은 바뀔 수 있어도 기록은 바뀌지 않아요. 그러니 기록을 잘 살펴야 합니다."

처음에는 뭐가 뭔지 잘 모르겠지만, 계속 하다 보면 요령이 생길 거라고 했다. 처음에 몇 마디 듣고 잘할 수 있는 건 세상에 없다면서.

"그래도 잘했으면 좋겠는데……."

"자전거를 잘 타는 법이라는 책이 있다고 칠게요."

혁민은 웃으면서 이야기했다.

"그걸 읽었다고 지전거를 바로 잘 탈 수 있을까요?"

"아뇨. 그렇지는 않겠죠."

"직접 자전거를 타면서 넘어지기도 하고 그래야 할 겁니다. 어떻게 해야 하는지 몸에 익어야 잘 타게 되겠죠?"

혁민은 운동이나 예술이나 공부나 다 비슷하다고 이야기했다.

"이론도 중요하지만 그걸 몸에 붙여야 합니다. 야구나 축구 같은 운동과 미술이 저는 근본적으로는 다르지 않다고 생각해요. 이론도 중요하겠지만, 그걸 제대로 하려면 수많은 연습과 노력이 필요하거든요."

야구만 해도 수비나 타격 훈련도 해야 하고, 체력 훈련도 해야 할 것이다. 거기다가 연습 경기와 실전 경험도 있어야 할 테고. 그걸 더 잘하기 위해서 이론이 바탕이 되어야 하는 건 물론이고.

"미술이나 음악도 다 그렇죠. 그런 면에서 오늘 법정에서 잘

한 건 정말 대단한 겁니다. 뭐든 익숙해지려면 시간이 필요한 법이니까요. 처음부터 잘한다는 건 그건 타고난 재능에다가 그 시간을 줄일 만한 어떤 경험을 이전에 한 거겠죠."

간혹가다 조금 늦은 나이에 배우가 되었는데 바로 연기력을 인정받는 경우가 있다. 그건 그 사람이 그만큼 다양한 삶의 굴곡을 겪었기 때문에 가능한 것이다.

혁민은 위지원 변호사도 무언가 다른 경험이 있었을 것이라고 생각했다.

"알았어요. 에휴~ 변호사 되고 나면 공부는 이제 안 해도 될 거라고 생각했었는데……."

그녀는 투덜거리면서도 수첩에 글자를 빼곡하게 적고 있었다. 아마도 앞으로 계속해서 혁민이 알려준 걸 잘하기 위해서 노력할 것이다.

혁민은 괜찮은 후배라고 생각하면서 흐뭇한 미소를 지었다.

그리고 같은 시각, 백발의 변호사는 보험사의 담당 변호사와 이야기를 나누고 있었다. 무척이나 화가 난 표정으로.

"이거 상당히 문제가 있는 증인인데 어떻게 된 겁니까?"

전적으로 보험사를 믿고 진행하고 있는 소송이었다. 보험사에서 틀림없는 증인이라고 해서 내세웠는데, 오히려 내세우지 않느니만 못하게 되었다.

"글쎄요. 저도 확실하다고 해서 그런 것인데… 아마도 내부에서 착오가 있었던 모양입니다."

"이거 증인이 이래서는 나로서도 어쩔 수가 없어. 지금 상황에서 최선을 다하기는 하겠지만, 이걸 뒤엎는다는 건 쉽지 않아."

소송에서 지고 싶은 변호사가 세상에 어디 있겠는가.

백발의 변호사는 언짢다는 티를 감추지 않았다.

"왜 이러십니까. 선배님 실력이야 사람들이 다 아는 건데 말이에요."

"이건 실력하고는 상관이 없는 문제야, 이 사람아."

백발의 변호사는 새로운 증거가 나오지 않는다면 이 사건은 끝난 거나 마찬가지라고 이야기했다.

"말실수가 있었지만, 팩트는 틀리지 않았다고 몰고 갈 수도 있지 않습니까."

"그럴 수도 있지. 내가 그렇게 믿을 수 있다면 말이야."

백발의 변호사는 고개를 천천히 저으면서 이야기했다.

"내가 검사 생활을 한 게 15년이야. 자네도 검사를 뭐라고 하는지 잘 알 거 아닌가."

"물론이죠, 선배님. 공익의 대변자 아닙니까."

"그래. 내가 지금이야 변호사 생활을 하고 있지만, 아직도 검사 생활하던 때 가지고 있던 습관이나 그런 게 몸에 배어 있다고."

그는 그래서 지금처럼 증인이 거짓말을 하는데 너무 명확하게 보이면 그걸 가지고 끝까지 밀어붙이기가 쉽지 않다고 했다.

"내가 흥이 나질 않아. 아닌 거 뻔히 아는데 그게 가능하겠느냔 말이야. 정말 진실이라고 생각하면 어떻게든 하겠지. 하지만 이번 사건은 아닌 것 같네."

그의 이야기에 보험사의 담당 변호사는 고개를 끄덕였다.

"그러시다면야 뭐 어쩔 수 없는 일이겠죠. 하지만 너무 성급하게 생각하시지는 마셨으면 좋겠습니다."

"나도 그랬으면 좋겠네. 일단 증인부터 좀 알아봐 줬으면 좋겠어. 도대체 일이 어떻게 되어가는 건지 알 수가 없단 말이야."

"예. 제가 어떻게 된 일인지 확인해 보겠습니다."

보험사의 변호사는 차분하게 말하고는 상대가 사무실 밖으로 나가는 걸 지켜보았다. 그리고 문이 닫히자마자 바로 전화를 걸었다.

"예, 선배님. 그 증인한테 문제가 좀 있네요. 뭐 메인 스토리하고는 상관이 없는 문제이기는 하지만, 알아는 두셔야 할 것 같아서요."

—어떤 문제인데?

"제가 간략하게 정리해서 보내 드릴 테니까 확인해 보시죠."

—오케이. 그건 그렇고 그 변호사는 어때?

"뭐, 생각보다는 신통치 않네요. 별다른 도움이 될 것 같지는 않습니다. 그렇다고 아예 자신을 내던질 수 있을 정도의 그릇도 아니구요."

—그런 사람이 어디 흔하겠나. 하여간 계속 좀 알아보라고.

둘은 알 수 없는 대화를 계속해서 나누었다.

"이번 일은 중요하다는 거 아시고 계시죠? 선생님이 직접 챙기시는 일입니다."

―알다마다. 걱정하지 말라고. 내가 알아서 다 하고 있으니까. 그것보다 알아보는 건 잘되어가고 있나?

"쉽지는 않네요. 그래도 급하다고 위험을 떠안을 수는 없죠."

변호사는 확실한 루트를 찾겠다고 이야기했다.

―안전이 최우선이지. 요즘은 워낙 지하 자금을 끌어 올리기가 어려우니…….

"그래서 이런저런 방법을 동원하는 거 아닙니까."

―그러니까 말이야. 그래도 이번에는 제법 짭짤할 것 같아. 이놈들이 엄청나게 해먹었더라고. 한 삼백억 정도는 될 것 같으니까

지하 자금. 어느 나라든 지하경제가 존재한다. 국내 지하경제의 규모는 얼마나 될까? 정확한 통계를 낼 수는 없지만, 대략 300조 원 정도가 될 것으로 추산하고 있다.

밀수, 차명 재산, 사금융, 불법 도박, 성매매 산업. 거기서 오가는 자금의 규모는 정말 천문학적인 금액이다. 문제는 그 돈이 수면 위로 올라오기 위해서는 무언가 방법이 필요하다는 것이다.

지금 전화를 받고 있는 사람은 범죄 자금을 통해서 자금 세탁을 담당하는 자였고, 보험사의 변호사는 기업이나 투자사 관련 작업을 담당하는 자였다. 그리고 그 배후에는 선생님이란 사람이 있는 것이었고.

"그러면 수고하시죠, 선배님. 또 연락드리겠습니다."

―그래. 언제 한번 보자고. 태경의 하치훈이 한번 모임 주선한다고 했으니까.

"알겠습니다. 날 정해지면 연락 주세요."

통화를 마치고 변호사는 오늘 약속을 체크했다. 요즘 그는 재벌 쪽 비자금 관련해서 컨설팅을 해주고 있었다.

"어디 보자. 오늘은 좀 영양가가 있으려나……."

그런 목적을 가지고 있다고 해서 처음부터 그런 티를 내면 안 된다. 어디까지나 변호사로서 사람들과 교분을 다져야 한다. 보험사와 투자회사에 근무하고 있는 변호사이니 돈과 관련된 사람들과 이야기를 나누기 좋았다.

그리고 최근에 입질이 오고 있는 사람이 한 명 있었다. 비자금을 조성하기 위해서 전전긍긍하고 있는 자였는데, 그에게 슬쩍 좋은 방법이 있다는 식으로 정보를 흘렸다. 본인에게 직접 그런 게 아니라 다른 사람을 통해서.

이런 일의 핵심은 자신에게 찾아오도록 만드는 작업이다. 값싼 사기꾼처럼 직접 다가가서 작업하고 그러는 방식은 이곳에서는 통히 시 않는나. 어디까지나 적당한 정보를 흘리고 상대가 직접 자신에게 찾아오게끔 작업해야 한다.

"오늘은 진도를 조금만 더 나가야겠어. 너무 조바심이 나게 해도 곤란하니까 말이야."

방법은 많았다. 개중에 그가 권하려는 방법은 택스 셸터를 이용하는 방법이었다. 조세 피난처도 그 종류가 다양한데, 보통은 세 종류 정도로 나뉜다.

조세를 거의 부과하지 않는 택스 파라다이스(Tax paradise).

외국에서 들여온 소득에는 과세를 않거나 세율이 대단히 낮은 택스 셸터(Tax shelter).

그리고 특정 기업이나 사업 활동에 세금 특혜를 주는 택스 리조트(Tax resort)가 그것이다.

택스 파라다이스는 바하마, 버뮤다, 케이맨 제도.

택스 셸터는 홍콩, 라이베리아, 파나마.

택스 리조트는 룩셈부르크, 네덜란드, 스위스가 대표적인 국가들이다.

"앞으로는 택스 파라다이스는 위험하지. 전 세계적으로 주목하고 있고, 조만간 무슨 조치가 취해질 것이라는 얘기도 많으니까. 하지만 비자금은 만들고 싶고 말이야. 그러니까 거기보다는 잘 알려지지 않는 택스 셸터를 이용하라고 하면……."

이미 관심은 보이고 있었다. 조금만 더 작업하면 넘어올 것이고, 한번 맛을 들이면 멈추지 못할 것이다. 그렇게 되면 그 루트를 이용해서 자금을 끌어 올리면 된다. 상대는 거절하지 못할 것이다. 그리고 문제가 생기면 그 사람이 책임지면 되는 것이고.

"나야 슬쩍 소개만 하는 정도로 하고 나머지는 다른 사람들이 알아서 할 테니까……."

그는 일어나면서 옷을 챙겼다. 약속 시각이 코앞으로 다가왔기 때문이었다.

＊　　　＊　　　＊

"보험금은 받을 수 있을 것 같으니까 다행이기는 한데 가게는 어떻게 해야 할지……."

　의뢰인은 여전히 가부장적이었다. 예전처럼 호통치고 그러지는 않았지만, 아직도 가족들과는 집안일을 상의하지 않았다.

　"집은 보러 오는 사람이 여전히 없어요?"

　"가끔 보러 오는 사람이 있긴 한데… 하아~ 집이 나가는 것도 나가는 거지만, 옮길 집 구하는 것도 만만치 않고… 그래도 네 식구가 살아야 하니 너무 좁으면 안 될 텐데……."

　의뢰인은 혁민에게 고민 상담을 해왔다. 사실 상담이라기보다는 그냥 푸념하는 것에 더 가깝긴 했지만.

　"저기, 변호사님. 권리금 그거는 어떻게 안 됩니까? 그거 그냥 날리는 건 너무 억울하잖아요."

　"음… 그게 말이죠……."

　사실 시골집 무덤가에서 대화한 이후로 의뢰인은 혁민은 그래도 좀 인정하고 대우를 해주었지만, 위지원 변호사에게 하는 행동은 변화가 없었다. 지금처럼 변화가 생긴 건 얼마 전 공판에서 위지원 변호사가 활약하는 걸 보고 난 후였다.

　"실제로 그런 일이 많은데요, 이게 법적으로는 문제가 없거든요."

　위지원 변호사는 조금은 난감한 표정으로 이야기했다. 그러면서 권리금은 건물주가 아니라 임대인과 임차인 간의 계약이어서 그렇다고 말했다.

　"법적으로 권리금은 건물주 또는 임대인에게 주장하지 못하는, 임차권 양수도인 사이의 채권적 계약이에요. 그냥 건물

주하고는 상관없는 계약이라고 생각하시면 되는 거죠."

위지원 변호사는 권리금은 그전에 장사하던 사람과 그 후에 장사하러 들어오는 사람 사이의 계약이라서 건물 주인하고는 무관하다고 설명했다.

"아니, 그렇다고는 하는데, 사실은 그런 게 아니잖아요. 그거 건물 주인들이 장난치는 거 어디 한두 번이야?"

실제로 그랬다. 세 들어 있는 경우, 건물주가 나가라고 하면 권리금을 보상받을 방법이 없었다. 그래서 그런 걸 악용하는 경우가 아주 많았다.

권리금을 받고 얼마 안 지나 이런저런 핑계를 들어 쫓아낸다. 그런 후 보통은 자식이나 친척에게 거기서 잠깐 장사하게 하고, 얼마 후에 다른 사람에게 넘기면서 권리금을 챙기는 방식이다.

이야기를 듣다가 혁민도 한마디 거들었다.

"문제는 문제예요. 사실 가게 주인이 조성한 영업권 같은 상권 개발이익을 공짜로 건물 주인이 얻게 되는 거니까."

"그러니까! 내 말도 그거라니까. 이거는 아니지. 상식적으로 생각을 해보라고. 이걸 누가 올바른 거라고 하겠냐고."

잘 알아듣지 못하는 말도 있었지만, 대충 어떻다는 뜻은 짐작이 가능해서 의뢰인은 맞장구를 쳤다.

"권리금을 받을 수 있는 경우도 있기는 하죠."

"그래요? 어떤 경운데요?"

위지원 변호사의 말에 의뢰인은 화색이 돌면서 급히 물었다.

"임차인이 목적물에 입주할 당시 권리금을 건물주에게 준 경우에는 당연히 받을 수가 있죠. 그리고 계약서에 권리금을 인정한다는 취지의 진술을 기재한 경우에도 마찬가지고요."

의뢰인은 고개를 갸웃거리다가 되물었다.

"그러니까 건물 주인한테 직접 돈을 주었거나, 계약서에 그런 게 있으면 가능하다?"

"뭐, 그렇죠. 하지만 단순히 장사하던 사람들끼리 오간 권리금은 건물 주인에게 주장할 수는 없는 게 현실이에요. 그리고 그걸 알고 악용하고 있는 것도 현실이구요."

워낙 비일비재하게 일어나는 일이라 신기할 것도 없는 일이다. 그런 식으로 법을 악용해서 자기 돈을 챙기는 일은 그냥 주변만 잠깐 돌아봐도 숱하게 나온다. 문제는 그게 법적으로 문제가 없다는 것이다.

"아니, 그거 사기 아니냐고 사기."

의뢰인은 약간 흥분해서 소리를 높였다.

"아니, 뻔히 알면서 그러는 거잖아. 자기가 돈 챙길 생각으로 말이야. 그렇게 하면 나 같은 사람은 권리금 날린다는 거지들이 더 잘 알 텐데. 그리고 그렇게 하면 자기들이 어떤 식으로든 권리금 챙길 수 있다는 것도 알고."

의뢰인은 그런 걸 알면서 하는 거니까 사기가 아니냐고 말했다.

하지만 위지원 변호사나 혁민이나 모두 고개를 저었다.

"사기라고는 볼 수 없어요. 흐음……."

위지원 변호사는 이런 식으로 이야기하는 게 좀 그렇긴 하지만, 그게 어쩔 수 없는 현실이라고 이야기했다. 말을 하면서도 무척이나 안타까워하면서.

"어쩔 수 없는 일은 잊어버리고 앞으로의 일에만 신경 써야죠. 어쩌겠습니까. 방법이 없는데."

"방법이 없다라… 허허…….."

의뢰인은 그 돈이 무척 아쉬운 모양이었다. 하기야 그런 식으로 자기 돈을 허공에 날리게 되었는데 눈이 돌아가지 않을 사람이 어디 있겠는가. 하지만 세상에는 자신이 원하는 대로 되는 일보다 어쩔 수 없이 되지 않는 일이 더 많은 법이다.

"대신에 앞으로 장사하실 때에는 계약서를 제대로 쓰시면 되죠."

"맞아요. 계약서만 잘 써도 그렇게 당하는 일은 없을 거예요."

혁민의 말에 위지원 변호사가 맞장구를 쳤지만, 의뢰인의 표정은 그리 밝지 않았다. 계약서가 중요하다는 걸 알기는 하지만, 그런 식으로 까탈스럽게 나오면 계약을 안 하려는 건물 주인이 많았으니까.

"그러면 좋긴 한데… 그런데 건물 주인이 그렇게 해줄까? 그런 식으로 나오면 계약 안 하겠다고 한다던데?"

"그런 경우도 있기는 한데, 사실 그러는 사람은 자신에게 불리한 내용을 싫어해서 그러는 것도 있지만, 다른 생각이 있어서 그러는 거겠죠."

워낙 여러 케이스가 있다. 권리금을 노리는 것만이 아니라

다른 방식으로 법을 악용한다. 처음에는 장사가 잘되지 않던 장소였는데, 장사가 잘되면 내쫓고 그 자리에서 똑같은 장사를 하는 경우도 허다하다.

"그러니까 계약서에 더 신경을 써야죠. 그리고 사실 그런 의도가 없는 건물 주인도 많습니다. 그러니까 그런 데를 찾아야죠."

그렇게 이야기하면서 혁민은 슬쩍 위지원 변호사를 쳐다보았다.

"계약하시게 되면 여기 위지원 변호사에게 계약서 검토를 맡기세요."

"변호사님에게? 어이구. 그러면야 좋기는 하지만……."

"맞다. 그렇게 하세요. 제가 이번에 한 번은 무료로 해드릴게요. 제 첫 손님이시잖아요."

위지원 변호사는 생글생글 웃으면서 이야기했는데, 혁민은 한숨을 내쉬었다. 돈 벌기는 힘든 성격이라는 생각이 들어서였다. 하지만 그 모습을 보고 있으니 저절로 웃음이 나왔다.

'하기야. 이런 변호사도 있어야지.'

위지원 변호사의 공짜라는 말에 의뢰인은 얼굴이 확 밝아졌다. 안 그래도 요즘 돈 때문에 걱정거리가 한가득 있었는데, 그나마 좀 위안이 되었으니까.

"그렇게 하세요. 그리고 아예 자문 변호사라고 소개를 하시죠, 뭐."

"자문 변호사?"

혁민의 말에 의뢰인은 눈을 껌뻑였다. 자문 변호사라니. 그런 건 큰 기업이나 아주 높은 사람들에게나 해당하는 말이라고 생각했으니까. 그런 걸 지금까지 살아오면서 한 번도 생각해 보지 않은 터라 어안이 벙벙했던 것이다.

"예. 자문 변호사라고 하면 아마도 상대가 쉽게 생각하지는 않을 겁니다. 이게 건물 주인은 그렇지 않아도 주변에서 들쑤셔서 문제가 생기는 경우도 많거든요."

장사가 잘되지 않으면 별다른 문제가 되지 않는다. 그런데 장사가 잘되면 별난 소리가 다 나온다. 건물 주인의 자식이나 지인이 그 자리를 자신에게 달라고 조르는 경우도 허다하고. 그러니 안전장치를 해놓는 편이 좋다.

"하이구, 그런 말만 들어도 좋네. 자문 변호사라. 허허."

"그건 그렇고 가게 자리는 괜찮은 데가 좀 보이던가요?"

"아무래도 번화가나 그런 데는 좀 피해야지. 아무래도 돈이 모자라니까."

의뢰인은 지금 집이 결정되지 않아서 돈이 얼마나 될지 알 수 없어서 더 어렵다고 했다. 이사 갈 집이 정해져야 정확하게 자신이 장사에 쓸 수 있는 돈이 얼마인지 알 수 있는데, 그게 정해지지 않아서 난감하다는 거였다.

의뢰인은 그렇다고 해서 아주 좋지 않은 집으로 가는 건 원하지 않는 눈치였다. 이야기를 해보니 가족을 위하는 마음도 절반 정도는 있고, 절반 정도는 체면을 생각해서 그러는 거였다. 혁민은 아직도 체면 같은 것에 얽매이는 걸 보고는 어쩔 수 없구나 싶었다.

'사람은 쉽게 변하지 않지. 쉽게 변하지 않아.'

하지만 뜻밖에도 돌파구는 쉽게 만들어졌다.

*　　　*　　　*

위기는 갈등을 만들고 키우기도 하지만, 다른 방향의 변화를 가져오기도 한다.

"뭐? 군대?"

"예. 어차피 가야 하는 건데 빨리 갔다 오죠, 뭐."

"너 졸업하고 방위산업체던가? 그런 곳으로 알아보겠다고 했잖냐."

원래는 그랬었다. 사실 누구나 가는 군대라고 하지만, 사실은 아무도 가고 싶지 않은 곳이 군대 아니겠는가. 그래서 어떻게든 가지 않는 방법이 있으면 가지 않으려고 한다. 의뢰인의 아들도 그런 생각이었다. 원래는 말이다.

"지금 가는 게 좋을 것 같아서요. 나중에 그런 데 들어간다는 보장도 없고. 나이 먹고 가면 더 고생한다잖아요."

아들은 어색하게 웃으면서 이야기했다. 의뢰인은 아들의 표정을 보고서는 다른 생각을 하고 있다는 걸 알았다.

아내나 딸이야 같이 살면서도 도대체 무슨 생각을 하는 건지 모를 때가 있었다. 하지만 아들은 조금 달랐다. 자신과 성격도 비슷했고, 그냥 보기만 해도 어떤 생각을 하는지 알 수 있었다. 같은 남자라서 더 그런 것 같았다.

"그래도 너무 갑작스럽게 결정한 거 아니니?"

"맞아. 혹시 무슨 일 있는 거야?"

아내와 딸은 갑작스러운 군대 이야기에 당황한 듯했다.

하지만 아들은 이미 결심을 한 듯 고개를 저었다.

"이미 결정했어요. 그리고 저 하나 빠지면 이사갈 데 정하는 것도 훨씬 쉬울 거예요. 방 두 개짜리로 알아보면 되잖아요."

아들은 덤덤하게 이야기했다. 그리고 이사 지출을 줄일 수 있는 만큼 줄이고 가게 자리를 좋은 데 얻자고 했다.

"저도 친구들한테 알아보니까 고기 뷔페 그거 굉장히 잘된 대요. 요즘 사람들이 고기 엄청 좋아하거든요. 그리고 여기는 아직 없잖아요. 그러니까 빨리 차리기만 하면 괜찮을 거예요."

아들은 군대 가려면 아무래도 시간이 좀 있을 테니까 그전 까지는 자신도 가게에서 일을 돕겠다고 했다.

"잠은 가게에서 자든가 아니면 잠깐이니까 친구네 집에서 지내면 돼요."

아들은 무덤덤한 투로 이야기했는데, 말을 듣고는 식구들은 아무도 말을 꺼내지 못했다.

"그렇게 하는 걸로 하고 집도 알아보고 가게도 알아보죠."

아들은 내일부터는 같이 다니자고 이야기했다.

하지만 의뢰인은 고개를 저었다.

"아니다. 그 일은 내가 알아서 할 테니까 너는 신경 쓰지 마라. 그리고 공부해. 군대 그거 가서 뭐하겠냐. 공부해서 연구원을 하든 뭘 하든 군대 대신할 수 있는 걸 해."

자신도 늘 안타까웠었다. 전에 군대에 가지 않고 계속 공부했더라면 어떻게 되었을까 생각한 게 한두 번이 아니었다. 그리고 집이 조금만 더 잘살았으면 어땠을까 하는 생각도. 그랬으면 지금처럼 살지는 않을 것인데 말이다.

　자신보다 공부도 못하던 친구가 군대도 빠지고 유학 다녀온 후에 잘나가는 걸 볼 때마다 그런 생각이 자꾸만 들었다. 그래서 그런 상황을 자식들은 겪게 하고 싶지 않았다.

　"아버지. 같이 해요. 가족이잖아요. 왜 혼자만 짊어지고 가려고 하세요."

　원래는 무덤가에서 한 이야기는 절대로 비밀로 해달라고 의뢰인은 부탁했다. 부탁을 받은 혁민은 고민했다. 이걸 말해줘야 하는지, 아니면 그냥 묻어두어야 하는지.

　그래서 가족을 살펴보았다. 그런데 생각보다 불만들이 많았다. 서로 대화를 제대로 하지 못하다 보니 서로에 대해 오해하고 할 말이 많았던 것이다. 그래서 전부 다는 아니더라도 적당히 이야기를 해주는 편이 좋겠다고 생각했다.

　그래서 자살하려고 했다는 사실은 숨기고 다른 건 대부분 이야기해 주었다. 사실은 가족을 생각하는 마음이 있지만, 말과 표현을 살갑게 하지 못할 뿐이라고.

　"그래요, 아빠. 나도 도울게요."

　"맞아요, 여보. 장사가 인건비 빼면 남는 거 별로 없어요. 그러니까 하려고 하면 다 같이 합시다. 내가 음식점에서 일해봐서 그런 쪽으로는 좀 알아요."

가족들이 적극적으로 나오자 의뢰인은 조금 당황스러운 표정이 되었다. 언제나 자신이 이야기하면 별다른 소리 없이 따르는 게 지금까지의 패턴이었는데, 이번에는 가족들이 일제히 자신의 말을 듣지 않고 있었으니까.

하지만 마음은 뿌듯했다. 그리고 절대로 안 된다고 생각했던 마음에 조금씩 균열이 생기고 있었다.

온 가족이 일하는 그런 가게를 보면 오죽 가장이 못났으면 저러나 싶었는데, 함께 하는 것도 나쁘지 않겠다는 생각이 든 거였다. 의뢰인은 가족들을 쭉 쳐다보다가 입을 열었다.

"너는 안 돼. 고3이 공부해야지 무슨 일이야."

"헤헤. 그러면 수시 합격하고 나면 바로 도울게요."

딸의 애교에 의뢰인은 미소를 지었다. 그리고 이렇게 가족이 웃으면서 이야기를 한 게 언제인지 모르겠다는 생각을 했다.

'진작에 이럴 것을…….'

의뢰인은 아무런 힘도 없는 가족을 내가 보살핀다고 생각했었는데, 사실은 서로가 서로를 챙겨주고 있다는 걸 알 수 있었다. 각자 다른 방식으로 말이다.

아내의 말 한마디에 위로받고 딸의 애교에 기운이 났다. 그리고 아들의 행동은 듬직했고. 자신이 먼저 손을 내밀지 않고 믿음을 주지 않아서 그런 게 잘 느껴지지 않았던 거였다.

"그럼 내일부터는 다 같이 다니자. 각자 해야 할 일도 있으니까 시간은 좀 맞춰봐야겠구나."

"예. 그러죠."

의뢰인은 딸을 보면서 말했다.

"넌 아니야. 넌 공부해."

딸은 앙탈을 부리면서 애교를 떨었지만, 엄마에게 등짝을 얻어맞고는 포기해야 했다.

"그건 그렇고 저녁은 먹어야지?"

"아이고, 내 정신 좀 봐. 지금 바로 차릴게요."

아내는 후다닥 자리에서 일어나 부엌으로 향했고, 의뢰인은 오랜만에 두 아이와 대화를 나누었다. 그들의 웃음소리는 부엌에서 풍겨오는 구수한 된장찌개 냄새와 뒤섞여 집안을 훈훈하게 만들었다.

*　　　*　　　*

결국, 보험사가 먼저 손을 들었다. 자세하게 알아보면 볼수록 위중이라는 증기가 나왔기 때문이었다. 원고가 보험 사기라는 걸 입증할 수 없는 상황.

"그런데 정말 이런 것까지 해야 하는 거예요?"

위지원 변호사는 잘 모르겠다면서 이야기했다.

혁민은 기자와도 접촉했다. 보험사의 횡포라는 주제는 대중의 입맛을 자극하기에 아주 좋은 내용이었다. 기자도 상당히 관심을 보였다. 내용이 아주 구체적이고 사람들의 공분을 사기에 충분했기 때문이었다.

"법으로만 모든 일이 깔끔하게 해결된다면야 상관없겠지

만, 뭐 아시잖아요. 세상이 그렇게 청결하지가 않거든요. 그래서 청소기만 돌려서는 깔끔해지지가 않아요."

보험 사기가 아닌 사람을 보험 사기라고 누명을 씌운 것이니 당연히 그렇지 않겠는가. 원래 고급 외제 차량을 이용한 보험 사기와 관련한 기사를 내보내려 하고 있던 보험사는 당황할 수밖에 없었다.

보험사가 피해자이며 보험 사기를 찾아내기 위해서 노력하고 있다는 기사를 준비하고 있었는데, 먼저 보험사의 갑질에 관한 기사가 나가면 사람들 반응이 어떻겠는가.

"그런데 기사는 제대로 나갈까요?"

"뭐, 그거야 알 수 없는 일이죠. 그리고 우리가 어떻게 할 수 있는 일도 아니고."

혁민의 생각으로는 아마도 보험사에서 손을 쓸 것 같았다. 사실 알려지지는 않지만, 그런 식으로 묻히는 기사가 얼마나 많겠는가.

하지만 그 때문에 보험사가 일처리를 빨리해 주었으니 의뢰인 입장에서야 좋은 일이었다.

소송을 계속 끌었다가는 다른 언론사나 방송국까지 연락할 기세였기에 빨리 해결을 해준 거였다. 그렇게 되면 보험사만 손해가 되니까.

"그 자료는 제가 좀 가지고 있어도 되죠?"

"어떤 자료요?"

"그 금융감독원에 민원을 넣으려고 만든 자료요."

"아, 그거⋯⋯."

혁민은 금융감독원에 민원을 넣는 것까지 고려하고 있었지만, 일이 해결되어 거기까지는 진행되지 않았다. 사실 금융감독원에 민원을 넣을 때는 상당히 주의해야 한다.

일반인이 어설프게 민원을 넣었다가는 오히려 보험금을 받지 못할 확률이 높았다. 아무래도 자료 준비가 서투를 수밖에 없기 때문이었다.

금융감독원 입장에서야 개인이 준비한 어설픈 자료와 보험사에서 준비한 광범위한 사례와 수치가 논리정연하게 정리된 자료 중에서 누구의 손을 들어주겠는가. 그래서 그냥 감정적으로 민원을 넣는 건 오히려 손해가 될 수 있다.

"그런 걸 감성 민원이라고 하는데요. 제출된 자료의 질적 차이 때문에 오히려 손해를 볼 확률이 높습니다. 하지만 증거가 확실한 자료를 제출한다면야 이야기가 다르죠."

"그러니까요. 혹시라도 다른 케이스가 있을 때 써먹기 좋을 것 같아서요."

"케이스마다 다르니까 얼마나 도움이 될지는 모르겠지만, 가지고 있다가 참고하세요."

위지원 변호사는 혁민의 흔쾌한 대답에 정말 감사하다면서 생글생글 웃었다.

"참, 그리고 보험사가 금감원 민원에 신경을 쓰는 건 돈 때문에 그런 게 아니니까 그런 것도 염두에 두고 있어야 하구요."

"알아요. 저번에 얘기해 주셨잖아요. 보험금 나가는 거야 별거 아닌데, 여러 가지 페널티를 받을 수 있어서 그러는 거라고요."

"맞아요. 그러니까 만약에 협상을 할 때도 상대의 그런 점을 치고 들어가야 하는 겁니다. 상대의 가장 약한 부분을 강하게 공격한다. 그게 가장 기본이 되는 전략이에요."

위지원 변호사는 고개를 끄덕이면서 눈을 반짝였다. 이번에 혁민과 작업을 하면서 정말 많은 것을 배웠기 때문이었다. 보험 사건과 관련된 건 큰 게 아니었다. 그것보다 어떤 식으로 사람을 상대하고 대응해야 하는지에 관한 커다란 개념을 배웠다.

물론 그걸 배웠다고 해서 당장 엄청난 실력의 변호사로 탈바꿈하거나 하기는 어려울 것이다. 아는 것과 잘할 수 있는 건 전혀 다른 문제니까. 마치 참고서를 볼 때는 다 아는 것 같지만, 문제를 풀 때는 잘 생각나지 않는 것과 비슷한 일이다.

하지만 개념조차 잘 모르고 있을 때와는 확연하게 다르다는 걸 느끼고 있었다. 어디로 가야 하는지도 모르고 헤맬 때와 목표 지점이 어디인지 명확하게 아는 것과는 천지 차이니까.

"그러면 이제 마무리를 할 시간이군요. 막상 헤어지려니까 조금 아쉽군요."

"그러게요. 저도 그래요. 정혁민 선배님."

"응?"

위지원 변호사는 생글생글 웃으면서 이야기했는데, 선배라는 말에 혁민은 조금 놀랐다.

"왜요? 저보다 나이로 보나 기수로 보나 위시니까 선배님이라고 하는 게 당연한 거 아닌가요?"

"이런… 알고 있었나?"

"처음에야 몰랐지만, 중간에 그렇게 티를 내는데 어떻게 몰라요."

위지원 변호사는 가볍게 눈을 흘기면서 대답했다. 조사원치고는 법을 너무 잘 아는 것 같아서 옆 사무실에 물어봤다는 거였다. 도대체 어떤 사람인지 궁금해서.

"그랬더니 변호사 선배라고 하잖아요. 어쩐지 이름을 어디서 많이 들어봤다 했어요. 그런 것도 생각하지 못하다니. 멍충이."

위지원 변호사는 코를 살짝 찡그리면서 자책했다.

혁민은 조금 의아하다는 듯 물었다.

"그런데 알면서 왜 얘기하지 않았어?"

"저야 나쁠 거 없잖아요. 이거저거 알려주시니까 좋은데, 굳이 아는 척해서 서먹서먹해지면 좀 그렇잖아요……."

그녀는 덕분에 많이 배울 수 있어서 좋았다면서 슬쩍 혁민의 눈치를 살폈는데, 그 모습을 보고는 혁민은 웃을 수밖에 없었다.

'덜렁대고 어설픈 줄만 알았는데, 제법 여우 짓도 할 줄 아는데?'

혁민은 여러모로 앞으로가 기대되는 후배라는 생각이 들었다.

'뭐, 아직은 조금 부족해 보이지만…….'

혁민은 주섬주섬 짐을 챙겼다. 가는 길에 의뢰인도 한번 만나고 갈 생각이었다. 그는 가게를 며칠 전에 오픈했는데, 생각보다 반응이 좋다고 싱글벙글했다.

"그러면 어디로 가실 거예요? 다시 서울로 가세요?"

"아니. 원래 가려고 했던 곳 몇 군데 더 들러보려고."

"그렇구나……."

위지원 변호사는 무척 아쉬워했지만, 그렇다고 혁민이 여기에 계속 머무를 수는 없는 일이다. 혁민은 자리에서 일어나면서 손을 내밀었다.

"나중에 또 볼 수 있었으면 좋겠네."

"당연하죠. 제가 연락드릴게요."

그녀는 방긋 웃으면서 대답했다. 하지만 혁민이 돌아서자 약간은 아쉬워하는 표정을 하면서 입술을 삐쭉 내밀었다.

*　　　*　　　*

혁민은 차를 타고 의뢰인의 가게가 있는 곳으로 향했다. 고기 뷔페는 아직 낮인데도 사람으로 북적였다.

"이야. 장사 잘되시네요."

"아이고, 이게 누구야."

의뢰인은 만면에 함박웃음을 한 채 혁민을 맞이했다. 그는 자리에 잠깐 앉아 있으라면서 바쁘게 움직였다.

혁민이 가게 안을 보니 아직 저녁때가 아닌데도 가게 안은 거의 꽉 차 있었다. 주로 중고등학생이나 대학생으로 보이는 사람이 많았는데, 학교가 끝나고 온 모양이었다.

의뢰인과 아들이 쉴 새 없이 움직였는데, 가만히 보니 손이 그렇게까지 많이 가는 건 아닌 것 같았다. 처음에 테이블을 세

팅하는 것과 다 먹고 간 후에 치우는 것만 하면 나머지는 손님들이 알아서 가져다 먹는 시스템이었으니까.

"미안해. 이거 생각보다 바빠서 말이야."

"아니요. 바쁘시면 좋은 거죠."

의뢰인은 이 정도면 당분간은 걱정 없겠다고 했다.

"뭐, 이거 장사 잘된다고 소문나면 또 여기저기 생기겠지만 말이야. 그래도 다른 사람들도 알아보고 가게 내고 하려면 시간이 필요하니까 적어도 일 년 이상은 장사가 잘되겠지."

의뢰인은 적당히 하다가 가게를 넘길 생각이라고 했다. 어차피 치킨집 생기듯 가게가 많아지면 수익성이 안 좋을 거라면서. 이곳이 장소가 좋은 것도 아니고, 특별한 노하우가 필요한 장사도 아니고 하니까.

"장사라도 몇 년 해보니까 그래도 보는 눈이 좀 생기더라고. 거기다가 이거 말아먹으면 정말 그때는 길바닥에 나앉아야 할 판이잖아. 그러니까 신중하게 해야지."

"가족분들하고 상의도 좀 하고 그러세요. 오늘 보니까 아드님도 아주 듬직하네요. 사모님도 잘하시구요."

"허허, 앞으로는 그래야지. 그래도 다행이야. 한번 넘어지면 다시 일어나기 어려운 세상인데……."

그는 두 번이나 크게 넘어졌는데도 다시 일어났다면서 이 정도면 괜찮게 살아온 거 아니냐고 말했다. 혁민은 이야기를 하다가 작별 인사를 하러 왔다고 말했다.

"맞다. 자네는 여기 사람이 아니라고 했지? 그럼 이제는 보지 못하는 건가?"

"볼 사람은 언젠가는 보게 되는 거죠. 나중에 보게 되면 밥이나 사주세요."

"아이고, 이를 말인가. 내가 밥은 제대로 사지."

혁민은 밥 얻어먹을 일 많아서 좋다고 이야기했다.

"왜? 변호사님도 산다고 하던가?"

"뭐 그것도 있고, 전에 누구 도와준 일이 있는데 자장면 사겠다고 했거든요."

혁민이 변호사 시보를 할 때 누명을 벗겨준 중국집 배달부가 약속한 거였다. 일 년에 한두 번 연락을 해왔는데, 얼마 전에 연락이 왔을 때는 중국집 딸하고 헤어졌다는 소식을 전해왔었다.

"그래. 그러면 조심해서 가라고."

혁민은 의뢰인 가족과 인사를 나누고는 그곳에서의 일정을 마무리했다. 그리고 다음 행선지를 향해서 움직였다.

이후로도 세 곳 정도를 더 들렀다. 하지만 그냥 동기를 만나서 이야기하고 술 한잔하는 정도였다. 혁민이 관심이 둘 만한 사건이 하나 있기는 했는데, 보험 사건을 처리하느라고 이미 마무리가 된 상황이었다.

하지만 며칠 동안 다니면서 혁민은 자신을 다시 한 번 되돌아보면서 정리하는 시간을 가졌다. 그리고 이전까지 가지고 있던 조급함을 많이 덜어낼 수 있었다.

"이래서 어느 정도 수준에 오르게 되면 다른 사람을 가르쳐

보라고 하는 거야."

혁민은 읊조리듯 말했다. 회사에서도 그렇고 다른 일을 할 때도 마찬가지다. 일한 지 몇 년이 지나면 후임을 받아서 교육하게 된다. 그러는 데에는 사실 후임을 교육하는 목적도 있지만, 본인도 성장하라는 의미도 있다.

같은 일을 하다 보면 분명히 정체되는 시기가 온다. 그때 누군가를 가르치면서 자신을 되돌아보고 더 높은 곳으로 갈 수 있는 발판을 만들라는 의미. 그걸 제대로 해내는 사람은 그 위의 단계로 넘어가는 것이고, 그렇지 못한 사람은 계속 거기에서 정체된다.

그걸 누가 옆에 붙어서 일일이 가르쳐 주지는 않는다. 자신이 스스로 알아서 깨닫고 해야 한다. 사회는 학교와는 다른 곳이니까.

"그런데 백 선생이나 중범 씨한테는 연락이 없었어요?"

"아직은 없군요. 소식이 없는 걸 보면 특별한 일도 없는 겁니다."

배인수는 여전히 고저가 없는 목소리로 말했다. 있는 듯 없는 듯해서 존재감이 없는 사람. 무슨 일이 있었으면 어떤 식으로든 연락이 왔을 거라면서 무소식이 희소식이라고 말했다.

혁민은 오히려 그들이 없는 게 자신의 발전을 위해서는 더 좋을 것 같다고 생각했다. 그래야 조금이라도 더 치열하게 고민하고 방법을 찾을 테니까.

'그래. 만약 연락이 온다고 하더라도 가능하면 다른 방법을

찾아봐야겠어. 정말 어쩔 수 없는 상황이 아닌 이상.'

혁민은 그렇게 마음을 굳혔다.

*　　　*　　　*

하도 오랜만에 오다 보니까 사무실이 있는 건물이 낯설게 느껴졌다. 그리고 계단이나 복도도 어색하게 느껴졌고. 마치 예전에 다녔던 학교를 오랜만에 찾아온 그런 느낌이랄까.

'시간으로 따지면 그렇게 길지도 않았는데……'

혁민은 무언가 새로운 경험을 하고 마음가짐이 달려져서 더 그런 게 아닌가 하는 생각이 들었다. 그는 심호흡을 하고는 자신의 사무실 문을 열었다.

"다들 안녕? 그동안 잘 지냈지?"

혁민은 사무실 문을 열고 들어가면서 이야기했다. 전화로 연락은 했지만, 상당히 오래 자리를 비워서 조금은 어색하게 느껴졌다.

"변호사님 오셨어요?"

보람의 활기찬 목소리가 들렸고, 혁민도 웃으면서 인사했다. 오랜만에 보는 얼굴이라서 그런지 더 반갑게 느껴졌다. 그리고 이어지는 성만의 반가운 인사를 기대했지만, 상황은 그가 생각한 대로 흘러가지 않았다.

성만은 혁민을 보자마자 다급하게 말했다.

"어, 마침 잘 왔어. 이리 좀 와봐."

"뭔데?"

혁민은 가볍게 인사만 하고 민주엽을 만나러 갈 생각이었다. 어제 전화를 했을 때까지 별다른 일이 없었으니 사무실에 가서는 간단하게 그동안 있었던 일만 점검하면 되겠다고 생각했었다.

그래서 저녁에 민주엽과 만날 약속까지 해놓았는데, 성만이 저렇게 다급하게 부르는 걸 보니 무언가 일이 있는 모양이었다.

"김태구 교수님 알지?"

"당연하지. 그런데 왜? 교수님한테 무슨 일이라고 생긴 거야?"

혁민의 지도 교수가 김태구 교수 아닌가. 거기다가 이래저래 도움을 받은 일도 있었고.

"아니, 그런 건 아니고 교수님이 특별히 부탁한다고 하면서 한번 검토해 보라고 한 게 있어서 말이야."

성만은 서류를 혁민에게 내밀었다. 아마도 성만이 미리 살펴본 모양이었다.

"잠깐만. 이것 좀 방에다가 놓고서."

혁민은 일단 자신의 방에 놓아둘 물건들을 던져 놓고는 바로 밖으로 나왔다. 그리고 서류를 살피기 시작했다. 그리고 서류를 살피는 혁민의 표정이 점점 굳어지기 시작했다. 옆에서 그 모습을 보던 성만이 물었다.

"어때?"

"흠… 글쎄? 그냥 쉽게 얘기하기는 어렵겠는데? 좀 더 자세하게 살펴봐야 할 것 같아. 그런데 이거 우리보고 맡으라는 거야?"

"아니, 그건 아니고 살펴보고 연락 달라고 하시더라고. 그런데 좀 급하긴 한 모양이야."

성만은 가능하면 내일까지 연락을 달라고 했다고 이야기했다. 그랬다면 무슨 기한에 걸리는 일일 가능성이 컸다.

"알았어. 일단 내가 더 살펴볼게."

혁민은 서류를 가지고 자신의 방으로 들어갔다.

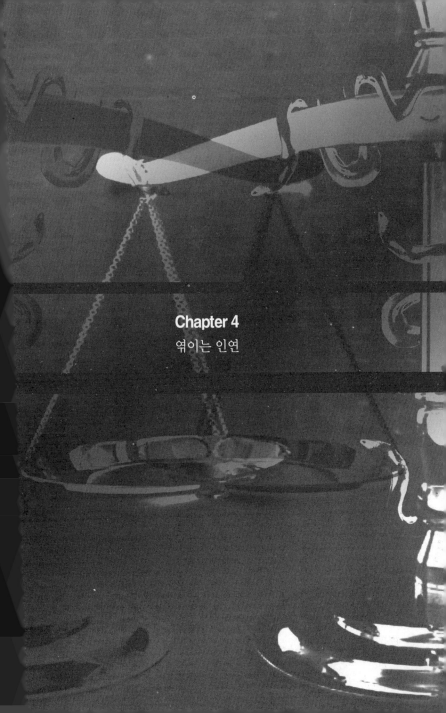

Chapter 4
엮이는 인연

"최종 관리 주체인 피고의 관리 소홀이 피해 발생으로 이어졌다는 사실을 입증했습니다. 따라서⋯⋯."

강윤태는 차분하게 최종 변론을 이어나갔다. 그의 옆에는 건설 회사의 부실 공사로 피해를 본 마을 주민 대표가 잔뜩 긴장한 표정으로 앉아 있었고, 반대편에는 건설 회사 간부와 로펌 변호사들이 앉아 있었다.

"손해배상액 52억 4,030만 원을 청구합니다."

최종 변론을 마친 강윤태는 다시 자리에 앉았다. 그의 표정이나 말투에는 승리를 확신하는 듯 자신감이 보였지만, 감정 변화는 거의 보이지 않았다. 언제나 그렇듯 말이다.

"다음으로 피고 측 소송대리인, 최종 변론 하시죠."

재판장의 말에 피고 측 변호사가 일어나서 최종 변론을 하기 시작했다.

하지만 강윤태는 그걸 듣지 않고 다른 생각을 하고 있었다. 어차피 결론은 났다고 생각했기 때문이었다.

'결정은 대부분 서류에서 나는 거니까.'

재판하는 건 신청만 하면 참관할 수 있는데, 치열한 법정 공방을 생각하면 오산이다. 오히려 지루하고 졸린 광경만 볼 확률이 높다. 물론 법을 잘 아는 사람이라면 조금 다를 수 있겠지만.

강윤태는 판결이 대충 짐작되었다. 원고 일부 승소. 돈을 받는 건 당연한 일이었고, 얼마나 받을 수 있느냐가 문제라고 생각했다. 그만큼 확실하게 준비했고, 이겼다고 생각하고 있었다.

그래서 피고 측의 최종 변론 같은 건 신경 쓰지도 않았다. 시험을 보고 나서 점수가 어떻게 나올지 가슴 졸이는 건 공부를 못하는 사람들이나 하는 거라는 게 강윤태의 생각이었다.

'자기 점수가 얼마인지 확실하게 알면 그럴 이유가 없으니까. 대략 40~60% 선에서 판결이 나올 것 같은데…….'

그런 것보다는 오히려 요즘 더 안 좋아진 누나와의 관계가 더 신경 쓰였다. 다른 형제들과는 겉으로나마 친하게 지냈는데, 누나인 강윤주와의 사이는 악화일로였다.

어머니의 몸이 안 좋아진 이후로는 자신과는 말도 섞지 않았고, 분노에 찬 눈으로 쳐다보곤 했다. 그런 시선을 마주할 때면 서글프기도 하고 짜증이 나기도 했다.

사실 자신이 잘못한 게 뭐가 있는데 그런단 말인가. 첩의 자식이라서 자신이 받은 설움도 얼마나 큰데 이런 따돌림을 아직까지 받아야 한다니. 이건 좀 너무한다 싶었다.

'나는 그냥 잘 지내고 싶은 건데⋯⋯.'

하지만 상대가 받아주지 않으니 어찌할 수가 없었다. 워낙 철저한 성격이라서 그런 일로 인해서 소송이나 다른 업무에 지장을 받지는 않았지만, 그래도 감정적으로 흔들리는 건 어쩔 수 없었다.

그래서 오늘따라 더 기분이 가라앉았고, 모든 게 우울해 보였다. 바로 앞에 앉아 있는 판사들의 목에 있는 회색 넥타이까지도 더욱 그의 마음을 우울하게 만들었다.

'넥타이는 알아서 매게 하지 왜 판사 넥타이는 따로 만들어서⋯ 그리고 저 칙칙한 회색은 또 뭐야. 그런 색이면 권위가 산다고 생각하는 건가?'

마음이 불편하다 보니 별난 게 다 마음에 들지 않았다. 하지만 그런 심정을 밖으로 드러내지는 않았다. 그런 걸 컨트롤하는 거야 아주 어렸을 때부터 해온 일이라 전혀 어렵지 않았다.

그러는 사이에 피고 측 최종 변론이 끝났다.

"이것으로 변론을 종결하고⋯⋯."

선고 기일은 한 달 후 오전 10시로 잡혔다. 마을 대표는 여전히 불안했는지 강윤태에게 상황이 어떤지를 물었다.

"저기⋯ 변호사님. 잘 진행되고 있는 건가요? 어련히 알아서 잘해주시겠지만, 이게 원체 궁금해 놔서……."

"잘 준비했으니까 결과도 괜찮을 겁니다."

아주 의례적인 대답을 하고는 강윤태는 자리에서 일어섰다.

사실 로펌에서는 이 사건을 맡으려고 하지 않았는데, 강윤태가 강력하게 주장해서 사건을 맡았다. 하지만 그 배경에 혁민에 대한 경쟁심이 있었다는 걸 아는 사람은 없었다.

강윤태는 자신도 혁민처럼 서민들을 대변하면서 다른 로펌을 상대로 승소하는 걸 보여주고 싶었다. 그래서 다른 사건보다 더 집중해서 파고들었고, 확실하게 상대 로펌의 법리를 눌러 버렸다. 그리고 그런 사실을 상대 변호사들도 알고 있었다.

그럼에도 그들은 오히려 자신에게 친근하게 먼저 말을 걸어왔다. 왜 그러는지는 뻔하다. 자신이 태경 소속의 변호사라서 그런 게 아니라 명현그룹의 막내라서 그러는 것이다.

'지겨운 인간들. 능력은 없지만, 욕심만 않은 그런 군상.'

숱하게 보아왔다. 이제는 신경 쓰지도 않는다. 그냥 기계적으로 인사를 받아주고 넘길 뿐이다.

강윤태가 관심을 두는 사람은 아주 극소수다. 그가 갖지 못한 걸 가진 사람들. 그리고 그가 인정하는 사람들.

"이야, 이게 누구야?"

"안녕하셨어요, 선배님?"

강윤태는 반가운 표정을 지으며 인사했다.

이채민 판사. 그가 인정하는 몇 안 되는 사람 중 한 명이다. 법대에 진학해서 자신이 곧 따라잡을 수 있으리라고 생각했지만 아직도 격차를 줄이지 못한 정말 극소수의 사람 중 한 명.

여러 면에서 뛰어났고 매력적이었다. 집안도 좋았고. 자신이 원하는 스타일은 아니었지만, 어디다 내놔도 손색없는 그런 여자였다. 선 자리가 수도 없이 들어온다는 얘기를 들었다. 이제는 삼십 대 중반이 되어가지만, 그래도 여전하다는 소문이었다.

"결혼은 안 하십니까?"

"야. 사돈 남 말 하네. 너도 아직 만나는 사람 없다면서."

유일하게 좋지 않은 점은 자신에 대해 너무 잘 안다는 거였다. 누나인 강윤주랑 절친이었기 때문에. 사실 누나인 강윤주보다 이채민과 더 친하다는 느낌이 들었다. 학교 선후배이고 같이 모임도 했으니까.

"나는 바빠서 가볼게. 나중에 동아리 모임 할 때나 보자고."

"예. 제가 연락드리겠습니다, 선배님."

"퍽이나. 그래, 가봐."

이채민은 피식 웃으며 말했다.

그녀는 걸으면서 친구들 생각을 했다.

'그러고 보니 요즘은 애들하고 만난 지도 좀 되네?'

한때는 삼총사라고 해서 거의 매일같이 붙어 다닐 때도 있었는데, 이제는 몇 달에 한 번 얼굴 보는 일도 쉽지 않았다.

"있어보자……"

이채민은 핸드폰을 꺼내어 혜나의 이름을 찾았다. 최근에 서로 연락을 못 했다는 걸 생각해 내고는 고개를 흔들었다.

"뭐가 그렇게 바쁜지……."

서로 일이 바쁜 거야 알지만 이렇게 연락도 뜸한 사이가 되었다는 게 어쩐지 씁쓸했다. 주변에 있던 다른 친구들과도 마찬가지였다. 결혼한 친구도 많고 졸업하자마자 결혼한 친구는 애가 벌써 초등학교 들어간다고 했다.

—어, 오랜만이네? 무슨 일이야?

목소리를 듣자마자 오혜나구나 싶은 느낌이 팍 들었다. 저 무심한 듯한 목소리 하며 약간 보이시한 말투.

"얘는. 무슨 일이 있어야 꼭 전화를 하니?"

—아, 그런가?

혜나는 그렇게 말하고는 자신도 멋쩍은지 크게 웃었다. 그런데 어딘지는 몰라도 주변이 무척이나 시끄러웠다.

"어디야? 밖이야?"

—아, 좀 시끄럽지? 지금 애들 봐주고 있어서 그래. 조만간 데뷔시키려고 지금 한창 준비 중이거든."

"아, 맞다. 이번에는 정말 괜찮다고 했지?"

이채민은 예전에 들었던 기억이 떠올랐다. 오혜나가 정말 좋은 아이들에다가 곡도 잘 빠졌다고 흥분해서 말했었다. 그게 벌써 두 달쯤 전에 만났을 때였다.

"언제 윤주하고 함 봐야지."

—그래야지. 날 잡아서 연락해. 내가 맞춰볼 테니까.

오혜나는 무슨 말을 하려다가 손으로 핸드폰을 막고 트레이

너를 불렀다.

"잠깐 쉬었다가 하죠? 괜찮겠죠?"

"예, 안 그래도 잠깐 쉴 참이었습니다."

"예, 그래요."

오혜나는 연습실 밖으로 나오면서 다시 전화기를 잡고는 말을 이었다.

"저기, 우리 이번에는 우리 셋만 보지 말고 다른 사람들도 같이 보는 거 어때?"

―다른 사람들?

"그래. 왜 그 멤버 있잖아. 여덟 명 모이던 멤버. 혁민이하고 차 선배 포함해서."

슬기와 성만, 혁민의 친구 용찬까지. 예전에는 종종 모이던 사이였는데, 몇 년 전부터는 서로 시간도 맞지 않고 해서 보지 못했다.

―그럴까? 나는 좋아.

"그래, 이번에 회사 근처에서 보자. 내가 데뷔하는 애들도 보여주고 그럴게."

―너, 그게 목적이구나?

"아니야, 무슨. 아저씨들한테 취향 물어볼 일 있어? 그냥 우리 회사 구경도 한 번 못 시켜준 것 같아서."

오혜나는 애들이 어떤지 물어볼 생각도 있기는 했지만, 그렇게 말하기는 좀 쑥스러워서 둘러댔다. 이번에는 정말 기대를 하고 있었다. 실력도 좋았고, 곡도 괜찮았으니까.

―그래, 알았어. 연락은 윤주한테 하라고 해야겠다. 걔는 요즘 뭐 하는지 모르겠어?

"윤주, 얼마 전에 헤어졌잖아. 어머니도 좀 편찮으시고 해서 요즘 좀 기분 안 좋은가 보더라. 그냥 너하고 나하고 나눠서 연락하자."

―또? 에휴, 그래. 알았다, 알았어. 너랑 나랑 나눠서 하자.

그렇게 이야기를 마치고는 오혜나는 다시 연습실로 들어갔다. 땀에 흠뻑 젖어 있는 아이들이 바닥에서 몸을 풀고 있었다. 오혜나는 손뼉을 치면서 말했다.

"자, 다시 시작하자!"

*   *   *

혁민은 무척이나 골치가 아팠다.

"아니, 전에도 사건이 이렇게 많이 들어왔어?"

"아니. 원래는 그렇지는 않은데 어제부터 이상하게 많이 들어오네?"

혁민이 사무실에 돌아온 어제부터 이상하게 사건이 쏟아져 들어왔다. 마치 원래 이런 식이었다는 듯이.

"환상하겠네."

사람이 사회생활을 하다 보면 거절하기 어려운 부탁도 있는 법이다. 그런데 그런 일이 갑자기 한꺼번에 몰리면 상당히 난처한 상황이 되어버린다.

'거절할 수는 없는데, 그렇다고 대충 할 만한 사건들도 아니고……'

신경을 많이 써야 하는 사건들이었다. 그리고 시기적으로도 상당히 겹쳐 있었고. 사실 변호사는 보통 여러 개의 사건을 동시에 진행한다. 혁민도 그런 적이 있어서 어떤 식으로 일해야 하는지 잘 알고 있다.

그리고 그런 경험이 있기 때문에 지금 자신에게 들어온 일을 전부 다 충실하게 하기 어렵다는 것도 알 수 있었다. 물리적으로 하루는 24시간이고 몸은 하나였으니까.

"다른 데 소개해 주면 안 되는 거야?"

"그냥 적당한 데 소개해 줘도 되는 거면야 나도 이런 고민 하지 않지. 가능하면 안 그러는 게 좋을 것 같아서……."

문제는 돈도 돈이었지만, 사건 자체가 상당히 까다롭다는 거였다. 그래서 다른 데다가 맡기기는 좀 꺼려졌다.

혁민이 그렇게 고민을 하고 있을 때, 핸드폰이 울렸다. 액정을 확인해 보니 김태구 교수였다.

오늘까지 연락을 좀 달라고 했는데, 기다리지 못하고 연락을 먼저 한 모양이었다.

"예, 교수님."

─아, 그래. 어떻게 좀 살펴봤나?

"예, 살펴보기는 했는데…….

혁민은 아직 확실하게 결론을 내리지 못한 상태였다. 혁민이라고 모든 사건을 전부 꿰뚫고 있는 건 아니었다. 전에 비슷한 경험이 있는 사건이야 그런 고민을 하는 시간을 줄일 수 있지만, 그가 경험하지 못한 그런 사건이 더 많다.

그냥 척 보기만 하고 모든 걸 알 수 있는 사람이 세상에 어디 있겠는가. 판례나 여러 가지 검토를 해야 어느 정도 윤곽이 보이는 법인데, 하루라는 시간은 그런 검토를 하기에는 너무 부족했다.

"상황이 좋지는 않은 것 같습니다."

─그거야 누가 모르겠나. 혹시나 법리적으로 주장할 만한 구석이 있나 싶어서 그러는 거지.

"한마디로 단정하기는 좀 어려울 것 같고, 이건 아무래도 만나 뵙고 이야기를 하는 편이 좋겠습니다. 전화로 할 이야기는 아닌 것 같은데요."

─그래? 그러면 언제 시간이 괜찮은가?

혁민은 언제가 좋을까 생각하다가 오늘 당장은 좀 그렇고 내일 정도가 좋을 것 같다고 이야기했다.

"예. 그러면 내일 뵙겠습니다."

혁민은 그렇게 통화를 마치고 마저 검토하기 위해서 자신의 방으로 들어가려 했다. 그런데 그 순간 다시 핸드폰이 울렸다. 이번에는 오혜나였다.

"어, 그래. 오랜만이야."

혁민은 방으로 들어가면서 전화를 받았는데, 다행스럽게도 사건을 의뢰하는 전화는 아니었다.

"아, 다행이다. 사건은 아니구나."

—뭐야? 사건이면 안 해주려고 했어?

"아니, 그런 건 아니고. 갑자기 사건이 몰려들어서."

—야, 사건 많으면 좋지. 남들은 사건이 안 들어온다고 난리
던데.

그것도 틀린 말은 아니었지만, 어쨌든 지금은 사건이 아니
길 정말 다행이라고 생각했다.

—뭐, 그런 건 아니더라도 좀 상의할 건 있는데…….

"뭔데?"

—그냥. 대단한 건 아니고. 그건 만나면 얘기할게.

혁민은 알았다고 대답하면서 말을 빨리했다.

"그래. 날 잡히면 나도 맞춰볼 테니까 연락 줘."

—이것들이 누군 바쁘지 않은 줄 알아? 하여간 안 나오기만
해봐.

"알았어, 알았어. 나갈게."

혁민은 그렇게 통화를 마치고 자리에 앉았다. 그리고 서류
를 막 넘기려는데 또 전화가 울렸다. 이번에는 위지원 변호사
의 전화였다.

"설마 너도 사건 의뢰는 아니겠지?"

—예? 그게 무슨 얘기세요?

위지원 변호사는 갑자기 생뚱맞은 소리를 들었다는 듯 놀란
목소리로 물었다. 혁민은 그녀가 눈을 동그랗게 뜬 표정이 생
각나서는 피식 웃고는 말을 이었다.

"아니다. 내가 지금 좀 정신이 없어서… 그런데 무슨 일이야?"

—예, 저 서울 올라갈 일이 있어서요. 올라가면 사무실 놀러 갈게요.

혁민은 갑자기 서울에는 왜 올까 싶기는 했지만, 그냥 그러라고 했다.

"뭐, 그래. 오면 연락해."

—네, 선배님. 연락드릴게요.

혁민은 통화를 마치고는 아예 전화기를 껐다. 그리고 자료에 집중하기 시작했다.

혁민의 사무실에는 사건을 맡아달라고 찾아오는 사람이 꽤 많았다. 실력이 확실하다는 건 널리 알려진 사실이었으니까. 괴팍하고 싸가지 없는 데다가 돈을 무척 밝힌다는 소문이 돌지 않았더라면 훨씬 더 많은 사람이 찾아왔을 것이다.

"그런 소문이야 당한 사람들이 낸 것도 있지만, 거절당한 사람들이 그렇게 말하고 다니는 것도 있을 거야."

"하긴 그럴 수도 있겠네요. 거절당한 사람 입장에서야 기분 좋을 일 없잖아요."

성만의 말에 보람이 맞장구를 쳤다.

"뭐, 우리 입장에서야 좋긴 하지만……."

"일이 많지 않아서 좋기는 한데, 어떨 때는 좀 미안하기도 해요. 변호사님만 바쁘시고……."

원래 변호사 사무실이 거의 비슷하다. 변호사가 가장 일이 많고 직원들은 그보다는 덜하다. 하지만 그렇다고 성만과 보람이 마냥 노는 건 아니다. 혁민에 비해서 일이 적다는 거지 일이 없는 건 아니니까.

"사실 사건 수가 많지 않은 것이지, 이게 일이 적은 건 아냐."

사건 중에는 손이 많이 가지 않아도 되는 사건들이 있다. 눈에 뻔히 보이는 사건. 서류만 작성하고 법정에만 나가면 되는 그런 사건은 대부분 거절했다. 다른 데 맡겨도 충분하다는 거였다.

혁민은 상당히 복잡하고 난해한 사건, 조사하고 찾아볼 게 많은 사건만 골라서 맡았다. 그러니 진행하고 있는 소송은 몇 개 되지 않더라도 해야 할 일은 많았다.

"그런데 요즘은 찾아오는 사람들이 훨씬 더 많아진 것 같아요. 저 여기에 처음 왔을 때만 해도 사람 보기가 어려웠었는데."

"그러게. 특히나 요즘은 더한데?"

최근 들어서는 혁민에 대해서 더 많이 알려졌는지 찾아오는 사람들이 갑자기 늘었다. 그리고 다들 사연 있고 복잡한 사건들을 가지고 왔다. 혁민이 맡을 만한 그런 사건들을.

"그러니까 말이야. 그래서 좀 고민이네."

혁민이 방에서 나오면서 이야기했다.

"이제 사무장님도 면접만 합격하면 연수원에 가야 하고……."

드디어 성만이 사법고시 2차 시험에 합격했다. 벌써 몇 년

전에 합격했어야 하는 건데 이상하게 시험 날만 되면 무슨 일이 생겨서 고배를 마시다가 올해는 드디어 합격한 것이다.

3차로 면접시험을 보기는 하지만, 거기서 떨어지는 사람은 거의 없다. 그러니 조만간 성만은 사법연수원으로 가게 될 것이다.

"정말 그러네요. 이제 같이 일할 날도 얼마 안 남았어요. 아쉬워라~"

보람이 코를 살짝 찡그리며 말했다. 혁민도 비슷한 생각이었다. 그래도 사무실을 믿고 맡길 수 있어서 든든했는데, 성만이 조금만 지나면 자리에 없다는 걸 상상하니 조금 허전하다는 생각이 들었던 것이다.

"다른 사람 들여야지. 자리도 만들어놓고서는 더 뽑지도 않았잖아."

"하긴 그래요. 자리만 있고 사람은 없으니까 좀 휑한 느낌도 들어요."

원래 사람이 조금 늘 것을 염두에 두고 자리를 만들어놓았었다. 하지만 혁민이 사건을 가려 받아서 딱히 사람이 더 필요한 건 아니라 그동안은 사람을 늘리지는 않았었다. 하지만 이제는 무언가 변화가 있어야 할 시기가 되었다.

혁민은 잠깐 고민하다가 입을 열었다.

"일단 밥 먹고 생각합시다."

혁민은 장난스러운 표정으로 말하면서 소파에서 일어났는데, 성만과 보람도 따라 일어나면서 대꾸했다.

"벌써 시간이 이렇게 됐나? 오늘은 뭐 먹으러 갈까? 만두 집?"

"오늘은 거기 말고 새로 생긴 데 가요. 거기 가정식 백반인데 괜찮대요."

혁민은 좋다고 하면서 사람들과 함께 사무실 밖으로 나갔다.

"김태구 교수님하고 만난 건 어떻게 됐어?"

"일단 내가 맡아서 진행해 보려고. 그런데 이번 사건은 진짜 골치가 아프네……."

혁민은 고개를 절레절레 저었다. 사건 관련해서도 좀 더 알아보고 어디까지 소송을 할 건지도 정해야 했다. 유족과 상의는 해야겠지만, 자신이 뚜렷하게 판단이 서야 이야기를 확실하게 할 수 있으니까.

"걸리는 게 굉장히 많아. 기본권 제한을 어디까지 해석해야 하는지도 문제고, 과실과 관련된 내용도 상당히 복잡하고. 하지만 짚고 넘어가야 하는 문제이기는 하지. 아마도 상당히 의미 있는 그런 소송이 될 거야."

혁민은 그렇게 중얼거리다가 성만을 보면서 물었다.

"그런데 누구 추천할 만한 사람 없어? 대신 누가 있기는 해야 하니까 사람을 구하긴 해야지. 그런데 딱히 생각나는 사람이 없네."

"나도 뭐 비슷하지. 다 고시 패스한 사람 아니면 아직 고시 공부하는 사람이니까. 사실 너나 나나 아는 사람이 다 거기서 거기잖아."

혁민은 고개를 끄덕였다. 서로 아는 사람이 크게 다르지 않았으니까.

둘은 적당한 사람을 알아보기로 이야기하다가 보람의 빨리 오라는 소리를 듣고는 발길음을 재촉했다.

*　　*　　*

"선배님, 잘 지내셨어요?"

"뭐, 그렇지. 사무실 왔더니 일이 산더미네, 산더미."

혁민은 위지원 변호사에게 자리를 권하고는 자신도 그 앞에 앉았다.

"그런데 서울에는 무슨 일로?"

"일이 몇 개 있어서요. 친구 결혼식도 있고, 친척 일도 있고 해서요. 한 열흘 정도 서울에 있을 거예요."

"아니, 그렇게 오래 사무실 비워도 괜찮아?"

"뭐 어때요. 어차피 일거리도 없는데."

위지원 변호사는 상관없다면서 말했지만, 고민이 좀 되는 듯했다.

그런데 혁민은 그런 모습을 보니까 갑자기 떠오른 생각이 있었다.

'가만. 어차피 지금 일이 너무 많아서 문제인데, 사무실에 변호사가 한 명 더 있으면?'

나쁘지 않을 것 같았다. 게다가 이번에 내려가서 가르치면서 느낀 점도 많지 않았던가. 그러니까 전체적으로는 자신이 관리하면서 부족한 건 알려주더라도 일을 좀 덜어줄 수 있는 변호사가 있으면 괜찮을 것 같았다.

'얘도 괜찮을 것 같은데…….'

다른 것보다 같이 일하려면 서로가 맞아야 한다. 일하는 방식이나 사고방식이 달라서 사사건건 충돌하고 삐걱거리면 차라리 같이 일하지 않는 편이 더 좋다. 그런 면에서 위지원 변호사는 괜찮았다. 이미 경험을 해보았으니까.

"거기 일거리가 그렇게 없어?"

"잘 아시잖아요. 사건 자체가 없어요."

혁민도 보고 경험해서 알기는 안다. 위지원 변호사의 사무실에도 처음 맡은 사건을 진행하는 동안 찾아오는 사람이 한 명도 없었다.

"그러면 서울에서 일해보는 건 어때?"

"서울이요? 에휴, 사건은 많을지 몰라도 어림없어요. 오죽하면 제가 알아보다가 거기까지 내려갔겠어요. 그리고 돈도 많이 들구요."

위지원 변호사는 모든 면에서 자신과는 맞지 않는다고 이야기했다.

"받아주는 로펌이나 변호사 사무실도 없고……."

그녀는 말을 흐렸다. 사실 남에게 이야기하기 민망한 말 아닌가. 자신의 성적이 좋지 않아서 받아주지 않는다는 말이니까. 그나마 혁민 앞이니까 이런 말도 편하게 할 수 있는 거였다.

'그래, 어쩌면 이것도 운명이라면 운명이지.'

혁민은 마음을 굳혔다. 알아보면 위지원 변호사보다 더 실력이 좋은 변호사는 찾을 수 있을 것이다. 하지만 혁민에게 있어서 실력은 그다지 중요하지 않았다.

'나랑 손발이 잘 맞느냐. 그리고 의지, 가능성. 그리고 믿을 수 있는 사람인가.'

아직 그녀를 제대로 안다고 할 수는 없을 것이다. 몇십 년을 같이 살아도 모르는 게 사람인데, 어떻게 잠깐 같이 일했다고 그 사람을 파악할 수 있을까. 하지만 느낌이라는 게 있었다. 자신과 비슷한 성향의 사람이라는 느낌.

여러 가지 측면을 따져 봤을 때, 만약 사람을 더 들이면 그녀가 적임자라는 생각이 들었다. 그런 생각이 들자 혁민은 마음을 굳혔다. 그리고 결정하면 바로 움직이는 게 혁민이다.

그는 곧바로 위지원에게 말했다.

"그러면 여기서 한번 일해볼래?"

"여기요? 여기라면… 선배님 사무실에서요??"

위지원 변호사의 목소리가 갑자기 커졌다. 소리가 워낙 커서 일하던 성만과 보람이 깜짝 놀랄 정도였다.

위지원 변호사는 분위기를 눈치채고는 울상이 되었다.

"죄송해요, 죄송해요."

"아뇨, 괜찮습니다."

그녀가 미안하다며 고개를 숙이자 성만이 재빨리 손을 저으면서 말했다.

그녀는 다시 혁민을 쳐다보면서 정말이냐고 물었다.

"당연히 정말이지. 가능하겠어?"

그녀의 눈이 동그래지고 초롱초롱해졌는데, 마치 고양이를 보는 것 같았다.

"당연하죠. 선배님 사무실에야 못 들어가서 난리일 건데. 그런데 정말 제가 여기로 와도 괜찮으시겠어요? 공연히 짐만 되면……."

"소송하는 거 보니까 잘하더만."

혁민은 그런 거 다 보고서 결정한 거라고 말했다.

"사람 쓰는 입장이 되면 아무나 막 들이고 그럴 수 있는 줄 알아? 정말 괜찮은 사람이다 싶어야 쓸 수 있는 거라고."

혁민의 이야기에 일하고 있던 보람이 배시시 미소 지었다. 자신도 마찬가지라는 뜻이었으니까.

위지원 변호사도 마찬가지로 웃고 있었는데, 그녀는 살짝 흥분한 상태로 말했다.

"저야 좋죠. 선배님한테 배우기도 하고. 그런데 정말 써주실 거예요?"

혁민은 천천히 고개를 끄덕이면서 물었다.

"언제부터 가능할 것 같아?"

"언제부터요? 음… 그래도 밑에 정리도 하고 그러려면 시간이 좀 필요한데……."

위지원 변호사는 아무래도 보름 정도는 필요하다고 말했다.

"그러면 지금부터 미리미리 연락해서 정리 시작하고, 남는 시간에는 여기로 와. 당장 할 일이 있으니까."

"예? 당장이요?"

"그래. 왜? 힘들어?"

"아뇨, 아뇨. 괜찮아요."

위지원 변호사는 당연히 할 수 있다면서 어떤 걸 하면 되느냐고 적극적으로 나왔다.

*　　*　　*

"바쁘시다면서 괜찮으세요?"

"괜찮아요. 아무리 바빠도 사람 만날 시간이 없겠어요?"

혁민은 환하게 웃으면서 말했다.

"말 편하게 해요, 오빠. 너무 거리감 두는 것 같아서 싫어요."

"그… 그런가? 그럼 편하게 한다?"

혁민은 오빠라는 말에 갑자기 심장이 요동치는 걸 느꼈다. 놀이터에서 그네를 타고 손을 잡고 집에 갈 때까지만 해도 이제 막 시작하는 연인 같은 기분이었다. 하지만 그 후로 한동안 보지 못해서 그런지 실감이 나지는 않았었다.

그런데 율희의 말을 들으니 이제는 정말 연인이 된 것 같은 기분이 들었던 것이다. 그래서 말을 살짝 더듬었는데, 율희는 그런 혁민의 어색한 반응에 입을 가리고 웃었다. 그러고는 고개를 끄덕였다.

"편하게 해요, 오빠. 저보다 나이도 한참 많잖아요."

율희는 장난기가 가득한 표정으로 말했다. 유독 한참이라는 말을 강조하면서.

혁민은 살짝 눈을 치켜뜨면서 마찬가지로 장난스럽게 이야기했다.

"한참이라니. 이럴 때는 고작 열 살밖에 차이 나지 않는다고 해야지. 겨우 같은 걸 붙여도 괜찮고."

혁민은 그렇게 말하면서도 정말 즐거웠다. 지금까지는 친근하다는 느낌은 있었지만, 가깝다는 느낌은 아니었다. 아는 사이와 사귀는 사이의 차이라고나 할까.

그런데 지금은 둘 사이의 거리가 거의 느껴지지 않았다. 서로를 바로 곁에서 느끼는 그런 감정. 그러면서도 서로 더 가까워지기 위해서 움직이는 그런 게 느껴졌다. 자신도 그렇고 율희도 마찬가지고.

이런 식으로 가볍게 장난하는 것도 정말 설레었다. 다른 사람이 보면 정말 아무것도 아닌 그런 거였지만, 혁민에게는 아주 특별한 경험이었다. 둘은 이야기를 나누면서 천천히 공원을 걸었다.

낙엽이 아름답게 색을 칠한 가을의 공원은 무척이나 아름다웠다. 그리고 곳곳에 연인들이 꼭 붙어서 그들만의 이야기를 나누고 있었다. 그리고 간혹 키스를 하는 연인도 보였다.

"흠, 흠……."

키스하는 연인을 보고 있자니 어쩐지 민망했다. 그리고 공연히 율희와의 사이가 어색해진 것 같은 느낌이 들었다.

"왜요? 오빠는 저런 게 이상해요?"

"아니, 이상한 건 아닌데……."

뭐라고 말을 해야 할지 몰라 혁민은 허둥댔다. 이상하게 율희와 같이 있기만 하면 바보가 되는 것 같은 느낌이 들었다.

"그냥 이런 데서 저러는 게 좀 그래서……."

"그러면 저런 건 어디서 해요? 이런 데가 아니면 으슥한데?"

"응? 아니, 뭐, 그렇다기보다는……."

쩔쩔매는 혁민을 보면서 율희는 활짝 웃었다. 그러고는 혁민의 옆으로 다가와서는 팔짱을 끼었다.

"저쪽으로 가요."

율희는 혁민을 데리고 걸었다. 처음에는 조금 어색했지만, 조금씩 서로 맞닿은 팔에 온기가 스며드는 게 느껴졌다. 마치 서로에 대한 마음이 조금씩 서로에게 전해지는 그런 느낌이었다.

아무런 말도 하지 않았는데 많은 것이 느껴졌다. 그냥 같이 걷는 것만으로도 이렇게 행복할 수 있다는 게 신기하게 생각되었다.

"정말 예쁘지 않아요?"

율희가 곱게 물든 단풍을 쳐다보면서 말했다.

혁민도 그녀를 따라 단풍을 쳐다보았다. 무척 낯설었다. 매일 서류에 적힌 글자만 바라보다가 이렇게 단풍을 보니 다른 세상에 와 있는 기분이 들었다.

"흑백만 보다가 진짜 세상에 온 것 같아."

"흑백이요?"

"응. 흰 종이에 적힌 검은색 글자만 보다가 이렇게 다양한 색을 보니까 그런 기분이 들어."

혁민은 이런 게 정말 우리가 사는 세상이구나 하는 생각이 들었다. 그래서 슬며시 웃으면서 이야기했다.

"고마워. 이런 걸 느끼게 해줘서."

율희는 살짝 미소 지으며 혁민에게 몸을 조금 기댔다.

둘은 단풍을 보면서 그렇게 서로에게 천천히 물들어갔다.

＊　　　＊　　　＊

한동안 혁민의 사무실은 무척이나 바빴다.

그래도 위지원 변호사가 거드니 일이 훨씬 수월했다. 그리고 위지원 변호사가 사무실에 오니 사무실 분위기도 이전과는 많이 바뀌었다.

보람이 위지원 변호사와 무척 친하게 지냈는데, 그동안 여자가 자기 혼자라서 불편한 게 있었던 모양이었다.

"거기 정말 예쁜 거 많죠?"

"맞아, 맞아. 점심 먹고 거기 또 들를까?"

둘은 죽이 맞아서 붙어 다녔는데, 덕분에 성만이 조금 붕 뜨게 되었다. 전에는 혁민이 없으면 항상 보람과 붙어 다녔는데, 이제는 그 자리를 다른 사람이 차지했으니까. 그리고 여자 둘은 같이 다니자고 하는데, 성만이 먼저 거절했다.

여자 둘과 함께 다니는 게 그렇게 녹록한 게 아니라는 걸 알게 되었기 때문이었다. 보람과 둘이 다닐 때는 괜찮았는데, 여자 둘을 따라다니려니 어색하기 짝이 없었다.

그리고 묘한 기분도 느꼈다. 나이도 어린 여자가 자신보다 먼저 변호사가 되어서 사무실에 있었으니까. 자신도 합격했다고는 하지만 면접도 남아 있고, 사무실에서는 사무장 신분이다. 그러니 묘한 경쟁심 같은 걸 느끼는 거였다.

혁민에 대해서는 그런 감정을 느끼지 않았다. 워낙 특출 난 존재라서 나이는 어리지만 아예 자신의 위라고 생각했으니까. 하지만 위지원 변호사는 경우가 달랐다.

성만은 식사를 하고 와서는 수다를 떨고 있는 위지원 변호사를 슬쩍 쳐다보았다.

"그런데 변호사님 요새 연애하나 봐?"

"아, 제가 아는 동생인데요, 여기 몇 번 왔었는데 그러면서 친해졌어요."

"동생?"

위지원 변호사는 눈이 휘둥그레졌다. 원래도 감정 표현이 풍부한 편이었는데, 보람과 이야기할 때는 표현이 더 활발해지는 것 같았다.

"그러면 몇 살 차이 나는데?"

"음… 변호사님하고 저하고 아홉 살 차이니까, 열 살 차이네요. 율희하고 저하고 한 살 차이거든요."

"우와, 열 살!"

보람은 웃으면서 나이 차이가 좀 있지만, 율희가 어른스러워서 잘 어울린다고 말했다.

"걔가 속이 되게 깊거든요. 어떨 때는 애 같기도 하지만."

"변호사님은 어린 사람 좋아하나 보구나."

"에이, 그런 건 아닌 것 같던데……. 아는 분들 보니까 다 연상이던데요?"

"그래?"

"여기 친한 판사분도 한번 왔었는데, 우와, 저는 무슨 연예인이 들어오는 줄 알았다니까요. 제가 직접 본 여자 중에서 가장 예뻤어요. 사무장님, 그렇죠?"

갑작스러운 질문에 성만이 흠칫 놀랐다. 아닌 척하고 있었지만, 사실은 둘의 이야기를 듣고 있었기 때문이었다. 하지만 태연한 척하면서 대답했다.

"이채민 판사가 미인이기는 하지. 오늘 저녁에 만나기로 했는데."

"우와, 정말요? 법조계 사람들 모임인가 봐요?"

"아, 그런 건 아니고 그냥 아는 사람들 모임이에요."

성만은 그러고 보니까 혁민과 자신, 거기다가 이채민 판사와 차동출 검사까지 있으니 법조계 사람이 절반이나 된다고 중얼거렸다.

"생각 있으면 이따가 같이 갈까?"

혁민이 문을 열고 나오면서 이야기했다. 법원에 가기 위해서 물건을 챙기다가 밖에서 하는 이야기를 들었던 것이다.

"정말요? 그래도 되나요?"

"뭐, 상관없어. 전에 다른 사람들도 아는 사람 데려와서 소개도 하고 그랬으니까. 같이 일하게 된 식구이고 변호사니까 사람들 알아두면 좋지."

혁민은 성만에게 이따가 같이 약속 장소로 오라고 이야기했다.

"나는 법정 갔다가 혜나 회사 잠깐 들러야 하거든. 그러니까 거기 가게에서 보자고."

"그래, 알았어. 변호사님은 내가 모시고 가지."

혁민은 이따 보자고 하고는 사무실을 나섰다.

*　　*　　*

"무슨 일인데?"

법원에서의 일을 마치고 혜나의 회사에 간 혁민은 무슨 일인데 일찍 보자고 했느냐면서 물었고, 오혜나는 섭섭하다는 투로 대답 아닌 대답을 했다.

"야, 꼭 일이 있어야 부르냐?"

"무슨 소리야? 니가 의논할 일이 있다고 해놓고서는."

혁민은 실소하면서 이야기했다. 하지만 혜나는 여전히 칫칫거리면서 말했다.

"아무리 그런 게 있어도 숨이나 돌리고 하는 거지. 알았어. 일단 이리 와봐."

그러면서 그녀는 혁민을 어디론가 안내했다. 그녀가 데리고 간 곳은 자신의 사무실이었는데, 오혜나의 성격같이 화려하지는 않았지만, 무척 깔끔했다.

"뭐 마실래?"

"그냥 차 종류로 아무거나."

혜나는 밖에다가 차를 부탁하고는 이야기를 시작했다.

"아무래도 저작권 같은 게 신경이 쓰여서."

그녀는 작사나 작곡 관련해서 문제가 될 만한 케이스를 물어왔다. 기껏 곡을 발표했다가 그런 추문에 휩싸이면 바로 치명타를 입게 되니까 당연한 일일 것이다.

혁민은 자신이 아는 한도 내에서 자세하게 이야기를 해주었다.

"그런데 이런 건 저작권 전문 변호사에게 물어보는 게 좋을 거야. 내 전문은 아니거든."

"뭐, 아직 문제가 생긴 건 아니니까 괜찮아. 그냥 나도 좀 알아둬야 무슨 일이 생겨도 대처를 하든가 말든가 하지. 그래서 물어보는 거야."

그러면서 그녀는 다른 질문을 던졌다.

"악플 같은 거는 어떻게 해야 되냐? 그것 때문에 아주 골치가 아파요, 골치가."

"왜? 누가 악플 때문에 문제가 있어?"

"지금까지 없었던 적이 없지. 그런데 이게 뭐라고 하기가 어려워. 대중적인 인기가 생명인데, 그런 거 잘못 대처했다가는 오히려 욕을 먹거든."

혁민은 이해가 된다는 듯 고개를 주억거렸다.

"사실 굉장히 민감하면서도 모호한 부분이기는 해. 명예훼손이나 모욕죄로 대응하는 방법이 있기는 한데, 그게 아주 미묘하거든."

대중적으로 인기를 얻은 사람의 경우에는 어느 정도의 의사표현까지는 받아들여야 한다는 게 법원의 판단이다. 쉽게 말해서 악플이 조금 달리더라도 대중적인 인기가 있는 사람은 감수해야 한다는 거다.

"그런데 그게 아주 심한 경우도 있거든. 그리고 아주 집요한 케이스도 있고. 그러면 정말 노이로제 걸릴 지경이라고."

"그런 경우야 처벌이 가능하지."

"그런데 설사 처벌이 가능해도 하기 어려워. 그거 가지고 또 뭐라고 하거든."

인기를 먹고 살면서 그럴 수가 있느냐는 식으로 아니꼽게 보는 부류가 있다는 거였다. 그래서 대응하는 게 쉽지 않다고 했다.

"법이 모든 걸 해결해 줄 수는 없어. 내 생각에는 그런 것과 관련해서 교육을 좀 시키는 게 좋을 거야. 심리 상담이라든가,

멘탈 트레이닝이라고 하던가? 그런 쪽으로 좀 알아봐."

"그래? 알았어."

그녀는 세상에 쉬운 일은 없다면서 투덜거렸다.

"그래도 너랑 얘기하니까 좀 마음이 편해지기는 하네. 고마워."

"무슨. 내가 별로 해준 얘기도 없는 것 같은데……."

"그러면 나가자. 내가 우리 애들 보여줄게."

혜나는 자리에서 일어나면서 얼른 따라오라고 손짓했다. 혁민은 굳이 그럴 것까지는 없다고 했지만, 그녀는 꼭 봐야 한다면서 그를 잡아끌었다. 그렇게 끌려가듯 걸어서 도착한 곳이 연습실이었는데, 여러 명이 노래에 맞추어 춤을 추고 있었다.

혁민은 잠시 그 광경을 지켜보았다.

혜나는 한 곡이 끝나자 조심스럽게 물었다.

"어때?"

"내가 뭘 알아야지."

"그래도 어떤 느낌이 있을 거 아냐."

혁민은 머리를 긁적이면서 대답했다.

"괜찮은 것 같아. 내가 잘은 모르지만, 실력이 좋아 보이는데?"

"그렇지? 우리 애들이 꽤 잘한다니까."

혜나는 마치 자신이 칭찬을 들은 것처럼 신이 나서 이야기했다. 그러고는 노래가 어떻고 춤이 어떻고 혁민은 잘 알아듣지도 못할 말을 주저리주저리 늘어놓았다.

전문적인 용어가 잔뜩 들어간 이야기를 쉬지 않고 이야기했는데, 혁민은 그동안 무척 노력했구나 하는 느낌을 받았다. 그녀라고 처음부터 이런 걸 다 알았겠는가.

'다 그동안 공부하고 실전에서 부대끼면서 터득한 것이겠지.'

혁민의 그녀의 말에서 열정과 희열 같은 걸 엿볼 수 있었다. 그리고 이번에는 성공할 수 있다는 열망도.

혜나는 한참 떠들다가 혁민이 아무런 말 없이 자신을 쳐다보고만 있다는 사실을 깨닫고는 물었다.

"너, 그런 표정은 뭐냐? 꼭 삼촌이 조카 기특하다고 쳐다보는 것 같다?"

"어, 맞어. 기특하다, 기특해."

"하여간 이 녀석은 나이도 어린 게 예전부터 까분단 말이야."

혜나는 혁민의 팔뚝을 팍팍 때렸다. 혁민은 그냥 웃으면서 맞아주었지만, 생각보다 아팠다.

* * *

"야, 마셔, 마셔! 으하하하! 진작 연락해서 봤으면 좋잖아."

차동출이 사람들에게 술을 권했다. 예나 지금이나 화통하고 술 잘 마시는 건 여전했다. 그리고 아직 노총각이라는 사실도.

"위 변호사라고 했지?"

"예, 선배님. 말 편하게 하세요."

"아이구, 말도 참 예쁘게 하네. 자, 쭉 마셔. 그래, 그렇지."

위지원 변호사도 술을 좀 하는지 차동출이 주는 대로 넙죽 넙죽 받아먹었다. 오랜만에 봐서들 그런지 여기저기서 이야기를 하느라고 정신이 없었다.

"너는 조금 있으면 지방 내려가야 하지 않아?"

혁민은 이채민 판사에게 물었다. 서울에서 판사 생활을 시작하면 3년 정도 지난 후에 지방에서 근무해야 한다.

"내년에 내려가야지. 너는 요즘에 어떤 거 맡고 있어?"

"나야 뭐 별거 있겠냐. 그냥 사건이지."

"넌 보통 사건은 거의 맡지 않잖아. 전부 재미있는 그런 사건만 맡지."

이채민은 다 알고 있으니까 어서 털어놓으라고 재촉했다.

혁민은 자신을 너무 잘 알고 있다고 투덜거리면서 하는 수 없이 새로 맡은 사건을 털어놓았다.

"공무원이 퇴근하다 사망한 사건이야."

"음? 그런데?"

"뭐 뻔하지. 유족은 순직이라고 하고, 상대는 아니라고 하고."

이채민 판사는 잠깐 생각하다가 혁민에게 물었다.

"그러면 순직이냐 아니냐가 문제인 거야? 그러면 행정소송이겠네?"

"일단은 그렇긴 한데……."

혁민은 거기까지만 이야기했다. 더 자세한 이야기는 아직 하기 좀 껄끄러웠기 때문이었다.

"내가 좀 더 살펴봐야 할 것 같아서."

"그래. 그런데 저기 저 새로운 변호사는 어떻게 쓰게 된 거야?"

"아, 위지원 변호사? 음……. 이야기하자면 좀 긴데, 그냥 어쩌다 보니 알게 되었어."

정말로 어쩌다 보니 알게 된 사람이다. 그리고 이야기를 풀어서 하자면 무척이나 길었다. 그리고 그 이야기는 시시콜콜하기도 싫었고.

"뭐야? 요즘 나한테 비밀이 왜 이렇게 많아졌지?"

"무슨. 비밀로 할 것도 아냐. 그냥 얘기하자면 그렇다는 거지."

둘이 티격태격하는 사이 다른 사람들도 즐거운 시간을 즐기고 있었다.

위지원 변호사는 생각보다 사람들끼리 너무 친해서 조금은 놀라고 있었다. 차동출이 술을 너무 많이 마신다는 생각도 했고.

한때 사귄 사이였던 강윤주도 차동출이 사람들에게 너무 술을 권하는 걸 보고는 눈살을 찌푸렸다.

"선배는 술 조금만 마셔요. 그러다가 몸 망가져요."

"아이구, 우리 윤주. 그래 너는 요즘 뭐하고 지내?"

"저야 뭐 개인적인 일 하면서 지내죠. 선배는 결혼 안 해요?"

"결혼? 해야지. 아무렴. 좋은 여자 만나면 결혼해야지."

강윤주는 고개를 절레절레 흔들었다.

"결혼할 생각 있으면 술부터 줄여요. 그렇게 술 마시는 남자하고 누가 결혼하겠어요. 안 그래요, 위지원 변호사?"

"예? 아……. 아무래도 여자들이 좋아하지는 않을 것 같은데요……."

위지원 변호사는 조심스럽게 대답했다.

"하지만 차 검사님이야 워낙 일도 잘하시고 그러시니까. 뭐……."

"으허허허, 그렇지? 내 이런 스타일 좋아해 줄 여자도 어딘가 있을 거야. 있을 거라고."

강윤주는 조용히 중얼거렸다.

"세상에는 별난 사람 많으니까 있기는 하겠죠. 어딘가에는."

위지원 변호사는 그 말이 절대로 없을 거라는 뜻으로 들렸다. 그리고 주변을 돌아보았는데, 사람들끼리 술이 적당히 되어서인지 다들 이야기에 푹 빠져 있었다.

성만과 슬기도 이야기꽃을 피우고 있었고, 혁민의 친구인 용찬은 혜나와 최근 걸 그룹의 동향에 대해서 의견을 나누고 있었다. 용찬이 삼촌 팬들이 어떤 스타일을 좋아하는지를 이야기하자 혜나가 바로 붙어서 말을 걸어서 그리된 거였다.

'다음번에는 이 자리에 율희도 데려와야겠다. 그리고 정식으로 소개해야지.'

요즘은 짬을 내서 자주 만나고 있었다. 시간은 아무래도 율희가 더 많아서 혁민의 일정에 따라서 율희가 찾아오는 식이었는데, 대신 혁민이 항상 집까지는 바래다주었다.

"아는 의사는 있어?"

"의사?"

혁민은 이채민의 질문에 갑자기 의사는 왜 찾는 거냐는 표정으로 물어보았다.

"그래. 니가 얘기한 그 소송 준비하려면 의사 소견도 필요할 거 아냐."

"아, 사망 원인 때문에?"

"당연하지."

퇴근하는 도중에 사망했으니, 사망 원인이 무엇인가에 따라서 결과가 바뀔 것이다. 그러니 전문의의 소견도 당연히 필요할 것이다. 하지만 딱히 아는 의사는 없었다. 잘 아는 의사라고 해봐야 예전에 자신을 치료했던 담당 의사 정도랄까?

그것도 상당한 미래의 일이니 지금은 당연히 혁민을 모를 것이다. 그렇게 생각하니 골치가 더 아팠다. 의료 쪽은 워낙 전문적인 영역이라서 제대로 파악하는 게 무척이나 어려웠기 때문이었다.

"의사는 윤주가 많이 알아. 혹시 필요하면 윤주한테 얘기해 봐."

"그래? 호오……"

생각해 보니 당연한 일일 수도 있었다. 그룹에서 운영하는 병원도 있으니까.

혁민은 정 필요한 경우가 생기면 소개해 달라고 부탁을 좀 해야겠다고 생각했다.

"자, 쭉 한잔하자고."

차동출은 검사로서 범죄자들에게 저승사자였지만, 여기서도 술을 잘 못하는 사람들에게는 저승사자였다. 하지만 이런 자리가 있다는 자체가 혁민은 즐거웠다.

*　　*　　*

"어떤가?"

김태구 교수의 질문에 미망인도 혁민을 쳐다보았다.

"잘 아시겠지만, 소방공무원이 재난 현장에서 화재 진압이나 인명 구조 작업을 하다가 입은 위해가 직접적인 원인이 되어서 사망한 경우 순직으로 인정합니다."

미망인의 남편은 퇴근하던 도중에 심장마비로 사망한 케이스였다. 유족은 낮에 있었던 화재 진압 당시에 문제가 생겨서 사망한 것이라며 순직으로 인정해 달라고 했지만, 행정안전부에서는 거부했고.

"출동이나 복귀하던 중에 사망한 것은 인정하고 있습니다. 하지만 이 경우에는 사망의 직접적인 원인이 화재 진압을 하다가 입은 위해라는 걸 증명해야 하는 거죠."

그게 문제였다. 부검 결과가 아주 미묘했다. 복잡한 의학 용어를 제외하고 이야기한다면 화재 진압 당시에 마신 유독가스가 심장마비에 영향은 주었을 수 있지만, 그것이 직접적인 원인이라고 단정할 수는 없다는 거였다.

그걸 근거로 해서 행정안전부에서는 순직으로 인정할 수 없다고 하는 거였고. 그리고 유족들은 그걸 받아들이지 못하고 소송을 준비 중이었다. 그리고 거기에는 조금 더 복잡한 사연이 있었다.

"제가 알아보니 그건 가능성이 있을 것 같습니다."

혁민은 행정안전부 장관을 상대로 순직유족급여지급거부처분취소소송을 할 것이라고 이야기했다. 물론 긴 이름을 전부 이야기하지는 않고 대충 어떤 내용을 가진 소송인가만 이야기했다.

"행정소송인데 민사소송과 크게 다르지는 않습니다."

문제는 유족들이 순직을 인정하는 것 말고도 국가를 상대로 손해배상을 청구하려고 한다는 점이었다.

"그런데 국가 상대 손해배상 청구는 쉽지 않을 수도 있습니다. 그건 이야기가 좀 복잡해지거든요."

"아뇨, 해주세요."

미망인은 차분하지만 강인한 어조로 말했다. 무슨 일이 있어도 소송을 하겠다는 의지가 절절하게 묻어났다.

"장비에 문제가 있었어요. 애 아빠가 그런 얘기를 자주 했어요. 그래서 그렇게 문제도 생기고 그런 건데……."

사망한 소방관은 장비 교체와 같은 문제를 가지고 상관이나 관련 공무원과 마찰이 있었다고 했다. 그래서 미망인은 지금 이런 일이 생기는 것도 다 미운털이 박힌 탓이라고 생각하고 있는 듯했다.

"알겠습니다. 하지만 바로 소송을 진행하는 것보다는 증거를 조금 더 모으고 나서 하는 편이 좋을 것 같네요. 순직을 인정해 달라는 행정소송은 바로 진행하고요."

"꼭 좀 부탁드려요. 애 아빠는 그렇게 갈 사람이 아니었다구요."

혁민은 고개를 끄덕였다. 그렇게 이야기하지 않아도 할 생각이었다. 다른 건 몰라도 이 사건은 자신이 꼭 맡아서 해결하고 싶었다. 잠시 후 이야기가 대충 끝나자 미망인은 먼저 일어났는데, 그녀를 배웅하고는 김태구 교수가 조심스럽게 물어보았다.

"손배 쪽은 좀 어렵지 않을까?"

"저도 그게 걱정이기는 하네요. 이게 동료들이나 관련자들 협조가 중요한데, 그걸 기대하기가 어려우니……."

성격이 강한 편이라 평소에도 사람들과 다툼이 종종 있었다고 했다. 그런 데다가 상관과의 마찰까지 있었으니 오죽하겠는가.

"그래도 뭔가 이야기를 해줄 사람이 있겠죠."

"나도 도울 수 있는 게 있으면 돕지. 필요한 게 있으면 얘기하게."

"알겠습니다, 교수님."

김태구 교수는 잘 부탁한다고 거듭 이야기했다. 원래 이런 걸 보면 나서는 성격이기도 했는데, 미망인이 김태구 교수의 조카였다.

"그럼 저는 가보겠습니다. 제가 진행 상황 관련해서 종종 연락드리죠."

"그래주면 고맙겠지만, 바쁠 텐데 굳이 그럴 것 없네. 그냥 일에만 신경 쓰게. 정 궁금하면 내가 찾아가지."

혁민은 사무실로 돌아와서는 사건을 다시 한 번 정리했다. 민사소송을 준비하려면 어떤 증거를 찾아야 하고, 어떤 식으로 접근해야 하는지 따져 봐야 했으니까.

"낮에 화재 진압을 했고, 당시에 공기 흡입기에 이상이 있는 걸 느꼈다."

미망인이 같이 화재 진압을 했던 동료에게 들은 이야기였다. 공기 흡입기가 제대로 작동하지 않아서 유독가스를 조금 마셨다는 말을 했다는 거였다.

"하지만 건물 내부에 사람이 있다는 말을 듣고는 계속해서 수색을 했고……."

다행인지 아닌지는 모르겠지만, 건물 안에 사람은 없었다.

"그렇게 화재 진압은 끝났는데 사망한 소방관이 머리가 띵하고 몸에 이상이 있는 것 같다고 말했다. 하지만 처리해야 할 업무가 있어서 병원으로 가지 못하고 돌아와서는 작업을 하다가 밤늦게 퇴근. 그리고 퇴근 도중에 갑자기 쓰러졌다."

심장마비가 온 것이다. 그리고 급히 병원으로 옮겨졌지만, 결국 사망했다.

"문제는 그 동료를 비롯해서 다른 사람들이 얘기를 해주지 않으려는 건데……."

미망인에게 그 말을 전한 동료도 어찌 된 영문인지 이야기하는 걸 거절하고 있었다. 다른 사람들도 전부 말을 하는 걸 꺼렸고.

"왜 그러세요? 잘 안 풀리는 문제라도 있으세요?"

혁민이 고개를 들어보니 위지원 변호사가 보였다. 집중하고 있느라고 사무실에 들어온 것도 못 들은 모양이었다.

혁민은 가볍게 기지개를 켜면서 말했다.

"아이구구, 이번에 소송 들어갈 거가 좀 골치가 아파서."

"아, 그 소방관 사건이요?"

"맞아 그거. 손배 받으려면 입증해야 할 게 많은데……."

사망한 소방관이 보호 장구의 하자를 인지하고 교체 요구를 했다는 것부터 입증해야 했다. 하지만 그것부터 난관에 부닥쳤다.

"사람들이 협조를 잘 해주지 않아서……."

"아니, 그래도 동료인데 왜 그러죠?"

"음… 이게 소방관은 조직 의식이 무척 강한 집단이거든."

생명이 왔다 갔다 하는 현장에서 일하는 사람들이다. 동료 의식이 끈끈할 수밖에 없다. 그런데 그런 집단일수록 한번 찍히면 가혹할 정도로 외면당한다.

"그래서 그런 조직에서 한번 왕따 당하면 버티지 못하지. 더 가혹하게 대하니까. 하지만 이 사람은 그 정도까지는 아닌 것 같으니까 뭔가 방법이 있을 것 같기는 한데……."

혁민은 위쪽에서 이 사건이 커지는 걸 바라지 않는다는 느낌을 받았다. 사실 윗자리에 있는 사람들이야 이런 문제가 사람들 입에 오르내려서 좋을 게 뭐가 있겠는가. 그러니 그냥 조용히 넘어가길 바라고 있을 것이다.

"아아, 그렇군요. 그래도 자기들 목숨 달린 장비 바꿔달라고 말한 건데 좀 너무하네."

그것만이 아니라 평소에 좀 트러블 메이커 같은 이미지라서 문제가 된 것도 있었다. 하지만 이렇게 모든 사람이 입을 다물고 있는 건 위에서 압력을 넣고 있다는 뜻.

"아, 그러면 공익법무관이 사건을 맡겠네요?"

위지원 변호사는 갑자기 생각이 났다는 듯 물었다.

아마도 그럴 것이다. 행정소송의 경우 공익법무관이 소송을 진행할 것이다.

"왜? 아는 사람이라도 있어?"

"아뇨. 그냥 아는 사람이 예전에 공익법무관 하면서 사건 했던 걸 들은 적이 있어서요."

"법무관이야 아직 경험이 없으니까 아무래도 미숙한 경우가 많지. 의욕이야 철철 넘치지만."

하지만 민사소송의 경우에는 그렇지 않을 수도 있을 듯했다. 소송의 규모와 대상에 따라서 정하는 것인데, 경우에 따라서는 외부 자문단에 소송위임을 하기도 한다.

"그런데 외부 변호사가 사건을 맡으면 대부분은 그렇게 열심히 하지 않아. 보수가 굉장히 짜거든."

"뭐든지 다 돈이네요, 돈. 다들 돈 돈 거려서 문제가 다 생기는 것 같아요."

자본주의 사회 아닌가. 돈이 가장 강한 권력인 세상이다. 그건 누구도 부인할 수 없을 것이다. 하지만 다른 가치는 모두 홀대받고 돈만 중요한 사회가 되면 문제가 된다.

"그런데 그 사건은 의학적으로도 문제가 있는 거 아니었나요?"

"아, 그건 해결이 가능할 것 같아. 그 분야 전문가에게 자문을 했는데, 충분히 사망 원인이라고 볼 수 있다고 하더라고."

"그렇구나. 잘됐네요. 저는 그 아주머니하고 아이들 불쌍하더라고요. 그리고 소방관분들이 고생 정말 많이 하시잖아요. 그래서 잘 해결되었으면 좋겠어요."

혁민은 위지원 변호사도 율희하고 성격이나 생각하는 게 좀 비슷한 것 같다는 생각을 했다. 율희도 이런 상황이라면 비슷한 말을 했을 테니까.

"지금 진행하고 있는 사건들은 문제없고?"

혁민은 위지원 변호사가 가지고 온 자료들을 보면서 물었다.

"네, 아직은요. 필요한 게 있으면 바로 여쭤볼게요."

"흐음… 잘하고 있네. 잘 모르겠거나 문제 생기면 바로 얘기해. 공연히 혼자 가지고 끙끙대지 말고. 문제는 커지기 전에 해결해야지 안 그러면 눈덩이처럼 커지는 거라고."

"옛썰. 알겠습니다."

위지원 변호사는 거수경례하는 흉내를 내면서 쾌활하게 이야기했다. 장난기가 넘치는 게 아직 애 같은 느낌도 있었지만, 밝고 긍정적이라 나쁘지는 않았다. 항상 이런다면야 문제겠지만, 중요한 순간에는 또 분위기에 맞게 진지해졌으니까.

"이대로 진행하면 될 것 같아. 나는 나가서 사람들 좀 만나야 할 것 같으니까. 일 보고 마무리되면 퇴근해."

"예, 선배님."

혁민은 나가는 위지원 변호사를 보다가 갑자기 이번 소송에서는 어떤 변호사를 상대하게 될지 궁금해졌다.

*　　　*　　　*

"신입한테 맡길까 합니다."

"아무래도 그러는 게 좋겠지?"

장 변호사의 말에 하치훈은 고개를 끄덕였다. 사실 정부 쪽하고의 관계만 아니라면 이런 소송은 로펌에서 맡지 않을 것이다.

"그래도 실력 괜찮은 친구로 붙여. 공연히 말 나와서 좋을 거 없으니까."

"여부가 있겠습니까."

정부 쪽 일이라는 게 다 그렇다. 잘해도 본전이고, 못하면 찍히고. 하지만 하지 않으면 더 좋지 않게 본다.

"그러면 그렇게 처리하고."

"가만!"

하치훈은 장 변호사의 말을 끊었다. 낯익은 이름이 보였기 때문이었다.

'정혁민이 원고 측 대리인이라……'

하치훈의 입가에 묘한 감정이 실렸다. 자신의 사람이라고 생각했었는데, 언제인가부터 너무 커버린 정혁민.

'처음부터 내 밑에 두고 굴렸어야 하는 건데. 쯧쯧.'

아직도 할 수만 있다면야 자신의 밑으로 데려오고 싶었다. 하지만 승승장구하고 있는 혁민이 그럴 것 같지는 않았다. 게다가 자신의 말도 잘 통하지 않았고.

'나한테 숙이는 것같이 보이기는 하지만, 사실은 말을 잘 듣는 편은 아니지.'

그래서 이번에는 조금 혼을 내줄까 하는 생각이 들었다. 그래야 자신의 말에도 조금은 고분고분해질 테니까.

"왜 그러시는지……."

"신입보다는 조금 더 실력 있는 사람을 붙일까 해서……."

"어느 정도를 생각하시는지……."

"글쎄… 누가 좋으려나……."

하치훈은 쉽게 결정을 내리지 못했다. 혁민의 실력이야 자신이 잘 안다. 그러니 어지간한 상대를 붙였다가는 오히려 기만 살려주는 꼴이 될 것이다.

하지만 그렇다고 해서 자신과 같은 급의 변호사가 나갈 수도 없는 일이고. 그래서 생각하다가 떠오른 게 바로 강윤태였다.

'강윤태라면 딱 적임이겠네. 나이도 동갑이고 실력도 좋은 친구고.'

하치훈은 강윤태를 내세우고 뒤에서 도움을 주는 방향으로 하면 그림이 되겠다고 생각했다.

"강윤태 변호사가 맡으면 어떻겠나?"

"강 변호사 말씀이십니까? 조금 아깝다는 생각이 듭니다만……."

그러다가 장 변호사도 상대 변호사가 정혁민이라는 사실을 발견했다. 하치훈이 이렇게 나올 때는 무슨 다른 이유가 있는 법이다. 그래서 자신이 보지 못한 무언가가 있는지 해서 서류를 쭉 보았다.

일이 오죽 많은가. 그러니 이런 일은 자세하게 살펴보지도 않는다. 그냥 의례적으로 들어오면 신입이나 적당한 사람한테 던져 주면 되는 일이었으니까. 지금까지는 그렇게 일을 처리해 왔다.

그런데 정혁민이라면 이야기가 조금 다르다. 장 변호사는 하치훈이 왜 이렇게 나오는지 알 것 같았다. 그래서 곧바로 말을 바꾸었다.

"강 변호사에게 이야기하겠습니다. 알아듣도록 잘 이야기하죠."

"그래, 그렇게 하게. 그리고 혹시 필요한 게 있을 수도 있으니까 알아서 좀 도와주고."

장 변호사는 웃으면서 대답했다.

"물론이죠. 그건 제가 알아서 하겠습니다."

그 역시 혁민과는 깊은 관계가 있었던 사람이다. 하치훈이 어떤 걸 원하는지도 잘 아는 사람이고. 그래서 이번에는 예전에 받은 걸 되돌려주겠다고 생각하고 있었다.

"혹시나 기분 나빠 할 수도 있으니까 각별하게 신경 쓰라고."

"물론입니다."

강윤태는 그냥 변호사가 아니다. 그러니 혹시라도 트러블이 일어나서는 곤란하다. 그럴 바에야 아예 맡기지 않는 편이 더 좋다.

하지만 그들이 걱정하는 것 같은 상황은 일어나지 않았다.

"음… 좋습니다. 제가 하죠."

강윤태는 차분하게 서류를 보다가 대답했다.

"그래? 괜찮겠지?"

"예. 이 사건은 꼭 제가 했으면 좋겠네요."

장 변호사는 약간은 뜻밖이었다. 굳이 돈도 되지 않는 사건에 너무 적극적이었으니까.

'하기야. 강 변호사가 돈 보고 일하는 사람은 아니지.'

그래도 명색이 재벌 3세 아닌가. 돈에 연연하는 인물은 아니었다. 장 변호사는 잘되었다고 생각하고는 혹시라도 혁민과 무슨 관계가 있는 것 아닌가 싶어서 눈치를 살폈다. 하지만 별다른 건 발견할 수 없었다. 그냥 평소와 똑같았다.

"그러면 그렇게 알고 있게. 그리고 약간 지원도 할 테니까 잘해보라고."

"그래주신다면야 감사하죠."

강윤태는 여전히 표정에 변화가 없었다. 이런 감정을 숨기는 건 어렵지 않았다. 어려서 지금 사는 집에 왔을 때부터 계속 그랬어야 했으니까.

"저는 내용 좀 살펴보겠습니다."

"아, 그러게. 그럼 나도 일이 있어서……."

장 변호사는 밖으로 나갔고, 강윤태는 서류를 잠깐 살펴보다가 씨익 웃었다.

"드디어 만나는 건가? 법정에서?"

강윤태는 기대가 된다는 듯 중얼거렸다.

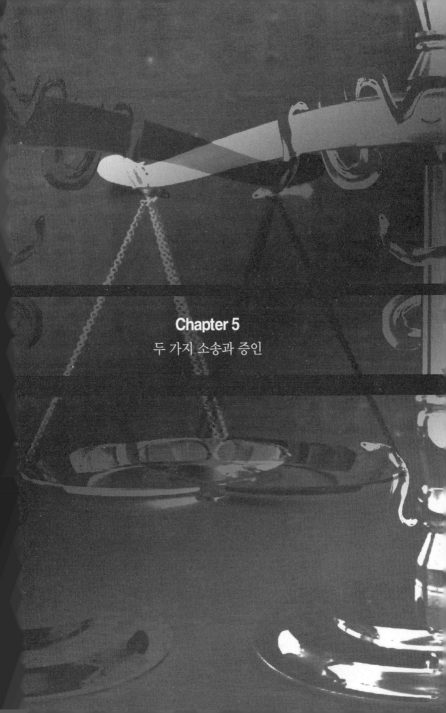

Chapter 5
두 가지 소송과 증인

혁민은 순직을 인정해 달라고 하는 행정소송을 제기했다. 이런 소송은 행정법원에 제기하게 되고, 피고는 행정안전부 장관이 된다.

'나중에 안전행정부로 바뀌었다가 또 다른 걸로 바뀌고 그랬는데?'

하도 많이 바뀌어서 기억도 잘 나지 않았다. 이름을 바꾼다고 뭐가 달라지는 것도 아닌데 왜 그렇게들 겉모습에 집착하는지 모르겠다고 생각하면서 혁민은 입을 열었다.

"사망의 직접적인 원인. 그것이 화재 현장에서 입은 위해라고 주장할 겁니다. 받아들여지면 승소하는 거구요."

이번 사건의 경우 순직인가 아닌가를 가르는 건 간단했다.

원인이 무엇인가가 가장 중요했다. 화재 현장에서 유독가스를 마신 것이 직접적인 원인이라면 퇴근하다가 사망했더라도 순직으로 인정될 것이다.

혁민은 언제나 그렇듯 차분하지만 자신감 있는 어투로 이야기했다. 하지만 미망인은 법정이 낯설어서 그런지 혁민의 말에도 여전히 잔뜩 긴장하고 있었다.

"괜찮습니다. 너무 긴장하지 마세요. 일도 생각보다 잘 풀리고 있지 않습니까."

"예? 아… 이거 이런 데는 처음이라서……."

혁민의 목소리가 들리자 미망인은 화들짝 놀랐다. 법원이란 곳이 참 묘한 곳이다. 아무도 뭐라고 하지 않아도 알 수 없는 위압감 같은 게 느껴진다. 그래서 일반인들은 법원에 들어서면 무척이나 위축된다.

"다 심리적인 겁니다. 아주머니가 무슨 죄 지은 거 아니잖습니까."

혁민이 이야기를 계속 하자 미망인은 그제야 조금 안정이 되는 듯했다. 그녀는 혁민에게 미안하다고 했는데, 혁민은 그럴 필요 없다고 손을 내저었다.

"몇 번 더 오시면 좀 나으실 거예요. 처음에는 누구나 다 이러니까. 저기 보세요. 저 사람도 바짝 긴장한 거 보이시죠?"

혁민은 저 멀리서 잔뜩 위축되어서 걸어가는 남자를 가리켰다. 미망인은 그 모습을 보고는 가볍게 웃음을 터뜨렸다. 남자는 몸이 딱딱하게 굳어서 굉장히 어색한 표정과 걸음걸이를 하고 있었는데, 자신도 조금 전까지 저런 모습이었을 거라고 생각하니 웃음이 났던 것이다.

혁민은 긴장을 풀어주기 위해서 다른 화제도 이야기했다.

"그나저나 다행입니다. 증언을 해주겠다는 분이 있으셔서 말입니다."

"아, 그분이요. 맞아요. 그래도 애 아빠하고 친했던 분이거든요."

민사소송을 제기할 수 있었던 건 증언을 해주겠다는 사람이 있어서 가능했던 것이다. 그리고 혁민은 그 사람으로부터 다른 이야기도 들을 수 있었다.

'유족에게 이야기를 해야 하나?'

상사나 다른 사람과의 마찰도 마찰이었지만, 동료들이 외면한 데에는 다른 이유가 있었다. 사망한 정 소방관이 언론과 인터뷰를 한 적이 있었는데, 그게 문제가 되었던 것이다.

'소방관의 현실을 이야기하면서 외부적인 문제만 이야기했으면 좋았을 것을 내부적인 문제까지 언급을 해서……'

내부적으로 문제가 전혀 없는 조직이 어디 있겠는가. 하지만 그런 걸 외부에 알리는 걸 좋아하는 조직은 없을 것이다. 그런 행위는 배신으로 낙인찍히고, 조직의 결속력이 강하면 강할수록 처벌도 강해진다.

하지만 그런 사실은 내부적으로만 알고 있었다. 유족들도 전혀 모르고 있었던 사실.

혁민은 잠시 고민하다가 상황을 보아서 이야기할지 말지를 결정해야겠다고 생각했다. 남편이 굳이 이야기하지 않은 데에도 다 이유가 있었을 테니까.

그렇게 잠시 대화를 하고 나자 여유가 좀 생긴 미망인은 혁민에게 궁금하게 생각했던 걸 물어보았다.

"그런데 정말 그 의사 선생님이 증언하면 순직으로 인정되는 건가요?"

"그럼요. 국내에서 손꼽히는 권위자이시고 내용도 충분히 설득력이 있습니다. 법원에서도 인정하게 될 겁니다."

혁민은 그 점은 자신이 있었다. 충분히 검토했고, 다양한 각도에서 준비도 했다. 그 의사를 섭외할 수 있었던 데는 강윤주의 도움이 컸는데, 생각보다는 흔쾌히 도움을 주었다. 사실은 강윤주와는 특별히 친하지도 않았는데 말이다.

사실은 거기에는 혁민은 알지 못하는 사정이 있었다. 윤주는 처음에는 그냥 적당히 도움을 주려고 했다. 혁민과는 딱 그 정도 사이였으니까. 하지만 혁민이 상대해야 할 변호사가 윤주의 배다른 동생인 강윤태라면 이야기가 좀 달라진다.

물론 행정소송에 강윤태가 참여하는 건 아니었다. 하지만 민사소송에서도 사망 원인은 중요한 쟁점 중 하나일 것이다. 그래서 강윤주가 팔을 제대로 걷어붙이고 나서서 최고의 권위자를 소개해 주었다. 그것도 특별히 잘 부탁한다는 말까지 해가면서.

그 덕분에 혁민은 생각보다는 손쉽게 사건을 풀어갈 수 있었다. 그리고 실제로도 상황은 혁민이 생각한 대로 흘러갔다.

"그러니까 같은 양의 유독가스를 마셨다고 하더라도 그 사람의 신체 상태에 따라서 치명적일 수도 있다, 이 말씀이시죠?"

"맞습니다. 인체는 기계가 아니니까요."

유독가스를 마셨다는 사실은 부검을 통해서 증명된 사항이다. 이견이 있을 수 없다. 하지만 부검의는 그 수치로 볼 때 사망의 직접적인 원인이라고 단정할 수는 없다고 했다.

"그렇다면 이 사건에서와 같이 2교대를 하면서도 제시간에 퇴근하지 못하고 잔여 업무를 해야 할 정도로 격무에 시달린 경우에는 문제가 될 수도 있겠군요."

"그렇습니다. 정상적인 상태보다는 위험 확률이 현저히 높아진다고 보아야 합니다."

혁민은 정 소방관의 사망 원인이 화재를 진압하다 맡은 유독가스 때문이라는 점을 차근차근 입증해 나갔다. 전문가의 증언과 관련 자료, 그리고 정황을 하나씩 내보였고, 그렇게 쌓인 증거들은 혁민의 주장을 단단하게 만들었다.

주장하는 바는 명확했고, 내용은 일목요연했다. 법정 내에서 혁민의 주장에 동조하지 않는 사람은 아마도 한 사람밖에는 없을 듯했다. 그리고 바로 그 사람이 곧바로 일어나서 반대신문을 했다.

"반드시 그렇게 볼 수는 없는 것 아닙니까?"

"저는 제가 아는 선에서 답변한 것입니다. 신이 아닌 이상 100%를 장담할 수는 없겠죠."

공익법무관은 어떻게든 혁민의 주장에 문제가 있다는 걸 보이려고 했지만, 그걸 충분히 드러낼 정도로 노련하지는 못했다. 오히려 의사가 풍부한 경험을 바탕으로 조리 있고 재치 있게 답변해서 공익법무관을 곤혹스럽게 했다.

결국, 그날의 법정은 그렇게 마무리되었는데, 혁민은 특별한 일이 없는 한 순직으로 인정될 것으로 판단했다. 판결이야 판사가 하는 것이지만, 그래도 전체적인 분위기라는 게 있는 것이니까.

"수고했네, 수고했어."

김태구 교수는 마치 승소 판결이라도 나온 듯 이야기했다. 김태구 교수도 경험이 풍부한 법조인이다. 현업에서 뛴 지는 조금 되었지만, 어떻게 흘러가는지 정도는 충분히 알 수 있었다.

하지만 혁민은 아직 그런 말을 받기에는 이르다고 하면서 손을 저었다.

"무슨 말씀을요. 결과도 아직 나오지 않았는데요."

"아닐세. 이 정도면 법원에서도 인정하지 않을 수 없을 거야."

김태구 교수는 고맙다고 연신 이야기를 하다가 마침 생각이 났다는 듯 조만간 모임이 있으니 참석하라고 권유했다.

"자네 보고 싶어 하는 사람들도 제법 있어. 고인수 그 친구도 자네 이야기 종종 한다니까."

"정말 그러고 보니 그동안 제가 인사도 못 드렸네요. 시간이 되면 꼭 참석하겠습니다."

그래도 혁민이 가장 신경을 쓰고 도움받기 편하게 생각하는 것이 사법개혁 모임 멤버들이었다. 그동안 바빠서 신경을 쓰지 못하고 있었는데, 이 기회에 인사라도 해야겠다는 생각이 들었다.

"내가 날짜 정해지면 알려주지. 그건 그렇고 손배 쪽은 어떻게 되어가나?"

"다행히도 증언을 해주겠다는 분이 계셔서요. 그쪽도 좋은 소식이 있을 것 같습니다."

"그런데 거기 변호를 태경에서 맡았다고 하던데?"

"그건 저도 좀 예상 밖이더라고요. 하지만 뭐, 큰 상관 있겠습니까."

혁민은 설마하니 태경에서 그 사건을 맡으리라고는 생각지도 못했다. 그것도 강윤태가 맡으리라고는 말이다.

'아니, 그 비싼 변호사가 왜 그랬대? 돈도 얼마 안 줄 건데. 그냥 하던 대로 기업 관련 소송이나 맡아서 하지.'

강윤태도 이제는 제법 잘나가는 변호사다. 원래 실력도 좋은 데다가 가문의 후광까지 있으니 승승장구하는 게 이상할 게 없다. 그래서 기업 관련 소송을 주로 맡고 있었다.

물론 가끔 다른 성격의 사건을 맡아서 하기는 했지만, 그런 거야 혁민은 알지 못했다. 강윤태가 어떤 사건을 하는지 일일이 찾아보는 것도 아니니 말이다.

"알아서 잘하겠지만, 신경 바짝 써야 할 거야. 태경이 로펌 1위를 계속 유지하는 건 다 그만한 이유가 있어서니까."

"알고 있습니다. 좀 더 신경을 쓸 테니 걱정하지 않으셔도 됩니다."

"내가 다른 사람은 몰라도 자네는 믿을 수 있지."

김태구 교수는 혁민의 어깨를 두드리며 크게 웃었다. 혁민도 환하게 웃었다. 예전부터 라이벌이라고 할 수 있는 강윤태가 이번에는 어떤 모습을 보여줄지를 기대하면서.

＊　　　＊　　　＊

"여러 차례 얘기했다 이거죠?"

"예. 맞습니다."

혁민은 증언을 해주기로 한 이동은 소방관을 만나서 다시 한 번 기록을 점검하고 있었다. 이렇게 하는 건 지금까지 알아낸 내용에 문제가 없는지를 체크하는 것이기도 했지만, 증인에게 사실을 다시 한 번 환기하게끔 하는 이유도 있었다.

법정에 가서 헷갈려서 엉뚱한 답변이라도 했다가는 재판이 엉망이 되어버린다. 그러니까 그전에 계속해서 머릿속에 내용을 주입시키는 것이다.

"어디에서 들으셨다고 하셨죠? 장소하고 시간이요."

혁민은 큰 내용부터 말하게 하고는 점점 디테일한 걸 질문했다. 질문하는 것도 잘해야 기억에 오래 남지 엉망으로 하게 되면 오히려 기억이 뒤죽박죽된다. 그러니 질문도 기억하기 좋게끔 해야 한다.

"답변하실 때는 짧게 하시는 게 좋습니다. 말을 길게 하면 무언가 꼬투리 잡힐 거리가 생기거든요. 그러니까 단답형으로 하시는 게 가장 좋구요. 혹시라도 당황스러운 상황이 되었다 싶으시면……."

혁민은 증언 요령도 알려주었다. 당황했을 때는 바로 답변하지 말고 잠깐 심호흡을 하면서 자신을 쳐다보라고 했다.

"그런데 조금 걱정이기는 하네요. 이게 굉장히 민감한 문제인데……."

그는 무척 걱정되는 듯했다. 사실 친구를 위한다는 생각에 약속은 했지만, 부담되는 건 어쩔 수가 없었다. 윗선이나 동료들도 좋아할 리가 없는 일이었으니까.

"없는 걸 말하라는 것도 아니지 않습니까. 친구분하고 유족들을 생각해 보세요."

혁민은 이동은 소방관의 증언만 있으면 승소할 수 있다고 생각하고 있었다. 사망한 정 소방관을 곁에서 오랫동안 지켜보았고, 어떤 상황이었는지도 가장 잘 아는 게 그였으니까.

"어떻게, 다시 한 번 정리할까요?"

"아니요, 오늘은 그만합시다. 가서 할 일도 많고……."

실제로 혁민은 소방관들의 업무량을 조사하다가 깜짝 놀랐다. 거의 살인적인 일정이라고 해도 과언이 아니었다. 다른 일이 아니라 그냥 이대로 일하다가는 과로로 죽을 수도 있겠다는 생각이 들 정도였다.

"바쁘신데 시간을 뺏어서 죄송합니다. 쉬실 시간도 부족하실 텐데⋯⋯."

"괜찮습니다. 어차피 해야 할 일은 언젠가는 해야 하니까. 미뤄봐야 뭐⋯⋯."

이동은 소방관은 말을 흐리면서 자리에서 일어섰다. 그러고는 쓸쓸한 표정을 지으며 밖으로 나갔다. 혁민은 그가 느끼는 허탈감과 복잡한 심경이 느껴지는 것 같아서 마음이 짠했다.

"선배님. 여기 진행 중인 서류요."

이동은 소방관과 마주치면서 안으로 들어온 위지원 변호사가 한 뭉치의 서류를 혁민에게 내밀었다. 혁민은 그녀가 넘긴 서류를 살피기 시작했는데, 위지원 변호사는 안쓰럽다는 투로 말했다.

"방금 나가신 분, 굉장히 피곤하신 것 같아요."

"그럴 만도 하지. 정말 고생이란 고생은 다 하는 것 같더라고."

그들의 현실을 알고 있는 혁민으로서는 한숨만 나올 수밖에 없었다. 하지만 세상에는 불합리한 일이 너무나도 많다. 안타까운 일이 있다고 그걸 전부 해결해 줄 수는 없는 일이다. 혁민은 입맛을 다시다가 이내 일에 다시 집중했다.

"정리 잘했네. 그런데 이 부분은 이렇게 접근하는 것보다는⋯⋯."

혁민은 서류를 보면서 이야기를 해주었고, 위지원 변호사는 거기에 귀를 기울였다.

*　　　*　　　*

"도움 정말 많이 됐어. 이거 고마워서 어쩌지?"

─나중에 내가 도와달라고 할 때 도와줘.

"물론이지. 그 정도야 해줘야지."

혁민은 강윤주의 제안을 흔쾌히 수락했다. 자신이 할 수 있
는 거라면야 그 정도는 해줄 수 있었으니까.

─그런데 이길 수는 있겠어?

"소송이야 해봐야 아는 거지. 그런데 이 소송에 관심이 꽤
많네?"

─뭐… 안타까운 사연이잖아. 유족들 생각해서라도 잘 해결
되었으면 해서……

혁민은 피식 웃었다. 그런 것 때문이 아니라는 걸 알 수 있
었으니까. 그래도 오랜 시간 동안 알고 지낸 사이다. 자주 보
지는 못했지만, 어떤 성격이고 어떤 성향을 가졌는지 정도는
알고 있다.

풋풋한 이십 대의 청년이었다면야 그런 것보다는 그녀의 외
모나 취향에 더 관심을 가졌겠지만, 혁민은 조금 다르다. 티는
내지 않았지만, 본질적인 부분을 잘 관찰해 왔다. 지금이야 조
금 나아졌지만, 전에는 사람에 대한 불신이 거의 극에 달해 있
을 때였으니까.

'유족에 대한 생각만으로는 과한 행동이야.'

유족을 안타깝게 생각할 수는 있다. 하지만 이렇게 적극적으로 나서서 도울 정도는 아니다. 사실 그리고 유족에 관한 사실을 자세히 알게 된 건 전문가를 소개받고 난 이후였다. 강윤주가 먼저 연락을 해와서 혁민이 이런저런 이야기를 하다가 말해준 거였으니까.

'다른 이유가 있는 거지. 그게 뭔지는 아직 모르겠지만. 하지만 뭐⋯⋯.'

무슨 상관이겠는가. 지금 도움이 되었다는 게 중요하지. 혁민은 그렇게 생각했다.

─내가 재판 관련해서 물어볼 게 있으면 연락해도 되지?

"내 사건 아니더라도 그 정도야 해줄 수 있지."

혁민은 강윤주가 비정상적으로 이 사건에 관심을 보이는 것에 대해 의구심을 가졌지만, 크게 신경은 쓰지 않았다. 자신을 도와주고 있었으니 어떤 이유이든 무슨 상관이겠는가. 그런 것보다는 소송에 신경을 쏟는 편이 더 좋았다.

행정소송에서는 쉽게 승기를 잡았다고는 하지만 강윤태는 그리 호락호락한 상대가 아니었으니까.

'설마 둘 사이에 뭐가 있는 건 아니겠지? 에이, 누나 동생 사이에 설마.'

순간적으로 그런 생각이 들었지만, 혁민은 머리를 저었다. 그래도 가족 아닌가. 지금 윤주가 하는 양으로 보면 유족들이 반드시 이기기를 바라는 듯 보였다. 그렇다는 것은 반대로 보면 동생이 반드시 지는 걸 원한다는 거다.

혁민이야 윤주와 윤태 집안의 이야기를 자세히 모르니 당연히 그렇게 생각할 수밖에 없었다. 아마도 이채민이나 혜나 같은 경우였다면 약간 눈치를 챘을 수도 있었다. 둘에 관해서는 그래도 제법 상세하게 알고 있었으니까.

하지만 강윤주는 만난 적도 많지 않고 이야기를 들은 것도 많지 않았다. 그래서 뭔가 이상하다는 정도는 알 수 있었지만, 자세한 사정까지 알기는 어려웠다.

혁민은 그런 생각을 하다가 약속 장소에 거의 다 온 것을 보고는 통화를 마무리했다.

"그래. 내가 신세 진 거는 꼭 갚지. 또 연락할게."

—알았어. 나도 궁금한 거 있으면 연락할게.

버스 밖으로 보이는 겨울의 풍경은 무척이나 을씨년스러웠다. 2010년도 이제 거의 마무리가 되어가는 시점.

'이번에는 크리스마스하고 연말을 어떻게 보낸다?'

예전에는 둘 다 나이도 좀 있고, 상황도 상황인지라 변변한 데이트도 하지 못한 채 결혼을 했었다. 그게 못내 아쉬웠다. 율희 본인이야 괜찮다고 했지만, 어디 여자 마음이란 게 그런가. 그래서 이번에는 기억이 남는 그런 데이트도 하고 그러고 싶었다.

여러 가지로 일이 자꾸 생겨서 아직까지는 그렇게 하지 못하고 있었지만 말이다.

'이번에는 꼭 제대로 해야지. 그 정도도 못 해주면서 무슨

세상에서 가장 행복하게 해주겠다고……'

삶이 어떤 것이라는 거, 혁민도 잘 안다. 살다 보면 싸울 일도 있고, 서로에게 상처를 주기도 한다. 지난 시간을 돌이켜 보면 자신이 나이는 열 살이나 많으면서도 훨씬 애 같았다. 자신이 힘들다고 상처 주는 말이나 행동을 많이 했으니까.

그걸 끝까지 참고 자신을 끝까지 돌봐준 율희가 그저 고마울 따름이었다. 만약 자신 같았으면 그런 사람은 당장 버렸을 것이다.

"그래서 남자는 결혼을 해도 애라고 하는 건가?"

혁민은 그렇게 중얼거렸는데, 뒤에서 웃음소리가 들리면서 친숙한 목소리가 들렸다.

"아니, 아직 장가도 안 간 사람이 무슨 그런 말을 하나?"

"아니, 선배님."

혁민은 깜짝 놀라서 뒤를 돌아다보니 얼마 전에 지방법원장이 된 김문환 법원장이 너털웃음을 터뜨리면서 다가오고 있었다. 사법개혁 모임의 가장 어른이자 혁민과는 예전이나 지금이나 인연이 깊은 인물. 혁민은 얼른 인사를 했고, 김문환은 혁민의 손을 맞잡았다.

"자, 들어가지. 그런데 내가 좀 일찍 왔나?"

"예, 그런 것 같습니다. 약속 시각까지는 아직 30분 정도 남았습니다."

"차가 막힐지도 몰라서 조금 일찍 출발했는데, 오늘따라 거리가 한산하더구만."

둘은 일상적인 이야기를 하면서 음식점 안으로 들어갔다. 역시나 아직은 시간이 좀 일러서 그런지 도착한 사람이 없었다.

"그래, 요즘은 어떻게 지내나?"

김문환 법원장은 편하게 이야기했지만, 혁민은 조심스럽게 대답했다. 어지간해서는 불편해하지 않는 혁민이었지만, 몇몇 그렇지 않은 사람도 있었다. 부모님이나 친척 어른들, 그리고 자신이 예전부터 알아왔던 분들이다.

김문환은 그런 사람 중 한 명이었다. 연배가 20년 넘게 차이가 나는 데다가 예전부터 알았던 터라 여러모로 조심스러웠다. 그리고 법조계에서 혁민이 존경하는 몇 안 되는 인물이기도 했고.

하지만 둘의 이야기는 오래 이어지지 않았다. 곧이어 사람들이 속속 도착했기 때문이었다. 그리고 혁민은 그동안 숱한 견제를 받아 승진에 뒤처졌던 사법개혁 모임의 인물들이 대거 약진했다는 걸 알 수 있었다.

"인수 자네는 법무부 차관까지도 생각해 볼 수 있겠어."

"아이고, 선배님. 제가 무슨 차관까지. 그런 자리야 정치적으로 놀아야 갈 수 있는 자리 아닙니까."

"아니야, 요즘은 분위기가 조금 바뀌는 추세 아닌가. 실무적으로 좋은 평가를 받으면 차관까지는 가능할지도 몰라. 장관이야 실세들하고 직접적으로 줄이 있어야 하겠지만 말이지."

혁민은 워낙 기수가 낮아서 대부분 이야기하는 걸 듣고만 있었는데, 무척이나 고무적인 이야기들이 오갔다. 법적으로 개선되어야 할 부분이나 문제가 있는 부분에 관해서 심도 있는 이야기들이 오갔는데 개중에는 나중에 법이나 판례가 바뀐 내용도 다수 있었다.

세상은 쉽게 바뀌지 않는다. 어느 날 갑자기 무언가가 바뀐 것 같아도, 사실은 그런 결과가 나오기까지는 오랜 시간 누군가의 노력과 시도가 있는 것이다. 혁민은 오늘 자리가 무척이나 뜻깊은 자리라는 생각이 들었다.

*　　　*　　　*

"요즘은 어머니한테 인사하러 오지도 않더라?"

강윤주는 크지 않은 소리로 이야기했지만, 모두에게 들릴 정도는 되었다. 그녀의 말에 강윤태는 여전히 무표정한 얼굴로 대답했다.

"맡은 사건이 좀 많아서요. 시간 나는 대로 찾아뵙고 인사드리겠습니다."

"저번하고 똑같은 얘기네. 나한테서 이런 얘기 나오지 않게 해줬으면 좋겠어."

윤주의 말에 그녀의 오빠들도 슬슬 눈치를 보았다. 그녀에 대한 아버지 강진명의 총애가 얼마나 두터운지 잘 알고 있으니까.

사실 경영권을 다투는 사이라면야 어떤 식으로든 견제하고 마찰이 있을 것이다. 하지만 윤주는 경영과는 전혀 무관했으니 군이 척을 질 이유가 없다. 그래서 평소에도 집안 사람 모두가 그녀라고 하면 한 수 접어주고 있었다.

"아빠, 뭐라고 한마디 해주세요. 오빠들도 요즘 자주 안 들른다고 엄마가 섭섭해하세요."

윤주는 아버지에게 애교를 부리면서 투정 섞인 목소리로 말했다. 강진명의 아내이자 거실에 모여 앉은 남매의 어머니는 건강이 좋지 않아 병원에 있었는데, 위독한 것도 아니다 보니 아무래도 자주 찾아가지는 않았던 것이다.

강진명은 부드럽게 웃었다. 그래도 목석 같은 아들 녀석들보다는 윤주가 마음을 편하게 했다. 딸이라서 그런지 애교도 많았고, 살갑게 굴어서 이 녀석 아니면 집에서 웃을 일이 없겠다는 소리를 자주 했다.

"나도 좀 소홀했던 것 같구나. 너희도 시간 날 때마다 자주 들르거라."

강진명의 말은 절대적인 것. 윤태를 포함한 아들 셋은 모두 그러겠다고 했다.

"그리고 윤주 너는 이제 결혼할 사람 정해야지."

"아이, 마음에 드는 사람이 없단 말이에요."

윤주는 여느 때처럼 칭얼거렸지만, 이번에는 강진명도 마음을 단단히 먹은 듯 그냥 넘어가 주지 않았다. 하지만 엄하게 이야기한다기보다는 그냥 부드럽게 달래는 투로 이야기했다.

"모든 일에는 때가 있는 법이야. 당장 하라는 건 아니지만 결혼할 만한 사람은 계속 만나봐라. 네 나이가 벌써 서른넷이야. 내년이면 다섯이고. 그게 어디 적은 나이인 줄 아느냐."

윤주는 자기 친구들도 아직 가지 않은 애들이 많다고 이야기했지만, 그것도 통하지 않았다.

"채민이나 혜나도 어서 가야지. 일하느라고 바쁘다는 건 다 핑계야. 아무리 바빠도 연애할 시간은 다 있어."

결국, 윤주도 사람을 계속 만나보겠다고 이야기할 수밖에 없었다. 그러자 강진명은 이번에는 고개를 돌려 윤태를 바라보면서 말했다.

"너는 좀 어떠냐? 아직도 만나는 사람이 없는 게냐?"

"예, 아직은 없습니다."

윤태는 사무적으로 대답했는데, 강진명은 혀를 쯧쯧 하고 차더니 안 그래도 얘기가 들어온 게 있다면서 시간 정해지면 알려줄 테니 만나보라고 이야기했다.

"알겠습니다."

여전히 딱딱한 대답. 아버지와 아들의 대화라기보다는 사장과 직원의 대화 같았다. 하지만 모두 이런 상황에 익숙한지 아무도 이상하게 생각하지 않았다.

"저는 봐야 할 게 있어서 먼저 올라가 보겠습니다."

윤태는 그렇게 이야기하고는 2층에 있는 자신의 방으로 올라갔다. 그리고 자기 방에 들어가서는 의자에 앉았다. 불도 켜지 않은 채. 그리고 한동안 의자에 가만히 앉아 있었다.

그러다가 스탠드의 불을 켜고는 노트를 하나 꺼냈다. 지금

이야 일 때문에 거의 손을 대고 있지 못하지만, 틈틈이 글을 쓴 노트였다. 윤태는 노트를 펼치고는 빈 곳이 나올 때까지 넘겼다.

그러고는 펜을 꺼내 무언가를 적기 시작했다. 하지만 글이 쓰고 싶다고 갑자기 술술 나오는 것이던가. 가뜩이나 소송 문제에다가 집안에서 받는 스트레스로 머리가 복잡한데 전에 썼던 이야기의 뒤가 잘 이어질 리가 만무했다.

"이런 상황에서 써지는 게 더 이상한 거지."

윤태는 몇 개의 단어를 끄적이다가 한숨을 내쉬고는 부우욱 하고 노트를 찢었다.

"율희는 요즘도 쓰고 있으려나?"

윤태는 그러고 보니 최근에 율희와 약간 소홀해진 것 같다는 생각을 했다. 웃을 일이 없는 자신에게 그나마 위안이 되어 주던 아이였는데 자신이 너무 챙기지 않았다는 생각이 들었다. 그리고 살며시 미소 지었다.

사막같이 건조한 삶이었지만, 그래도 율희 생각을 하면 마음도 편안해지고 웃을 수 있었다. 윤태는 율희를 만나지 못했더라면 자신의 삶이 훨씬 더 팍팍했을 것이라고 생각하면서 가방에서 회사에서 가져온 서류를 꺼냈다.

지이이잉~ 지이이잉~

책상 위에 놓아둔 핸드폰이 부르르 떨면서 움직였다. 재빨리 집어 들고 액정을 보니 장 변호사의 전화였다.

"예, 장 변호사님."

―아, 통화 가능한가?

"예, 괜찮습니다."

―다른 게 아니라 이번 소송 관련해서 증언해 줄 사람을 한 명 확보해서 말이야.

장 변호사는 연락처를 알려줄 테니 만나보라고 이야기했다. 윤태는 알겠다고 이야기하면서 고개를 갸웃거렸다. 사실 별것 아닌 소송인데 장 변호사가 이상하게 신경을 쓰고 있는 것 같았기 때문이었다.

―이름이 박경민이야. 번호는 문자로 보내주지.

"예, 알겠습니다. 제가 만나보죠. 신경 써주셔서 감사합니다."

―아이고, 무슨 소리를. 그냥 조사원이 연락해 와서 알려주는 것뿐이야.

윤태는 또다시 고개를 갸웃거렸다. 이번 사건은 조사원을 움직일 정도의 사건은 아니라고 생각했기 때문이었다. 윤태는 자신이 명현그룹의 삼남이라서 로펌에서 지나치게 배려를 한다고 여겼다.

―그러면 쉽게. 그리고 조만간 필드 한번 나가야지.

"알겠습니다. 시간 잡아서 그렇게 하죠."

통화를 마치자마자 곧바로 문자가 왔다. 박경민이라는 소방관의 번호였다.

윤태는 전화를 하려다가 시간이 조금 늦었다고 생각하고는 문자를 보냈다.

박경민 소방관은 강윤태 변호사의 문자를 받고는 곧바로 답했다. 내일 통화를 하고 싶다는 문자에 가능하다는 답을 한 거였다. 그러고는 곧바로 자신의 용무를 보기 위해서 움직였다.

"어이, 동은이."

박경민은 동료 이동은을 불렀다. 그는 조금 격앙이 된 상태였다. 조금 전 어떤 사람으로부터 그가 법정에서 증언할 것이라는 이야기를 들었기 때문이었다.

"어, 무슨 일이야?"

"잠깐 얘기 좀 하지."

박경민은 후미진 곳으로 이동은 소방관을 데려가서는 이야기를 시작했다.

"증언한다며?"

"어? 그건 어떻게 알았어?"

"야, 세상에 비밀이 어디 있어. 그것보다 너 그러면 안 되지."

박경민은 어떻게 그럴 수 있느냐면서 이동은에게 따졌다. 이동은은 그래도 같이 일했던 사이인데 어떻게 모른 척할 수 있느냐고 했고.

"한준이 불쌍하지도 않냐? 제수씨하고 애 둘은 어쩌고."

"정한준이 불쌍한 거야 나도 알지. 가족들 걱정도 되고. 그래도 그건 아니다. 거기 나가면 시시콜콜 이야기가 다 퍼질 텐데 꼭 그래야겠냐?"

박경민은 내부의 안 좋은 이야기는 밖으로 알리지 말자고 이야기했다. 법정에 나가면 그런 이야기가 다 까발려질 것이라면서.

"내가 반대쪽 증인으로 나갈 거다. 나가서 적당히 덮을 거야."

"뭐? 위증을 하겠다는 거야?"

"위증까지 할 거 있겠냐. 잘 모르는 건 잘 모른다고 하면 되는 거지."

박경민은 굳은 얼굴로 말했다.

"동은아. 우리 자부심 하나로 버티는 사람들 아니냐. 사람들이 몰라주고 드럽고 힘들어도 자부심 하나 가지고 불길 속으로 뛰어들어 가는 사람들이야."

박경민은 이동은의 어깨를 잡았다.

"동은아. 우리 쪽팔리지는 말자."

박경민의 말에 이동은은 고개를 살짝 기울이면서 고민했다. 그 역시 내부적인 문제를 공개하는 게 꺼림칙하긴 했으니까.

"그래도 그냥 있을 수는 없는 거 아니냐. 순직 처리도 못 받고 길거리 나앉게 생겼는데."

"그냥 우리끼리 어떻게든 도울 방법을 찾자. 이야기 들어보니까 이번에 순직으로 인정해 달라고 소송도 했다더만."

박경민은 그것만 인정되면 조금 나을 거라고 했다.

"거기다가 우리가 조금씩 모아서 도와주면 되잖아. 그러니까 그렇게 하자. 너도 잘 알 거 아냐. 조금만 자극적인 거 있으면 언론에서 떠드는 거."

언론 이야기가 나오자 박경민의 목소리가 조금 커졌다.

"언론에서 떠드는 건 그때 잠깐이야. 지들이 그렇게 떠들어 놓고서 책임지는 거 봤냐? 오히려 그런 거 했다고 찍혀서 불이익 받는 거 여러 번 봤잖아."

"그렇긴 하지만⋯⋯."

그런 일이 있으면 관련자들이 달가워할 리가 없다. 자신들의 잘못이 대중에게 공개되는 것이니까. 문제는 인구에 회자되는 건 잠깐이고, 관련자들은 계속해서 그 자리에 있다는 점이다.

"괘씸죄로 더 안 좋아질 거야. 그러니까 우리 식대로 해결하자."

"흐음⋯⋯."

이동은은 깊은 고민에 빠졌다. 소방서 주변에 내려앉은 짙은 어둠보다도 더 무거운 고민에.

*   *   *

행정소송은 별다른 문제 없이 진행되었다. 소송을 맡은 법무관도 최선을 다했지만, 혁민을 상대하기에는 아직 부족한 점이 많았다. 게다가 가장 쟁점이 될 만한 의학적인 부분에서도 혁민 측 증인과 자료들이 훨씬 타당성이 있었다.

혁민과 미망인은 선고를 듣기 위해 법정에 나와 있었다. 재판장이 판결문을 읽기 시작했는데, 미망인은 무슨 내용인지 몰라 그저 초조하게 고개를 숙이고 있었다. 워낙 내용이 길고 어려운 법률 용어가 뒤섞여 있어서 일반인은 무슨 얘기를 하는지 알기 힘들었다.

혁민도 초반에는 마찬가지였다. 늘 그런 것이지만 판결문을 듣는 순간만큼 긴장되는 순간은 없었다. 최근에는 없었지만, 예전에는 100% 승소가 확실하다고 생각했는데 패소한 적도 있었다.

'특히나 형사재판 같은 경우 더하지.'

민사 재판이야 돈과 관련된 것이니 조금 나을 수 있다. 하지만 형사재판의 경우 자신이 변호했고 당연히 무죄로 풀려날 것으로 생각했던 의뢰인이 눈앞에서 법정 구속이 되는 걸 보는 건 정말 끔찍한 일이었다.

그때 느끼는 당혹감은 이루 말할 수 없다. 피고인의 가족들이야 변호사보다 훨씬 더할 것이고. 그래서 상황이 좋을 것 같지 않으면 미리 언질을 해준다. 마음의 준비를 하라고.

하지만 결과가 괜찮을 것 같다고 했는데, 유죄판결을 받고 끌려가는 걸 보면 정말 시쳇말로 멘붕이 되는 거다. 그리고 그날은 법정에서부터 자신의 사무실까지 계속해서 시달리게 된다. 피고인의 가족이나 친지들이 가만히 있을 리가 없지 않은가.

'끝났군.'

하지만 혁민은 판결문을 어느 정도 들었을 때 어떤 판결이 내려질 것이라는 걸 알 수 있었다. 그런 판단이 들자 긴장이 스르르 사라지는 걸 느꼈다. 혁민은 바로 손을 모은 채 고개를 숙이고 있는 미망인에게 생각한 대로 판결이 내려질 것 같다고 귀띔을 해주었다.

그제야 미망인은 한숨을 쉬면서 팽팽하게 몸을 조이고 있던 긴장을 풀었다. 그리고 고개를 들어 재판장을 쳐다보았다.

"…등을 종합적으로 고려해 볼 때, 망인의 사망과 화재 진압 당시 입은 위해 사이에 상당한 인과관계가 인정된다고 보이는 바……"

혁민은 오늘따라 재판장이 매고 있는 넥타이가 꽤 차분하고 고급스러워 보인다는 생각이 들었다.

판사들이 재판할 때 매는 넥타이가 따로 있다는 사실을 아는 사람은 그리 많지 않다. 회색에 법원 문양이 새겨져 있는 넥타이. 하기야 누가 넥타이 같은 것에 신경이나 쓰겠는가. 오로지 어떤 판결이 내려지는지에 관심을 두지.

"신청인의 주장은 상당한 이유가 있으므로 피신청인에게 시정을 권고하기로……"

결국, 순직을 인정하라는 판결이 내려졌다. 그리고 행정소송은 그것으로 마무리되었다. 상대방이 항소를 포기했기 때문이었다. 항소해 봐야 승소 가능성이 적고, 실익이 없다는 판단을 했기 때문이었다.

혁민으로서는 조금은 밋밋할 수 있는 그런 소송이었지만,

빨리 확정된 것으로 만족했다. 그리고 그것보다는 앞으로 진행될 민사소송에 집중해야 했다. 민사소송은 상황이 조금 달랐으니까.

"변호사님, 고맙습니다. 애 아빠도 정말 고마워할 겁니다. 정말이에요."

미망인은 살짝 울먹이면서 혁민의 손을 잡았다.

"이제부터가 시작이죠. 소송이 하나 더 남지 않았습니까."

"변호사님이라면 잘해주실 거예요. 정말 어떻게 감사를 해야 할지……."

혁민은 나중에 민사소송까지 이기고 나면 그때 그런 이야기를 해도 늦지 않는다고 쾌활하게 이야기했다. 역시나 승소한다는 건 기분 좋은 일이었다. 의뢰인이나 혁민 자신에게나.

그리고 증인도 확보했으니 민사소송도 충분히 승산이 있다고 판단하고 있었다.

하지만 상황은 혁민이 예상한 대로만 흘러가지는 않았다.

*   *   *

"아니, 그게 갑자기 무슨 얘기세요? 증언을 할 수가 없다니요."

혁민은 갑자기 증언하기 어렵겠다는 이동은 소방관의 연락을 받고는 당황했다. 다른 증인도 있기는 했지만, 그래도 가장 핵심적인 내용을 이야기해 줄 사람이 이동은 소방관이었다.

그런데 갑자기 그가 증언을 못 하겠다고 나오니 무척이나 난감했다.

"저기, 만나서 이야기하시죠. 제가 그쪽으로 찾아가겠습니다."

무언가 마음을 바꾸게 된 계기가 있다는 거다. 그런 이야기를 핸드폰을 붙잡고 이야기할 수는 없는 일. 직접 만나서 어떻게 된 일인가를 알아보기로 했다. 하지만 이동은 소방관은 만나는 것도 부담스러워했다.

─오셔도 할 얘기가 없을 것 같네요.

"그래도 이렇게 되었는데 말도 들어보지 않을 수는 없는 거 아니겠습니까. 그러니까 증언을 하지 않으시더라도 얘기나 좀 듣죠?"

증인을 강제로 소환할 수도 있기는 하다. 하지만 그랬다가 모르쇠로 일관하거나 엉뚱한 이야기를 늘어놓으면 증인으로 채택하지 않은 것만도 못한 일.

혁민은 계속 거절하는 이동은 소방관을 살살 달래서 만날 약속을 잡았다.

"아, 이거 또 갑자기 무슨 일이야?"

"왜 그러시는데요? 무슨 일 있으세요?"

혁민이 짜증스러워하자 위지원 변호사가 물어왔다. 평소에는 이런 모습을 거의 볼 수 없었기 때문이었다.

"증인이 갑자기 증언하지 않겠다고 해서 말이야."

"그래요? 무슨 외압 같은 게 있어서 그런 건가요?"

"뭐, 그런 비슷한 게 있었겠지."

윗선에서 압력을 주었을 수도 있다. 내부 이야기가 새 나가는 걸 좋아하는 윗사람은 없는 법이니까.

혁민은 그래도 이동은 소방관이 양심적인 사람이어서 다행이라고 생각했다.

"좋게 생각해야지. 법정에 나와서 말 바꾸지 않은 것만 해도 어디야."

"그런 사람도 있어요?"

"당연하지. 재판하다 보면 별난 경우를 다 겪어. 증인이 말을 바꾸는 경우도 있다니까?"

혁민은 예전 생각을 하면서 어처구니가 없다는 듯 웃었다. 눈 하나 깜짝 안 하고 말을 바꾼 증인 생각이 나서였다. 뻔한 얘기였다. 매수당한 거다.

"뭐 어쩌겠어. 전에는 그랬던 것 같았는데, 잘 생각해 보니까 아닌 것 같다는데 말이야."

정말 그보다 황당하고 짜증 나는 일도 없을 것이다. 유리한 증언을 했던 증인이 말을 바꾸면 상황이 어떻게 되겠는가. 급격하게 불리해진다. 그래놓고서는 아무런 양심의 가책도 느끼지 않는 것 같은 사람도 있다.

그런 케이스에 비추어 보면 이동은 소방관은 그래도 양반인 셈이다. 미리 이야기까지 해주었으니 말이다.

"나는 증인 만나고 올 테니까 일 있으면 연락해."

"넵! 알겠습니다. 염려 마시고 다녀오세요."

위지원 변호사는 밝고 경쾌하게 대답했다. 그녀는 잘 다녀오라며 손을 흔들었고, 혁민은 가방을 들고서는 후다닥 밖으로 뛰어나갔다.

*　　*　　*

"왜 굳이 만나겠다고 그래. 그냥 일 없다고 하지."

"그래도 어떻게 그러냐. 말이라도 해줘야지."

"하여간 동은이 너는 마음이 너무 약해서 탈이야."

박경민은 이동은을 바라보면서 고개를 흔들었다. 그렇게 마음이 여리니까 이리저리 휘둘리는 거라고 하면서.

"그런데 정말 이게 최선일까?"

"아, 진짜!"

박경민은 짜증이 난다는 듯 소리를 높였다.

"야. 지금까지 어떻게 돌아가는지 다 봤잖아. 우리가 이런 거 저런 거 안 해본 거 있어? 다 소용없다니까. 공연히 나대다가는 찍혀서 개고생한다고, 개고생."

이동은은 말을 하지 못했다. 지금까지 그래왔다는 걸 자신도 직접 봤으니까.

소방관이라고 하면 멋지게 생각하는 사람도 있을 것이다. 하지만 실상은 살인적인 업무량에 장비도 제대로 지급되지 않아서 항상 위험에 노출되어 있다. 어디 그것뿐인가. 온갖 황당한 일도 겪는다.

하수구에 빠진 물건을 찾아달라는 사람도 있고, 술에 만취해서 주사를 부리는 사람을 상대해야 할 때도 있다. 술만 마시면 아파트에서 뛰어내리겠다고 해서 구명 매트를 하루에도 몇 번이나 펴야 할 때도 있고.

"직접 이야기를 해도 안 되니까 진정도 넣어봤고 언론에도 알려봤잖아. 돌아온 건 오히려 불이익이야."

그때 잠깐이야 효과가 있는 듯 보이지만 오히려 앙심을 품고 담당자나 담당 부서에서 까칠하게 나오면 피곤한 건 현장에서 뛰는 사람들이다.

예산을 이런저런 이유로 삭감한다거나 집행을 미루기도 하고, 장비 지급을 미루기도 한다. 사실 마음만 먹으면 괴롭힐 방법은 수도 없이 많다.

"너 그거 기억 안 나? 장비 교체해 달라고 했다가 징계 먹은 거?"

"알지. 나도 옆에서 봤는데 그걸 잊어먹겠냐."

장비에 문제가 있다고 해서 교체를 요구했는데, 예산이 부족하다면서 묵살되었다. 그런데 황당한 건 그 이후에 담당 소방관이 징계를 먹은 것이다. 장비 관리 부실이라는 이유를 붙여서 말이다. 한마디로 까불면 다치니 나대지 말라는 경고였다.

"어디 그것뿐이냐? 그거 때문에 사고 터지면 우리만 죄인 되는 거야. 어디 위에서 책임지려고 해? 책임은 다 밑에서 지지. 그러니까 잘 생각하라고."

박경민의 이야기에 이동은은 계속해서 한숨만 내쉬었다. 이런 현실이 계속해서 가슴을 무겁게 짓눌러 왔기 때문이었다.

"살살 달래서 우리 거 챙기는 방법밖에는 없어. 그러니까 변호사 만나더라도 쓸데없는 이야기 하지 말라고. 지금 그나마 이야기 잘되어가고 있는 것 같으니까."

이동은은 고개를 끄덕일 수밖에 없었다. 이러는 게 옳은 일이라고는 생각하지 않는다. 하지만 어쩌겠는가. 다른 방법이 없는데.

하지만 그렇다고 하더라도 죽은 정 소방관 가족의 상황이 좋지 않으면 어떻게든 도우려고 했을 것이다. 그만큼 각별한 사이였으니까. 하지만 순직으로 인정받아 연금을 받게 되었다는 소식을 들었다.

그래서 생각을 바꾼 거였다. 유족들도 한숨 돌리게 되었으니 굳이 내부적인 이야기를 하지 않더라도 괜찮겠다고 생각한 것이다. 민사소송에서 지더라도 아는 사람들끼리 어떻게든 도울 방법을 찾을 수도 있으니까.

"알았어. 그렇게 하지. 하긴 나도 그런 데 나가서 이야기하는 게 편하지는 않았으니까."

"그래. 나도 잘 알지."

박경민은 잘 생각했다고 이동은의 어깨를 두드렸다.

"아, 도착했나 보다."

이동은 소방관은 옆구리가 간지러운 걸 느끼고는 주머니에서 핸드폰을 꺼냈다. 역시나 혁민의 전화였다.

"그래, 나가봐. 퇴근 때야 아까 지났으니까."

"뭘 새삼스럽게 그래. 우리가 언제 제때 퇴근한 적 있냐. 여튼 알았다."

이동은은 전화를 받으면서 걸어갔다. 혁민은 바로 앞에 도착해 있었고, 이동은 소방관은 혁민을 만나기 위해 밖으로 나갔다. 시간도 제법 늦은 터라 둘은 근처에 있는 국밥집으로 향했다.

"말하기 어려운 이유가 있는 겁니까?"

국밥집에 들어와서도 별다른 이야기를 하지 않자 혁민이 먼저 물었다. 다짜고짜 물어보면 너무 다그치는 것 같아서 먼저 말해주기를 바라고 있었는데, 이렇게 기다리다가는 영원히 입을 열 것 같지 않아서였다.

"뭐, 말을 하기 어렵다기보다는……."

이동은은 입을 열었다가 잠시 망설였다. 그러다가는 갑자기 손을 들었다.

"이모! 여기 소주 하나 줘요."

이동은은 소주잔에 투명한 술이 담기고 그걸 한 잔 쭉 넘기고 나서야 입을 열었다.

"미안하게 됐어요. 그래도 약속을 한 건데."

"없는 걸 지어내서 말해달라는 것도 아니지 않습니까."

그냥 있었던 일을 보고 들은 대로만 말해달라고 한 거였다. 양심에 거리낄 것은 전혀 없는 일이었다.

혁민은 조심스럽게 대화를 끌어나갔다.

자신이 원하는 건 이동은 소방관이 제대로 증언을 해주는 거였고, 그러기 위해서는 그를 잘 설득해야 했으니까. 하지만 그는 마음을 이미 굳힌 듯했다.

"미안해요. 어렵겠어요."

"그러면 갑자기 왜 마음이 바뀌었는지는 말해줄 수가 있는 건가요?"

굳이 대답하지 않으려고 하는 걸 계속해서 물어볼 필요는 없었다. 혁민은 화제를 슬쩍 돌렸다. 대화가 계속되어야 무언가 실마리를 찾을 수 있었으니까.

"뭐, 원래도 좀 꺼려지기도 했고……."

"그랬지만 이야기를 해주시기로 했잖습니까. 유족들을 위해서요."

"그러니까 말이에요. 뭐……."

이 소방관은 잠시 머뭇거리다가 입을 열었다.

"순직도 인정되었으니 연금도 나올 테고. 그런 상황에서 굳이 안에 있는 이야기를 그렇게 내보이는 게 좀……."

혁민은 자신이 소송에서 이겨서 증인이 마음을 바꾸게 된 아주 드문 케이스를 직면하고 있었다.

'마음의 짐을 덜어서 그런 거구나. 유족이 정말 어렵다면 증언을 해서라도 돕겠다는 마음이었는데, 연금을 받게 되었으니까 마음이 바뀐 거야.'

혁민은 이런저런 질문을 하면서 이 소방관의 눈치를 살폈다.

"위에서 이야기가 내려온 건 아닌가요?"

"아니에요. 그런 건 아니고……."

"그러면 어떤 내용 때문에 증언을 하는 게 어려운 건가요? 혹시 그 부분을 빼면 증언을 해주실 수는 있는 건가요?"

혁민의 말에 이 소방관이 흠칫했다. 사실 껄끄러운 부분만 말하지 않아도 된다고 하면 유족을 돕고 싶은 마음이 있었으니까.

하지만 그러려면 어떤 걸 말하고 싶지 않은지 혁민에게 털어놓아야 한다. 그 점이 걸렸다. 누군가에게 내부적인 문제를 알려준다는 자체가. 그래서 고민 끝에 대답했다.

"아무래도 저는 그만둘랍니다. 정말 미안하게 됐습니다."

이 소방관은 그냥 보기에도 정말 미안하다는 표정을 한 채 술잔을 기울였다. 혁민은 그런 모습을 보자 이 정도로 나오면 증언을 하게 하는 건 어렵겠다는 생각이 들었다. 그리고 그렇다는 건 소송에서 이길 확률이 그만큼 줄어든다는 뜻이었다.

'이걸 어떻게 하지?'

혁민은 머릿속이 복잡해졌다.

혁민은 계속해서 설득하려 했지만, 이 소방관은 그날 이후로는 연락조차 받지 않았다. 제아무리 언변이 좋고 설득을 잘하는 사람이라고 하더라도 일단 만나야 뭔가를 해도 해볼 것 아닌가.

그렇다고 무턱대고 계속 찾아갈 수도 없는 일이었다. 오히려 반감을 살 수도 있었으니까. 원하지 않는 사람이 자꾸 자신을 찾아오면 기분이 어떻겠는가.

잘 모르겠다면 상황을 조금만 바꾸어 생각해 보면 쉽게 이해할 수 있다. 이미 마음이 떠난 옛 연인이 자꾸 찾아오면 기분이 어떻겠는가. 매일 찾아오는 그 노력에 감동할까? 아니다. 그냥 짜증 나고 오히려 진절머리를 치게 된다.

"골치 아프네."

혁민은 머리를 긁적이면서 중얼거렸다. 상대의 기분을 상하게 하지 않고 만날 방법을 쉽사리 찾을 수 없었기 때문이었다. 지금 상황에서 기분이 상해 버리기라도 하면 그때는 정말 돌이킬 수 없을 수도 있어서 무척 조심스러웠던 것이다.

하지만 이 소방관이 증언하지 않는다고 해서 소송을 포기해야 할 정도까지는 아니다. 손쉽게 이길 수 있는 상황에서 이제는 어찌 될지 모르는 불리한 상황으로 변했다는 정도랄까. 혁민은 생각이 무척 복잡했다.

"선배님, 제가 같이 검토해 드릴까요?"

위지원 변호사가 방문을 열더니 고개를 빼꼼히 내밀고는 이야기했다. 혁민은 그 모습을 보고는 저절로 웃음이 나왔다. 그녀는 쾌활하고 웃음 바이러스를 주변에 퍼뜨리는 그런 사람이었다.

하지만 혁민은 웃으면서 됐다고 말하려고 했다. 위지원 변호사야 신출내기 아닌가. 경험이나 모든 면에서 비교도 되지 않았다. 같이 검토한다고 해서 도움이 될 것 같지 않다는 생각에서였다. 하지만 혁민은 순간적으로 멈칫했다.

'이런, 또 병이 도졌네.'

뭐든지 자신이 가장 잘하고 자신이 해야만 된다고 생각하는 병. 그렇게 거기에서 벗어나려고 노력했지만 쉽지 않았다. 아예 습관처럼 몸에 붙어서 거의 무의식적으로 그렇게 행동했다.

'이야~ 진짜 이거 쉽지 않구나. 그러지 말자고 계속 다짐하는데도 계속해서 그 모양이네.'

그러지 말자고 수도 없이 다짐하고 계속해서 생각도 일깨웠지만, 아직도 여전했다. 다람쥐 쳇바퀴 돌듯 제자리에서 맴도는 기분. 하지만 오늘 이런 생각이 든 걸 보면 그동안 노력한 게 헛된 건 아닌 듯했다.

혁민은 그래도 전보다는 조금은 나아졌다고 생각했다. 이런 식으로 하다 보면 언젠가는 고쳐지지 않겠는가. 혁민은 가볍게 웃으면서 이야기했다.

"그래. 그런 이야기를 꺼내는 걸 보면 사건에 관해서 검토를 좀 한 모양이지?"

"아유, 뭘요. 그냥 내용을 살짝 보기만 했어요. 그냥 살짝."

위지원 변호사는 안으로 들어오면서 손을 휘저으며 전혀 아니라고 이야기했지만, 전혀 그렇게 보이지 않았다. 아마도 혁민이 골머리를 앓고 있으니 도움이 되겠다고 살펴본 모양이었다.

"그래. 같이 한번 쭉 살펴보자고."

혁민은 아예 처음부터 사건을 다시 한 번 살펴보기로 했다. 혹시나 자신이 놓친 게 있을 수도 있고, 미처 생각지도 못했던 걸 위지원 변호사가 볼 수도 있으니까.

그리고 전에 검토한 건 이 소방관이 증언한다는 걸 전제하고 살펴본 거였다. 중간에 상황이 변한 이상 보는 시각 자체가 다를 것이다.

혁민은 테이블로 가서는 서류를 전부 펼쳐 놓고 차근차근 이야기를 나누기 시작했다.

"사망의 원인이 유독가스 때문이란 건 입증이 된 상태야. 그건 이견의 여지가 없지."

"그거야 행정소송 하면서도 이미 이야기가 된 거니까요. 그런데 혹시 상대편에서 유독가스를 마시게 된 경위를 따지고 들지 않을까요?"

위지원 변호사의 말에 혁민은 고개를 끄덕였다. 그럴 가능성도 있었다. 공기 흡입기에 문제가 있어서 유독가스를 흡입하게 되었다고 했지만, 그건 입증하기 어려운 문제였다. 그런 얘기를 들은 건 이동은 소방관뿐이었는데, 그가 증언을 못 하겠다고 하고 있었으니까.

"다른 경로로 유독가스를 마시게 되었다고 주장할 수도 있지 않을까요? 만약에 저라면 그런 부분을 살펴봤을 것 같아요."

좋은 지적이었다.

혁민은 위지원 변호사를 슬쩍 보았는데, 그녀는 서류 말고도 무언가 메모를 한 수첩을 보고 있었다. 아마도 사건을 검토하면서 나름대로 정리를 한 모양인데, 노력한 게 보여서 기특하다는 생각이 들었다.

"그럴 수도 있지. 상대편이라면 당연히 살펴봐야 하는 거고."

"그렇죠?"

그녀는 혁민의 말에 활짝 웃었다. 선생님에게 칭찬을 들은 학생 같은 표정으로.

"그래서 저는 상대가 장비 문제가 아니라 개인의 과실이라고 주장할 것 같아요."

정 소방관이 공기 흡입기를 비롯한 장비에 하자가 있다는 것을 파악하고 교체를 요구했지만 거절당했다. 그런데 문제가 있는 공기 흡입기를 사용하다가 유독가스를 마시게 되어 사망에 이르렀으니 국가가 배상해야 한다. 이것이 혁민의 논리였다.

만약 이 논리가 사실이라는 게 증명되면 게임은 끝이다. 그러니 상대편에서는 그렇지 않다는 논리를 들고 나올 것이다.

그런 주장 중 하나가 지금 위지원 변호사가 이야기한 내용이었다. 전에도 생각은 했지만, 대수롭지 않게 여기고 그냥 넘어간 부분.

'증언을 못 할 거라는 건 생각지도 않았으니까.'

사실 공익법무관이 소송을 맡았다면 이렇게까지 신경을 쓰지 않아도 됐을 것이다. 하지만 태경이라는 거대 로펌에서 사건을 맡으면서 문제가 좀 꼬이기 시작한 거였다. 태경이 어떤 식으로 움직이는지 누구보다 잘 아는 게 혁민 아닌가.

'마음이 바뀐 데는 태경이 한몫했겠지. 그런 걸 가만히 내버려 둘 곳이 아니니까.'

유리한 증거는 최대한 모으거나 만들고, 불리한 증거는 철저하게 배제한다. 가장 단순하지만 가장 강력한 방법이었다. 그리고 막강한 자금력과 인맥을 통해서 거의 불가능하다고 사람들이 생각하는 것도 가능하게 만드는 곳이 거대 로펌이다.

물론 법리적인 부분을 다루는 능력도 뛰어나다. 하지만 정작 그들이 무서운 건 법적인 부분 말고 그 외의 막강한 힘을 자유자재로 사용한다는 점이다. 사실 그게 어디 거대 로펌만 그러겠는가. 힘이 있는 권력 집단은 다 그런 것이지.

"뭐 선진국이라고 해서 크게 다를 것도 없어. 거기는 다 깨끗하고 정의로운 사람들만 있나? 권력은 썩게 마련이야. 그렇게 보이지 않도록 얼마나 잘 포장하느냐가 문제일 뿐이지."

"선배님은 어떨 때는 굉장히 긍정적인 분 같은데, 또 어떨 때는 굉장히 냉소적이세요."

위지원 변호사는 잘 어울릴 것 같지 않은 두 가지 성향이 혁민 안에서 공존하는 게 신기하다고 이야기했다.

"사람이 다 그렇지 뭐. 다들 상황에 따라서 생각이 다르잖아. 얌전하던 사람이 어떤 경우에는 굉장히 무서워지는 경우도 있고."

"그런가요? 하긴 그렇긴 하네요."

위지원 변호사는 다른 사람들도 다 그런 면이 있기는 한데, 혁민의 경우는 조금 다른 것 같다고 느꼈다. 두 성향 모두 굉장히 사고가 깊어서 마치 두 사람이 공존하고 있는 것 같은 그런 느낌이 들어서 그런 거였다.

"그 부분은 장비를 확보해 놓았으니 충분히 대응할 수 있고. 그다음은 어떤 게 있지?"

"그런가요? 음… 제가 보기에는 장비의 관리 소홀도 들고 나올 수 있을 것 같은데요."

혁민도 같은 생각이었다.

"맞아. 보호 장구의 보관 및 수리의 일차적 책임은 점유하고 있는 사람에게 있지. 당연히 그 부분을 들고 나올 거야."

분명히 문제가 있었다. 장비에 문제가 있어서 교체를 요구했고, 서류도 올렸다고 했다. 하지만 서류는 찾을 수가 없었다. 교체를 요구했다는 걸 확인해 줄 증인이 있으면 괜찮겠지만, 그걸 확인해 줄 사람도 이동은 소방관이었다.

그러니 상대는 교체를 요구하지 않았다고 주장하면서 오히려 장비의 관리를 소홀히 해서 문제가 발생했다고 나올 가능성이 있었다. 그게 인정되면 소송에서 이기는 건 물 건너가는 거였고.

"누군가가 자료를 고의로 파기했던가, 아니면 다른 뭔가가 있는 거겠지."

"그 부분은 치열하겠네요. 대비책은 있으신 거예요?"

"아직까지는… 그 부분은 좀 더 고민을 해봐야겠어."

나머지 부분도 같이 검토했지만, 장비의 하자를 인지하고 교체를 요구했다는 부분이 가장 큰 쟁점이 될 것으로 예상되었다.

"다른 부분은?"

혁민의 질문에 위 변호사는 수첩을 뒤적이면서 이야기했다.

"음… 혹시 보상을 받았으니 손해배상을 청구할 수 없다는 식으로 나오지는 않을까요?"

"아, 국가배상법을 적용한다는 말이지?"

"예. 보상금과 유족연금을 받으니 손배청구를 할 수 없다고 나올 수도 있을 것 같은데요."

국가배상법 제2조 1항에는 군인, 군무원, 경찰공무원 또는 향토예비군대원은 다른 법령에 따라 보상을 받으면 손해배상을 청구할 수 없다고 되어 있었다. 혁민은 잠시 생각하다가 고개를 저었다.

"그건 아니지. 그 조항은 기본권을 제한하는 규정이라서 굉장히 좁게 해석해야 하는 거야. 소방관은 거기에 규정되어 있지 않으니까 손해배상 청구가 가능하다고 보아야지."

"하긴. 저도 이건 좀 아닌 것 같다고 생각했어요. 그러면 장비 교체를 요구했다는 부분이 가장 문제가 되겠네요."

혁민도 비슷한 생각이었다. 하지만 그 부분은 정 소방관이 사용한 장비를 가지고 풀어나가면 될 거라고 생각하고 있었다. 그리고 다른 증인들을 활용하면 어떻게든 풀어나갈 수 있을 것 같기도 했고.

그렇게 검토가 끝나자 위지원 변호사는 서류를 정리하면서 중얼거렸다.

"그런데 다른 사람들도 문제가 있다는 걸 알았으면 장비를 교체해 달라고 하지 않았을까?"

"음?"

혁민은 그 말을 듣자마자 고개를 홱 돌려 위지원 변호사를 쳐다보았는데, 그녀는 갑자기 왜 자신을 쳐다보는지 몰라 어리둥절한 표정을 하고 있었다.

"예? 뭐가요?"

"아니, 그냥 그런 건 생각을 안 해본 것 같아서. 문제가 있는 걸 알았으면, 다른 사람들도 교체해 달라고 했을 거다?"

위지원 변호사는 당연한 걸 왜 묻느냐는 표정이었다.

"뭐… 그렇겠죠. 그냥 그런 생각이 들더라고요. 저는 당연한 거라고 생각했는데…….."

당연한 거였다. 자신의 생명과 직결되는 문제 아닌가. 그러니 당연히 그런 요구를 했을 것이다. 너무나도 당연한 일이었지만, 사망한 정 소방관의 일에만 집중하다 보니 미처 생각하지 못한 부분.

혁민은 확실히 위지원 변호사와 사건을 검토하길 잘했다고 생각했다. 딱히 무언가가 떠오르지는 않았지만, 그래도 사건 전체를 조금 더 입체적이고 심도 있게 바라볼 수 있게 된 것 같았다. 그것만 해도 큰 수확이었다.

"혹시… 뭔가 방법을 찾으신 거예요?"

위지원 변호사는 기대에 찬 표정으로 물었다. 하지만 혁민은 미간을 잔뜩 찌푸린 채 계속 고민했다. 생각이 날 듯 말 듯하면서 떠오르지 않아서 그런 거였다.

"아, 이게 뭔가 방법이 있을 것도 같은데……."

느낌은 왔다. 뭔가 방법이 있을 것 같다는 느낌이. 하지만 쉽게 머리에 떠오르지는 않았다. 그냥 간질간질한 느낌만 들었지 딱히 이렇게 하면 된다는 게 떠오르지는 않았다.

"저도 생각해 볼게요, 선배님."

"그래. 뭔가 떠오르면 바로 알려줘. 그리고 오늘 고마웠어. 정말 도움 많이 된 것 같아."

"그래요? 도움이 되었다니까 저도 기분 좋은데요?"

위 변호사는 어린아이처럼 기뻐하면서 밖으로 나갔다. 혁민은 정말 아이 같은 녀석이라고 생각하면서 다시 자신의 감각을 긁어놓은 그 무언가를 떠올리기 위해서 생각을 더듬어보았다.

하지만 위지원 변호사가 나가고 시간이 한참 흐른 뒤에도 떠오르지 않았다. 어렴풋이 그림자는 보이지만 실체는 안개에 싸여 있는 것 같은 그런 느낌. 하지만 그런 상태로 언제까지 있을 수도 없는 일. 혁민은 아쉬움을 뒤로하고 다시 일하기 시작했다.

                        *   *   *

　재판이 시작되었지만, 혁민의 상황은 크게 변하지 않았다. 아직도 문제를 해결할 실마리는 찾지 못했고, 이 소방관을 설득하는 데도 실패했다. 그리고 상대편에서 증인으로 내세운 박경민 소방관은 혁민을 곤혹스럽게 했다.

　"그러니까 정한준 소방관이 장비를 교체해 달라고 한 걸 보거나 들은 적이 없다는 말이죠?"

　"예. 그렇습니다."

　강윤태는 박 소방관에게 다시 물었다.

　"혹시 증인이 알지 못하는 사이에 교체를 요구할 수도 있지 않나요?"

　"그럴 가능성은 아마 없을 겁니다. 그런 일이 있으면 서로 상의도 하고 이야기도 나누니까요. 같이 일하는 동료 아닙니까."

　장비 교체 요구가 없었다는 증언. 혁민의 주장과는 정면으로 배치되는 증언이었다.

　'저 인간은 또 뭐지? 이런 식으로 나오면 아주 피곤해지는데…….'

　사건이 복잡하고 미묘할수록 어떤 법리를 적용해야 하고, 그걸 어떻게 풀어가고 입증하는지가 중요해진다. 하지만 쟁점이 단순하면 증거 싸움이 된다. 누구의 증거가 더 확실한지가 승패의 키가 되는 것이다.

'일단 먼저 실점했네.'

기분이 썩 좋지는 않았다. 하지만 그런 것보다 혁민은 궁금증이 들었다. 왜 지금 나온 증인은 저런 증언을 하는 것일까? 정말로 그런 이야기를 듣지 못해서? 아니면 들었지만 무언가를 감추기 위해서?

'이제부터 알아봐야겠지?'

상대가 어떻게 나올지를 몰라서 준비만 하고 있었는데, 이제는 알게 되었다. 생각보다는 강한 패를 선보였다. 장비 교체를 요구했다는 건 들은 사람도 제법 있다고 혁민은 알고 있었으니까.

하지만 이렇게 나올 때는 그만한 대비가 되어 있다는 소리다. 혁민은 강윤태가 그러지는 않았을 것 같았고, 다른 사람이 움직이고 있다는 생각이 들었다. 이런 식으로 나오는 건 강윤태의 스타일이 아니었으니까.

'그런데 이런 사건에 왜 그렇게 신경을 쓰는 거지?'

모를 일이었다. 이 정도로 신경 쓰지 않아도 될 사건이었다. 그런데 상대의 반응이 생각보다 강했다. 원인이 없는 결과는 없다. 그러니 자신이 모르는 무언가 있다는 소리.

게다가 그런 걸 다 떠나서 이대로 있으면 승산이 없다.

'상황이 이런데 가만히 있을 수야 없지. 제대로 붙어보자고.'

혁민은 상대가 왜 이런 식으로 나오는지 깊이 파보기로 했다.

'뿌리까지 확인하려면 상당히 깊이 파야겠지?'

혁민은 각오를 다지면서 증인과 강윤태를 쳐다보았다.

'물이 끓지 않는다고 해서 뜨겁지 않은 것은 아니지.'

활발하게 증인에게 질문을 던지면서 자신의 주장을 펼치고 있는 강윤태. 반면에 혁민은 조용히 앉아서 그 모습을 지켜보고 있었다. 아주 뜨거운 시선으로.

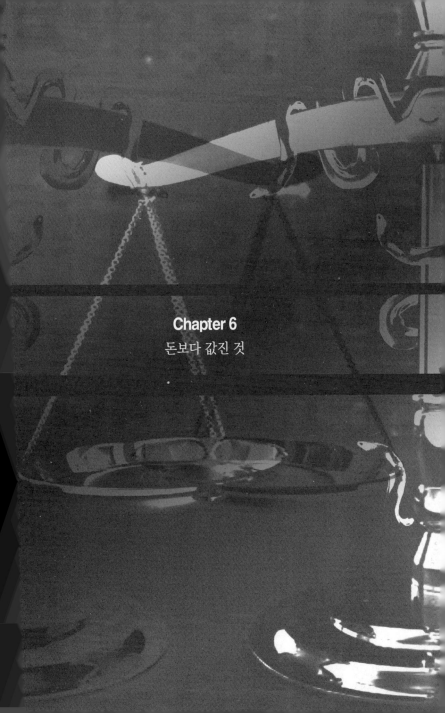

Chapter 6
돈보다 값진 것

"돈이야 순직으로 인정되고 받는 것만 해도 제법 돼요. 저는
돈보나 애 아빠기 누구 잘못 때문에 이렇게 되었는지를 밝히
고 싶은 거예요."

미망인은 왜 자신의 남편이 죽어야 했는지를 확실하게 밝히
고 싶어 했다. 남편이 그렇게 힘들게 일했는데 고작 장비 같은
것도 왜 바꿔주지 않았는지 이해를 할 수 없다면서.

"그렇잖아요. 다른 건 몰라도 장비는 제대로 갖춰줘야 하는
거 아닌가요?"

"그거야 당연한 일이죠."

진짜 이런 말을 한다는 게 너무나도 우스웠다. 불구덩이 속
으로 들어가서 사람을 구하는 사람들이 소방관이다. 기본적인

장비는 제대로 지급해 주어야 당연한 거 아닌가. 그렇게 해야
마땅하다는 말은 이럴 때 쓰는 거다.

하지만 그렇지 못해서 사람이 결국 죽었다. 미망인은 남편
을 죽음으로 몰고 간 것에 그런 사정이 있다는 걸 꼭 밝혀달라
고 했다. 혁민은 어깨가 무거워지는 걸 느꼈다.

"그래서 사정을 잘 아시는 분이 필요한데… 증언이 꼭 있어
야 하거든요."

"애 아빠는 말이죠."

미망인은 희미하게 웃으면서 이야기했다.

"그렇게 자상한 사람은 아니었어요. 성질도 급하고 다른 사
람 기분 같은 거 잘 헤아리고 그러는 사람이 아니었거든요. 그
래서 친한 사람이 그렇게 많지는 않았어요."

혁민은 이동은 소방관 말고 다른 증인을 찾기 위해서 미망
인과 대화를 나누었는데, 딱히 생각나는 사람은 없다고 했다.

"그래도 가까웠던 분이 계시기는 했을 거 아닙니까."

"글쎄요… 친한 사람이… 아! 맞다."

미망인은 갑자기 손뼉을 치면서 말했다.

"지금은 관두셨는데, 몇 달 전까지 같이 근무했던 분이 계세
요. 그분하고는 아주 가까웠죠. 아마 이동은 씨보다도 가까
웠을걸요?"

"그래요? 그분 연락처가 어떻게 되죠?"

그런 사람이라면 아주 적격이었다. 몇 달 전까지 같이 근무
했었다니 내부 사정이나 정 소방관의 일에 관해서 잘 알 것이

다. 게다가 지금 소방관을 하고 있지 않다고 하니 증언을 하는 데 걸리는 것도 없을 테고.

미망인은 어딘가에 연락처를 적어놓은 게 있을 거라면서 안방으로 들어갔다. 혁민은 새로운 희망이 보이는 것 같아서 들떠 있었는데, 우당탕 소리가 들리더니 남자아이가 현관문을 열고 들어왔다.

"너 또 싸웠니? 엄마가 그렇게 싸우지 말라고 했지?"

미망인이 수첩을 가지고 나오다가 머리가 헝클어지고 여기저기 지저분한 것이 묻어 있는 아이를 보더니 뾰족한 소리를 질렀다.

"걔들이 놀렸단 말이야! 아빠 가지고 놀렸다고!"

사내아이는 억울하다는 듯 소리쳤다. 자신은 잘못하지 않았다고 소리쳤는데, 무척이나 고집이 세 보였다. 미망인은 아이를 살피다가 뺨에 난 상처를 보고는 속이 상한 듯 소리쳤다.

"아유, 여기 상처 난 것 좀 봐. 조심해야지. 저기 죄송한데 잠깐만요."

"괜찮습니다. 저는 상관 마시고 아이부터 돌보시죠."

미망인이 구급상자를 가지러 응접실로 간 사이에 혁민이 아이에게로 다가갔다. 꽤 격렬하게 싸웠는지 여기저기 상처가 있었다. 아이는 살짝 혁민을 경계하는 눈초리로 쳐다보았다. 혁민은 무릎을 굽히고 웃으면서 물었다.

"요즘도 먼저 우는 애가 지는 거니?"

아이는 대답하지 않고 그냥 고개만 끄덕였다. 아이의 눈가에는 물기가 있었지만, 혁민은 머리를 쓰다듬으면서 말했다.

"장하네. 울지도 않고."

"아빠가 남자는 우는 거 아니랬어."

아이는 심통이 난 표정으로 이야기했다. 혁민은 그 이야기를 들으니 갑자기 가슴을 무거운 것이 짓누르는 것 같은 느낌을 받았다.

'여섯 살? 일곱 살? 애가 죽음이란 게 뭔지는 아는 걸까?'

그런 걸 알기에는 너무 어린 나이일 것 같았다. 한창 어리광을 부릴 나이. 아니, 앞으로도 한동안은 그래야 할 나이 아닌가. 하지만 그걸 받아줄 아버지는 이 세상 사람이 아니었다.

혁민은 가슴이 먹먹해졌다.

"그래. 남자는 울면 안 되지. 하지만 남자가 울 때도 있는 거야."

"아빠는 그러는 거 아니라고 했는데."

아이는 자신이 울었다는 걸 인정하기 싫은 듯했다. 그게 지기 싫어서 그런 것인지 아니면 아빠의 말 때문인지는 모르겠지만.

혁민은 아빠 말도 맞지만 그렇지 않을 때도 있는 거라고 이야기했다.

'얘도 살다 보면 울고 싶을 때가 얼마나 많은지 알게 되겠지? 아직 학교에 들어가지도 않은 것 같으니 그런 걸 알게 되기까지는 시간이 많이 남아 있기는 하지만.'

하지만 아이는 머리를 도리질 쳤다.

"아니야. 아빠가 그랬어. 남자가 우는 건 졌을 때 그러는 거라고. 그러니까 절대로 울지 말라고 그랬어."

"맞아. 지고서 우는 것만큼 남자답지 못한 것도 없지."

혁민은 장난스러운 표정을 지으면서 말했다.

"남자도 울고 싶을 때가 있어. 너도 그런 적 있지?"

"음… 눈에 비누가 들어갔을 때?"

엉뚱한 대답에 혁민은 큭큭거리면서 웃었다. 그러다가 가만히 아이의 눈을 보면서 이야기했다. 차분하고 부드럽게.

"자기가 할 수 있는 걸 다 했으면 울어도 돼."

"정말?"

"그럼. 너도 아까 니가 할 수 있는 거 다 했지? 최선을 다해서."

"응. 그 자식들 혼내줬어."

아이는 자그마한 주먹을 휘두르면서 말했다. 하지만 이내 시무룩해지는 것이 이긴 것 같지는 않았다. 생각이야 여러 명을 멋지게 때려눕히는 거였겠지만, 어디 현실이 그러한가.

"그러면 울어도 되는 거야. 그건 져서 우는 게 아니고 남자니까 우는 거야."

"남자니까?"

"그래. 니가 할 수 있는 걸 다 하고 나면 울 수 있어. 그게 남자야."

아이는 혁민의 말에 관심을 보였다. 혁민은 구급상자를 가지고 다가오는 미망인을 보고는 급하게 말을 이었다.

"대신 최선을 다하기 전까지는 울면 안 돼. 그러면 그건 남자가 아니니까."

아이는 고개를 마구 끄덕였다. 혁민의 말에 기분이 좋아진 듯했다. 울지 않았다고 했지만, 눈가에 물기가 있었다. 여러 명에게 놀림을 당한 것이, 싸움에서 이기지 못한 것이, 그리고 운 것이 분했을 것이다.

하지만 지금은 웃고 있었다. 이 아이가 울지 않고 계속 지금처럼 웃으면서 살 수 있으면 얼마나 좋겠는가.

'그래도 이 아이가 컸을 때는 지금보다는 나아지겠지. 그렇게만 만들 수 있으면 정말 펑펑 울어도 괜찮을지도…….'

혁민은 자신이 눈물을 쏟아내는 상상을 하면서 웃었다.

미망인은 구급상자를 열어서 아이에게 약을 발라주었는데, 상자 안에는 이런저런 약들이 무척 많이 있었다. 보통 구급상자에는 보기 어려운 작은 병들이 많이 보였다.

"죄송해요. 물건을 여기저기 치우다 보니까 어디 있는지 기억이 잘 안 나서……."

"괜찮습니다. 그런데 구급상자에 약이 무척 많네요?"

"예. 이거 전에 애 아빠가 먹던 것까지 여기에 다 넣어놔서 그러네요. 정리해야죠."

그렇게 이야기하면서 미망인은 수첩을 보여주었다.

"이게 그 사람 연락천가요?"

미망인은 고개를 끄덕였고, 혁민은 수첩에 적힌 이름과 번호를 적었다. 그리고 아이와 미망인에게 인사를 하고는 밖으로 나왔다.

"예. 저는 변호사 정혁민이라고 합니다. 다름이 아니라……."

혁민은 바로 그 남자에게 연락했다. 다행스럽게도 바로 전화를 받았고, 만나기로 약속을 잡을 수 있었다.

혁민은 그 남자가 불러준 주소로 향했다. 남자는 자신의 집으로 혁민을 불렀다.

"저도 소식 듣고는 망연자실했습니다. 정말 열심히 하던 녀석이었는데……."

"그래서 부탁드릴 게 있어서 이렇게 연락드렸습니다."

거실에서 대화를 나누었는데, 남자는 무척이나 협조적이었다. 정 소방관의 일을 무척이나 안타까워하면서 자신이 도울 수 있는 일이라면 무엇이든 하겠다고 했다.

"같이 근무를 하셨다구요?"

"그렇죠. 그 친구에 대해서는 가장 잘 아는 게 아마 저라고 생각하시면 될 겁니다."

혁민은 처음에는 가벼운 질문으로 시작했다. 그리고 긴장도 좀 풀어지고 분위기도 무르익은 것 같자 본론을 꺼냈다.

"몇 가지 중요한 내용이 있습니다. 가장 먼저 듣고 싶은 내용은 장비 교체를 요구한 것에 관한 건데요……."

장비 교체를 요구한 이야기가 나오자 남자는 잠깐 놀란 표정을 하기는 했지만, 이내 안정을 되찾았다. 자기 말만 하고 있었다면 눈치채지 못했을 변화였는데, 혁민은 워낙 이 문제를 가지고 사람들이 민감하게 반응해서 유심히 살펴보고 있었다.

'역시나 뭔가가 있는 모양이야. 하나같이 이 이야기만 꺼내면 움찔하는 걸 보면.'

혁민은 정 소방관이 장비에 문제가 있다는 걸 알았고, 교체해 달라고 이야기를 했다는 것만 증언하면 된다고 했고, 남자는 고개를 끄덕였다. 그 정도는 증언할 수 있다면서.

혁민은 일이 쉽게 풀리자 오히려 이상했다. 어떻게든 설득을 하겠다고 다짐을 하고 왔는데, 이야기를 듣더니 그냥 증언할 수 있다고 했으니까.

"그럼 부탁드리겠습니다."

"예. 다른 사람도 아니고 그 녀석 일인데요. 제가 도와야죠."

혁민은 감사하다며 악수를 하고는 남자의 집에서 나왔다. 밖으로 나오니 날은 벌써 어둑어둑했는데, 가로등이 길을 환하게 밝히고 있었다.

"이제 좀 나아졌네. 그러면 다시 원점인가?"

혁민은 그렇게 중얼거리면서 대낮처럼 밝은 길을 경쾌한 발걸음으로 걸어갔다.

*　　*　　*

혁민은 홍얼거리면서 서류를 넘기고 있었다. 증인이 확보되었으니 전략을 재수립하는 중이었는데, 홍이 저절로 올라왔던 것이다.

"예, 정혁민입니다. 예……."

증언을 해주기로 한 남자의 전화였다. 무슨 일인가 했는데 남자는 잠시 망설이더니 전혀 예상치도 못한 이야기를 했다.

"예?!"

혁민은 소리를 지르면서 자리에서 벌떡 일어섰다. 증언하기 어렵겠다는 이야기를 했기 때문이었다. 워낙 큰 소리라 방 안에 있던 위지원 변호사가 놀랄 정도였다.

"아니, 갑자기 그게 무슨 이야깁니까?"

—죄송합니다. 갑자기 일이 생겨서…….

그 남자는 계속해서 머뭇거리다가 이야기를 끝마치지도 않고는 전화를 끊었다.

"저기, 여보세요. 여보세요?"

혁민은 다급하게 외쳐보았지만, 전화가 끊어진 이상 상대에게 목소리를 전달될 리는 없었다. 혁민은 잔뜩 인상을 구기면서 입술을 깨물었다.

'이런 젠장. 또? 이거 완전히 계획적으로 움직이는 거잖아?'

혁민은 짜증이 치솟는 걸 느꼈다. 이런 식으로 나오는 건 너무한 거 아닌가 싶었다. 확실한 건 아니지만, 태경에서 손을 쓴 게 뻔하지 않겠는가. 중요한 증인마다 손을 써서 입을 막아버리다니. 태경다운 짓이었다.

사실 태경이라기보다는 하치훈으로 대표되는 일부 주축 멤버들의 스타일이긴 했다. 하지만 어차피 그들이 태경이나 마찬가지인 상황이니 태경의 짓이라고 해도 무방할 것이다.

"저기, 선배님. 무슨 안 좋은 일이라도……."

"증인 신청을 하면 증인들이 죄다 증언을 못 하겠다고 나오니… 하아, 이거 이래서 어디 소송 진행할 수 있겠어?"

혁민은 허탈하기도 하고 짜증스럽기도 했다. 태경에서 움직여서 증인에게 손을 쓴 것 같다고 하자 위지원 변호사도 같이 분개했다.

"정말 이런 식으로 하나 보네요? 우와, 너무했다."

그렇지 않고서야 어떻게 증인을 신청하고 나서 얼마 되지 않아서 이런 일이 벌어지겠는가. 그것도 한 번도 아니고 두 번씩이나. 다른 사람은 아닐 것이다. 다른 사람이야 혁민이 증인으로 누구를 신청했는지 어떻게 알겠는가.

하지만 피고 측 변호사는 알 수 있다. 사실 아는 게 당연한 일이다. 서로에게 알리지 않고 증인을 데리고 오면 어떤 일이 벌어지겠는가. 그렇게 되면 데려온 측이야 원하는 대로 신문을 진행하겠지만, 상대방은 준비되지 않았으니 이의를 제기할 것이다.

그러고는 연기해 달라고 요청하든가 그럴 것이고. 그러면 재판이 제대로 진행될 리가 없다. 그래서 양측은 어떤 증인을 신청했는지 알려주게 된다. 그리고 그런 점을 악용해서 태경에서 손을 쓰고 있는 듯했고.

"이런 건 어떻게 할 수 없나요? 문제가 될 수 있는 거잖아요."

"거기 사람들이 그런 걸 모를까. 그런 문제가 생기지 않게 사람을 써서 움직인다고. 만약에 걸리더라도 태경과는 무관한 사이라고 하면 뭐 어쩌겠어."

법을 너무나도 잘 아는 사람들이다. 당연히 법적으로는 문제가 되지 않도록 온갖 안전장치를 해놓았을 것이다.

'아니 도대체 뭘 숨기고 있는 거야?'

하지만 당사자가 그렇게 나오는데 뭘 어쩌겠는가. 어떻게 할 방법이 없었다.

"그러면 어떻게 해야 하죠? 중요한 증인이잖아요."

"만나봐야지. 그리고 도대체 무엇 때문에 그러는 건지 알아도 보고."

어떤 문제가 있어서 그러는 것인지를 알아야 설득도 할 수 있을 것 같았다. 그러니 도대체 어떤 걸 숨기려고 이러는지 알아보기로 했다.

그런데 문제는 그것만이 아니었다. 강윤태도 자신만의 스타일로 공격을 해왔다. 그것도 상당히 묵직한 공격을.

"소익이 없으므로 재판을 유지할 하등의 이유가 없습니다."

강윤태는 법리적인 부분을 가지고 공격을 해왔다. 강윤태다운 정공법. 그런데 혁민은 전혀 생각지도 못한 일이어서 무척 곤혹스러웠다.

강윤태는 소송을 진행하더라도 실질적으로 얻게 되는 이익이 없으니 재판을 계속 진행할 이유가 없다고 주장하고 있었다. 만약 강윤태의 주장이 받아들여진다면 소송은 거기에서 끝날 것이다.

민사소송은 소송을 통해서 얻게 되는 이익인 소익을 가지고 다투는 거니까, 당연히 소익이 없다면 소송을 할 필요가 없는 것이다.

'강윤태… 역시 만만한 녀석이 아니야.'

*　　　*　　　*

"그러니까 평소에 지병이 있었다는 점을 문제 삼고 나왔다는 거네요?"

"그렇지. 덕분에 아주 피곤해졌어."

위지원 변호사의 질문에 대답하면서 혁민은 소파에 등을 기댔다. 이번 사건은 유독 피곤했다. 증인은 갑자기 뒤통수를 치고, 강윤태는 법리적으로 묵직하지만 날카로운 공격을 해왔다.

"그러면 행정소송에서는 왜 그런 게 문제가 되지 않은 거죠?"

"거기서야 현장에서 입은 위해가 사망의 원인인가 아닌가를 가지고 다퉜으니까 그렇지."

일부러 그런 거였다. 쟁점이 많아지고 복잡해질수록 소송은 길어진다. 그 부분은 어차피 민사소송에서 진행할 것이라서 행정소송을 하면서는 가능한 한 단순화시켜서 진행한 거였다.

"그러니까 손실인지 손해인지는 상관하지 않고, 순직 요건이 되느냐만 가지고 진행한 거야."

손실과 손해. 비슷한 것 같지만, 법적으로는 조금 다르다. 깊이 따지고 들어가면 상당히 복잡하지만, 쉽게 말해서 손해는 상대방의 과실에 의한 것이고, 손실은 누구의 과실도 아니지만 발생한 것이라고 보면 된다.

"아하. 그런 것까지 들어가면 그 사실까지 입증해야 하고 복잡해지니까 순직 요건만 가지고……."

위지원 변호사는 그렇게 되뇌면서 수첩에다가 무언가를 적었다. 그녀는 메모를 다 하자 다시 질문했다.

"고혈압 약을 복용하고 있었으니까 평소에 혈압이 높았다는 뜻이고, 그것이 사망에 일부 원인을 제공했다고 보는 거군요."

"주장할 수 있을 만한 내용이지."

혁민은 구급상자 안에 있던 작은 약병들이 떠올랐다. 그중 하나가 고혈압 약이었을 것이다. 게다가 강윤태는 전문가의 소견도 덧붙였다.

전문가. 윤태가 누구인가. 윤주의 동생이다. 행정소송을 할 때 국내 최고의 권위자를 소개해 준 윤주의 동생. 당연히 강윤태도 그런 전문가를 섭외할 수 있다.

"행정소송에서 격무에 시달려서 적은 양의 유독가스를 흡입했어도 평소와는 다를 수 있다고 주장한 걸 그대로 가져다가 썼어."

"조금 아이러니하네요. 소송에서 이기게 해 준 논리가 이번에는 문제가 되는 거라니 말이에요."

"그러니까. 이번 소송은 뭔가 자꾸만 꼬이는 것 같아."

이동은이 마음을 바꾸게 된 것도 그렇고 이번에 강윤태가 주장한 것도 다 행정소송에서 승소한 것과 관련되어서 벌어진 것이었다. 혁민은 일이 꼬이려고 하면 이런 식으로도 꼬이나 싶었다.

"그러면 상대 변호사가 주장하는 게 다 받아들여지면 소송은 거기서 끝나겠네요?"

"그렇지. 판사가 '소익이 없습니다' 하고는 각하하겠지."

혁민은 소파에 축 늘어진 채 있다가 눈을 크게 떴다. 그런 생각을 하니 이렇게 축 처져 있을 때가 아니라는 생각이 번득 들었던 것이다.

"아니야. 이럴 때가 아니다. 다시 정리하고 어떻게 상대를 할지 생각을 해보자고."

혁민은 자세를 바로 하고 머리를 흔들었다. 상황이 복잡했지만 그렇다고 이대로 무너질 수야 없는 일 아닌가.

"일단 처음부터 상황을 다시 검토하자고."

"예, 그래요."

위지원 변호사는 자료를 펼치고 수첩과 펜을 잡았다. 혁민은 자료를 보면서 하나씩 점검해 나가기 시작했다.

"순직 처리의 경우 손실보상이 이루어지고, 그 보상의 정도가 상당 부분 이루어지지."

"예, 저도 알아요. 그러니까 상대방은 국가배상청구소송을 해도 실익이 없다고 하는 거잖아요."

쉽게 말해서 어떤 사람이 죽었다. 그로 인해서 발생한 손해 또는 손실이 있을 것이다. 그리고 그것이 금액으로 환산해서 얼마가 되는지 계산도 할 수 있다.

"그렇지. 손해 또는 손실을 모두 전보받았다 이거지."

금액적으로 약간 미묘한 게 있었다. 순직으로 인정받아 받게 되는 금액이 제법 되었는데, 계산상으로 나온 금액에는 미치지 못했다. 그래서 민사소송도 제기한 것이고.

국가배상청구소송은 손해를 배상해 달라고 하는 소송이다. 국가의 과실로 인해서 손해를 보았으니 국가가 배상해야 한다는 소송. 그런데 손해배상에는 과실상계라는 게 있다.

전부 상대방의 책임이 아니라 사망한 당사자에게도 일부 과실이 있으니 그 부분은 참작해야 한다는 거다. 그래서 당사자의 과실이라고 인정되는 비율만큼의 금액을 제하게 된다.

"이게 금액이 아주 묘하네요?"

위지원 변호사는 자료에 나온 금액을 보더니 고개를 갸웃거렸고, 혁민은 한숨을 내쉬면서 고개를 저었다. 강윤태는 혁민이 행정소송에서 주장한 것같이 정 소방관이 격무에 시달리고 몹시 피곤한 상황이라 고혈압 증상이 더 심각하게 작용했을 가능성이 있다고 주장하고 있었다.

그래서 과실 비율을 일반적인 경우보다도 높게 해야 한다고 주장했다. 만약 그 주장이 받아들여진다면 유족이 실질적으로 받을 수 있는 금액이 없었다. 그 정도는 순직으로 인한 보상으로 받게 되었으니까.

"그러니까. 거기다가 내가 행정소송에서 쓴 논리를 가져다가 쓴 바람에······."

"그러면 어떻게 하죠? 이거 굉장히 대처하기 난감한데요?"

혁민은 어쩔 수 없는 부분부터 제외하기로 했다. 확정된 부분은 제외하고 다툴 수 있는 부분에서 승부를 보는 게 맞았다. 그러니 그런 부분을 정리하고 가장 가능성이 높은 방법을 찾아야 했다.

"기왕병력이야 어쩔 수 없어."

"기왕병력으로 인한 감액을 받아들여야 하면 소송이 유지가 어렵잖아요."

다른 것보다 혁민이 행정소송을 하면서 내세운 논리를 가지고 와서 공격하니 더욱 난감한 거였다.

혁민은 강윤태가 상당히 진지하게 소송이 임하고 있다는 게 느껴졌다.

"비율이 문제가 되는 거지. 과실 비율을 낮추는 방향으로 생각해 봐야겠어."

한 소송에서는 격무에 시달려서 몸의 상태가 평소와는 달랐다는 걸 인정해야 한다고 주장했는데, 다른 소송에서는 같은 정황을 가지고 그렇게 심한 상태는 아니었다고 주장해야 할 판이었으니까.

"하지만 상황은 조금 다른 것 같아요. 유독가스가 인체에 작용하는 것하고 고혈압이 심장마비에 영향을 미치는 것하고는 조금 다를 수 있잖아요."

"뭐, 그거야 우리가 잘 알 수는 없는 부분이고. 그런 건 정말 전문가의 도움을 받아야지. 물론 방향은 그쪽으로 잡아야겠지만."

위지원 변호사는 갑자기 궁금했는지 조심스럽게 질문을 던졌다.

"선배님. 죄송한데 이거는 사건하고는 관련이 없는 건데요⋯⋯."

그녀는 만약 의사들의 견해가 다를 경우에는 어떻게 되는 거냐고 물었다.

"법원도 나름대로 기준을 가지고 있어. 변호사가 논리적으로 잘 어필해야 하는 거야 당연한 일이고."

판사는 법정에서 보고 들은 모든 내용을 참고해서 판결을 내린다. 대부분은 제출한 서류에서 판가름이 나고 서류로는 도저히 판결하기 어려운 부분은 법정 공방 부분을 참고한다. 직접 질문을 하기도 하고.

"그래서 판사가 어떤 걸 질문하는지도 유심히 살펴야 해. 그러면 판사가 지금 어떤 생각을 하고 있는지 어느 정도는 캐치할 수 있거든."

"아, 그런 것도 살펴야 하는 거구나."

위지원 변호사는 수첩에다가 다시 무언가를 적었다.

"그리고 기본적으로 의사의 말을 전적으로 신뢰하지 않는 경향이 좀 있지. 의사가 엉터리로 견해를 냈을 수도 있다는 것도 염두에 두는 거야."

"아, 그렇군요. 하기야 어떤 것이라도 100% 믿는 건 위험하긴 하죠."

"뭐, 그런 의심을 하는 건 나쁜 건 아니지. 공정한 재판을 하려면 모든 가능성을 열어놓아야 하니까."

그러면서 혁민은 실제 재판에서 벌어지는 일들을 조금 이야기해 주었다.

"특히 산업재해보상청구 사건에서는 의사의 감정 결과를 따르지 않는 경우가 많아."

"산재사건……."

위지원 변호사는 잘 모르는 거나 기억해 두어야 할 내용이 나올 때마다 메모했다.

실제로 근로복지공단이 산재급여지급결정을 할 때 전문의 판정을 기준으로 하게 되는데, 심근경색과 같은 심혈관계 질환의 경우 20~30% 정도는 법원이 의사의 감정 결과와 다른 판결을 내리기도 한다.

"그러니까 내가 불리한 거지. 행정소송에서 내가 내세운 게 있으니까. 그래서 준비를 더 철저하게 해야지."

"그러면 이번에도 그 의사분에게 연락하실 거예요?"

"아니. 일단 알아보고. 상대가 상대인 만큼 제대로 준비를 해야지."

그리고 증인도 다시 설득해야겠다고 이야기했다.

"증인한테는 제가 한번 가볼까요?"

"위 변호사가? 음… 나쁘지 않겠는데?"

"그렇죠? 제가 가서 미인계로 샥샥… 그러면 될 거예요."

위지원 변호사의 행동에 혁민은 피식 웃었다. 저런 밝은 모습 때문에 이렇게 피곤하고 곤란한 상황에서도 웃을 수 있다는 게 정말 좋았다.

"뭐, 미인계까지는 아니겠지만 아무래도 여자가 가서 이야기하면 남자가 갔을 때하고는 조금 다르겠지. 아니면 거기 있는 여직원하고 대화를 해보는 것도 괜찮고."

혁민은 자신의 자리로 돌아가면서 말을 했는데, 미인계까지는 아니라고 이야기를 할 때 위지원 변호사는 입술을 삐죽 내밀었다.

"두고 보세요. 제가 뭔가 알아 가지고 올 테니까."

"그래. 잘할 수 있을 거야."

혁민은 그래도 위 변호사가 사무실에 와서 큰 도움이 된다고 이야기했다. 그러자 위지원의 표정이 환하게 밝아졌고.

"그럼 수고 좀 해줘. 증인 문제는 부탁할게."

"넵. 알겠습니당."

위지원은 장난꾸러기같이 대답하고는 콧노래를 부르면서 밖으로 나갔다. 그 모습을 보면서 혁민은 중얼거렸다.

"이래서 신입 사원을 쓰는 건가 보네. 사무실에 훨씬 생기가 도는 것 같아."

사실 업무를 하는 것만으로 보면 아직은 한 사람의 몫을 해낸다고는 보기 어려웠다. 하지만 전체적으로 보면 한 사람이 사무실에 들어온 것 이상이었다.

"그러면 그쪽 일은 위 변호사에게 맡기고……."

혁민은 강윤주에게 전화를 걸었다. 행정소송이 끝났을 때만해도 당분간은 전화할 일이 없을 줄 알았는데, 얼마 지나지 않았는데도 또 연락하게 되다니. 참 세상일이란 건 모르는 거구나 싶었다.

"어 나야, 혁민이. 그래, 잘 지냈지?"

―또 무슨 부탁할 게 생겼구나?

강윤주는 대번에 알아차리고 물어왔다.

"무슨 소리야. 우리가 아주 친하지는 않지만, 그래도 알고 지낸 게 몇 년인데. 그냥 안부 전화를 할 수도 있는 거지."

―알고 지낸 게 그 정도 되니까 하는 소리야. 지금까지 안부 전화라는 거 한 번도 하지 않은 거는 알고 그런 소리 하는 거니?

혁민은 장난을 걸었다가 본전도 찾지 못했다. 역시나 여자에게 말로는 당할 수 없는 듯했다.

"그랬나? 뭐, 그건 그렇고 뭐 좀 물어보려고."

―뭔데?

혁민은 고혈압과 관련해서 권위자를 찾는다고 이야기했다. 그런데 강윤주는 왜 그러는 것이냐면서 아주 꼬치꼬치 캐물었다. 결국, 혁민은 소송과 관련된 부분까지도 어느 정도 이야기를 할 수밖에 없었다.

어차피 아쉬운 건 혁민이었다. 다른 사람들을 통해서 알아봐도 되기는 하지만 강윤주를 통하는 게 여러모로 편했다. 다른 사람에게 부탁해도 그것도 전부 빚이다. 그리고 상대가 흔쾌히 수락할지도 알 수 없는 일이고.

그럴 바에야 아예 윤주를 통하는 편이 훨씬 일하기에 수월했다.

"그래서 공신력이 높은 그런 전문가를 찾는 거야."

─알았어. 내가 누가 있는지 알아보고 윤태가 세운 전문의보다 윗줄로 소개해 줄게.

혁민은 고맙다고 이야기를 하면서도 살짝 의아하다는 생각이 들었다. 동생과도 연관된 사건이라서 곤란하다고 윤주가 말해도 받아들이려고 했다. 그런데 망설임은 고사하고 굉장히 적극적으로 나오는 게 아닌가.

혁민은 일이 잘 풀려서 좋기는 했지만, 머릿속으로는 조금 복잡했다.

"둘이 사이가 좋지 않은가?"

평소에는 그런 걸 느끼지 못했었다. 그리고 친구인 이채민이나 오혜나로부터도 그런 이야기는 들은 적이 없었고.

하지만 지금이야 그런 걸 가지고 시간을 허비할 때가 아니었다. 상황이 불리한 만큼 더 움직이고 더 알아내야 했다. 지금 필요한 건 변화였으니까.

혁민은 돈이 문제가 아니라고 이야기하는 미망인을 떠올리면서 자리에서 일어났다.

*　　　*　　　*

부지런히 움직인다고 항상 성과가 좋은 건 아니지만, 움직이지 않으면 성과가 좋을 가능성조차 없다.

"후배! 성과가 좀 있었나?"

혁민은 쾌활한 목소리로 물었다. 혁민이 사무실에 들어오고 나서 잠시 후에 위지원 변호사가 도착했는데, 무척 밝은 얼굴을 하고는 사무실에 들어왔다. 혁민도 윤주가 소개해 준 의사와 미망인을 만나고 오는 길이었는데 성과가 좋아서 기분이 좋은 상태였다.

"네, 선배님."

그녀도 마찬가지로 신이 난다는 듯 대답했다.

"일이 잘 풀리려고 그러나? 나도 오늘은 성과가 괜찮았는데."

"다행이네요. 저도 이거저거 얘기를 좀 많이 알아 왔어요."

"그래? 그럼 같이 정리를 해보자고."

혁민은 같이 이야기할 서류와 자료를 가지고 소파에 앉았다. 그리고 노트북을 켰다.

"누가 먼저 할까?"

"제가 먼저 할게요."

위지원 변호사가 손을 번쩍 들었다. 혁민은 웃으면서 그러라고 이야기했다.

"증인을 하기로 했던 두 사람은 이야기를 잘 하지 않더라고요."

"그렇지? 뭔가가 좀 있는 것 같더라고."

위지원 변호사는 그래서 소방서에서 일하는 여자들과 접촉을 했다고 했다.

"그래? 그래서 어떻게 되었는데?"

"확실히 남자들보다는 이야기하기가 쉽더라고요. 그래서

이야기를 들었는데요……."

위지원 변호사는 사람의 경계심을 쉽게 무너뜨릴 수 있는 타입이었다. 약간 덤벙대기도 하고 쾌활해서 사람들이 경계심을 갖지 않았다. 게다가 나이도 어리고 싹싹하니 거리를 두다가도 어느새 같이 편하게 이야기를 하게 되는 그런 사람이었다.

"그냥 그런 얘기가 있다고 했다면서 말하지는 말라고 했는데요, 지금 소장이 로비를 한다나 봐요."

"로비?"

로비를 한다는 건 여러 가지를 의미한다. 일단 로비를 하려면 돈이 든다. 그렇다면 공금을 유용하고 있을 가능성이 높다.

"잘 보이려는 거죠. 유력자들하고 골프도 치고 뭐 그런대요."

"그러면 불만들이 많을 거 같은데?"

"그런데요, 그게 그렇지만도 않은 것 같아요."

혁민은 고개를 갸웃거렸다. 그런 이야기가 이렇게 나돌 정도면 불만이 있는 사람들이 있을 법한데 분위기는 그렇지 않다고 했으니까.

"개인적으로 쓰는 건 아닌가 봐요. 뭐, 그것도 알아보면 다를지 모르겠지만, 그래도 내부적으로는 이해하는 분위기더라고요."

"흠… 자체적으로 문제를 해결해 보겠다고 나선 건가?"

"네? 뭘 자체적으로 해결해요?"

혁민은 한숨을 푹 내쉬고는 이야기했다.

"소방 조직은 힘이 없어. 지자체 소속이거든. 그러니까 언뜻 생각하기에 소방관이라고 하면 다 하나의 조직이라고 생각하겠지만, 그렇지 않아."

그렇게 아주 잘게 쪼개져 있으니 목소리에 힘이 있을 리가 없다.

"아. 그래서 그런 건가?"

"뭐가? 무슨 얘기가 나온 게 있어?"

"전에 지방 신문에 뭐가 난 적이 있는데, 아주 난리가 났었대요."

위지원 변호사는 지자체에서 제대로 예산을 집행하지 않아서 문제가 있다는 기사가 실린 적이 있다고 했다. 그런데 오히려 소방서는 형편이 나아지기는커녕 난리가 났다는 거였다.

"감사 들어오고 문책당하고 그랬대요. 실제로 징계 먹거나 그런 사람도 많았고요. 그래서 그때 그만둔 사람도 있다더라고요."

더럽고 치사해서 때려치운다고 했다는 것이다.

혁민은 어떻게 돌아간 것인지 알 만했다. 그런 기사가 나니까 지자체 높은 분이 심기가 불편했을 것이다. 자신의 잘못을 대놓고 까댔으니까.

그러면 이럴 때 어떻게 반응할까? 문제점을 파악하고 그걸 해결하기 위해서 애를 쓸까?

"그랬다면 지금보다는 훨씬 살 만한 곳이었겠지. 일단 어떤 놈이 찔렀는지 그거부터 알아보라고 했을걸?"

"에이, 설마 그랬으려고요."

위지원 변호사는 슬픈 표정을 하면서 이야기했다. 설마 그랬겠냐. 그러지 않았으면 좋겠다는 투로 이야기했지만, 현실은 그렇지 않다는 걸 이제는 대충 느끼고 있었으니까.

누군가가 제보를 해서 그렇게 되었으리라 생각을 했을 테고, 이번 일을 그대로 넘어가면 또 다른 제보가 언론에 들어가리라는 생각도 했을 것이다. 그래서 결국 불똥이 소방서로 튀었을 것이다.

그런 문제야 당사자 중에서 누군가가 제보했을 것이라고 생각하기 쉽지 않은가. 그러니 확실하게 보여준 것이다. 그렇게 나오면 어떤 문제가 생긴다는 것을. 소방관이 무슨 힘이 있겠는가. 그저 당하는 수밖에.

"아마도 그래서 서장이 움직였나 보네. 그렇다면야 사람들이 시청이 로비를 하러 다녀도 수긍하는 게 이해가 되지."

외부적으로는 기대할 수 없겠다는 생각을 하게 된 듯했다. 그래서 소방서장이 직접 문제를 해결하기 위해서 움직였다고 생각하니 지금까지의 일이 어느 정도는 이해가 되었다.

"외부에서 무슨 이야기가 나와봐야 뭐하겠어. 변하는 건 없고 손해 보는 건 자신들인데. 그래서 자신들의 일은 스스로 해결하자는 분위기가 형성되었을 거야."

"너무 안됐어요. 진짜 고생 많이 하시는 것 같던데……."

소방관이 고생하는 거야 다들 안다고 생각할 것이다. 하지만 정말로 어떤 고생을 하는지 알면 소스라치게 놀랄 것이다.

만약 자식이 있는 부모라면 절대로 소방관이 되지 말라고 할
정도로.

"사람들을 다시 만나봐야겠어."

"증인들이요?"

"그래. 만나서 다시 얘기를 해봐야지."

혁민은 어떻게 해서든 증인을 법정으로 끌어내야겠다고 생
각했다. 그러자 위지원 변호사도 동참하겠다고 이야기했다.

"그러면 저도 따라갈게요."

"같이 가겠다고?"

"예. 저도 들은 게 있고 하니까 도움이 될 거예요."

위지원 변호사는 자신 있다는 표정을 지어 보였고, 혁민은
잠시 망설이다가 고개를 끄덕였다. 그녀의 친화력이 도움 될
수도 있겠다는 생각이 들어서였다.

혁민은 두 명에게 연락했다. 이동은과 새로 증언을 하겠다
고 했다가 말을 바꾼 남자에게.

다행스럽게도 몇 시간 뒤에 약속을 잡을 수 있었다. 혁민은
위지원 변호사와 함께 약속 장소로 향했다.

"그런데 왜 같이 만난다고 이야기를 하지 않으신 거예요?"

위지원 변호사는 사람들을 만나러 가는 길에 질문을 던졌
다. 혁민은 그냥 그러는 편이 더 나을 것 같다고 생각해서 그
랬다는 답변을 했고.

"심리적으로 조금이라도 더 동요하라고 그런 거기는 한데,
잘될지는 모르겠네. 오히려 마이너스가 될 수도 있을 것 같기

도 하고."

두 사람도 자신의 동료들에게 해가 가는 걸 두려워해서 증언하지 않겠다고 번복을 한 것이다. 이미 겪어보았지만, 심리적으로 상당히 강력한 방어막을 치고 있는 상태. 그걸 깨려면 그만큼 강한 충격을 주어야 한다.

그래서 개별적으로 만나는 것보다는 함께 보는 게 더 좋을 것 같다고 생각한 것이다. 물론 쉽지는 않았다. 아예 만나주지도 않으려고 했는데, 혁민은 이번이 마지막이라고 하면서 겨우 승낙을 받아낸 거였다.

"아무래도 같이 있으면 더 불편하고 그러겠죠. 잘될 거예요."

위지원 변호사가 이야기한 것처럼 두 사람은 카페에 들어오더니 조금 놀란 눈치였다. 혁민과 둘이서 만나는 줄 알았는데 동료도 있었고 여자 변호사도 한 명 있었으니까. 그리고 예상대로 조금 불편해했다.

그래도 위지원 변호사가 밝은 표정으로 먼저 말을 걸고 하니 분위기는 나쁘지 않았다. 그렇게 처음에는 편안하게 이야기를 나누다가 본격적인 내용을 꺼냈다.

"그동안 어떤 일이 있었는지 좀 알아봤습니다."

혁민은 기사가 났다가 오히려 소방서에 난리가 난 이야기를 했다. 그 이야기가 나오자 둘은 살짝 흥분한 기색을 보였다.

위지원 변호사도 말소리가 조금 커지면서 어떻게 그럴 수 있느냐고 맞장구를 치자 분위기가 훅 달아올랐다.

"맞아요. 장비 같은 건 얘기하지 않아도 알아서 챙겨줘야 하는 거 아니에요?"

"에휴, 말해서 뭐해? 그랬으면야 무슨 문제가 있겠나. 그리고 그런 문제가 그거 하난 줄 알아?"

사람들은 그동안 당했던 울분을 토해내면서 다른 이야기도 해주었다. 방송국에서 취재를 나온 적도 있었고, 높은 사람에게 진정을 한 적도 있다고 했다.

"다 똑같아. 결국, 피해를 보는 건 우리야. 소용없는 짓이지."

"그러니까 증언해 주셔야 하는 거 아닙니까. 그런 사실을 알려야죠."

혁민은 기회를 보다가 말을 꺼냈는데, 두 사람은 코웃음 치기만 했다.

"지금까지 이야기를 듣고도 그런 말이 나오나? 아무것도 해결되는 건 없어. 피해는 우리가 고스란히 떠안아야 하고. 이제는 그런 거 넌덜머리가 난다고."

이동은이 목소리를 높였다.

"원래 그런 거 아닙니까. 한 번에 문제가 해결되는 거 없습니다. 저절로 해결되는 것도 없습니다. 원래 그렇게 아픈 겁니다. 그런 걸 견디고 버티고 하다가 작은 변화가 생기는 겁니다. 그런 겁니다."

혁민의 말에 갑자기 숙연한 분위기가 되었다.

"여기서 그만두면 그동안 그걸 이루기 위해서 했던 사람들의 희생까지도 물거품으로 만드는 거 아닙니까."

"그래서?"

이동은이 퉁명스럽게 말했다.

"좋다 이거야. 희생, 변화. 다 좋아. 그런데 그렇게 하다가 우리가 당하는 건 당신이 지켜줄 수 있나? 우리가 다치고 상처받는 건 막아줄 수 있어? 보상해 줄 수 있냐고."

혁민은 이동은의 눈을 똑바로 바라보았다. 그리고 천천히 대답했다.

"아니요. 그건 제가 장담할 수 없습니다. 솔직히 지금 그런 걸 할 수 있다고 하고 증언에 나오라고 할 수도 있어요. 하지만 그건 거짓말입니다. 그런 거 막아줄 수 없어요."

위지원 변호사가 살짝 놀란 표정으로 혁민을 쳐다보았다. 그런 걸 막을 수 없다는 걸 그녀도 알고 있었다. 그래도 혁민은 어떻게든 방법을 찾아보겠다고 할 줄 알았는데, 전혀 뜻밖의 말을 들어서 눈이 동그래졌다.

"하지만 한 가지는 확실합니다. 지금 하지 않으면 앞으로도 계속 같을 거라는 거. 변화는 로비 같은 거 한다고 해서 오는 게 아닙니다. 그런 걸로는 바뀌지 않을 겁니다."

할 말은 많았지만, 혁민은 거기서 말을 끊었다. 그리고 상당한 시간 동안 침묵이 흘렀다. 너무나 무거워서 아무도 그걸 걷어버릴 수 없을 정도로 무거운 침묵이.

말은 없었지만, 혁민은 수많은 생각이 오가고 있다는 걸 느졌다. 그 자신도 무척이나 많은 생각이 떠올랐다가 사라지기를 반복했으니까. 자신의 앞에 앉은 두 남자는 수시로 표정이 변했다. 무척이나 복잡한 심경이 얼굴에 그대로 투영되었다.

"생각해 보죠."

긴 침묵을 깬 건 이동은 소방관이었다. 그리고 옆에 앉은 남자도 비슷한 대답을 했다.

그들이 자리를 떠나고 나자 혁민이 중얼거렸다.

"좀 아쉽네. 증언하겠다는 약속을 받았으면 했는데……."

"잘하신 거예요. 저 같았으면 그런 얘기 근처도 못 갔을 거예요. 어우, 저는 이런 얘기 죽었다가 깨나도 못할 것 같아요."

위지원 변호사는 오늘 정말 같이 오기를 잘했다면서 선망의 눈초리로 혁민을 쳐다보았다. 하지만 혁민은 확답을 받지 못한 걸 못내 아쉬워했다.

*   *   *

"이상하네. 그날 분위기로는 꼭 올 것 같았는데……."

위지원 변호사는 법정까지 따라왔는데, 예상과는 달리 증인으로 신청한 두 남자의 모습은 보이지 않았다. 혁민은 이동은 소방관을 포함한 두 남자에게 전화를 걸어 증언을 부탁하고 증인으로 신청해 두었다.

전화할 때만 해도 확답은 아니었지만, 제법 긍정적인 대화가 오갔다. 하지만 역시나 증인 신청을 하고 나니 상황이 바뀐 듯했다.

"어쩔 수 없지."

일단은 오늘 있을 재판에 집중해야 한다. 나오지 않는 증인에 신경을 쓰느라 재판을 망치면 곤란한 일. 혁민은 묘한 표정을 자신을 바라보고 있는 박경민을 응시했다.

'저 사람이 또 움직인 건가?'

알 수 없는 일이었다. 혁민은 증인 둘이 오늘 나오지 않는다는 가정하에 가장 좋은 전략이 무엇인지 생각했다. 대비하지 않은 건 아니었지만, 모든 상황의 전략을 완벽하게 준비할 수는 없는 일이다.

조금이라도 더 재판을 유리하게 끌고 갈 방법이 무엇일지 생각하는 동안 강윤태의 증인 신문이 먼저 시작되었다. 강윤태의 변론은 단단하고 유려했다.

고혈압이라는 부분을 아주 강하게 공략했는데, 혁민도 고개가 끄덕여질 정도였다. 재판부가 손을 들어주어도 이상하지 않을 것 같았다. 지금까지는 그랬다. 하지만 혁민은 혈압 측정기를 증거로 내세웠다.

"여기 수치를 직접 읽어주시기 바랍니다."

혁민은 증인으로 나온 의사에게 혈압 측정기를 내밀었다. 의사는 85와 123이라는 숫자를 읽었다.

"혈압이 이 정도면 어떤 겁니까?"

"정상이라고 볼 수 있습니다."

혁민은 디지털 혈압 측정기를 손에 들고 이야기했다.

"이 수치는 그날 오전에 측정한 수치입니다. 이것은 그만큼 혈압 관리를 잘하고 있었다는 걸 의미하는 증거입니다. 따라서 고혈압이 사망에 일부 원인을 제공했다는 주장은 설득력이 약하다고 보아야 할 것입니다."

혁민의 변론을 마치고 강윤태를 슬쩍 쳐다봤는데, 그는 여전히 표정에 변화가 없었다. 마치 이 정도는 생각하고 있었다는 듯이.

강윤태는 다시 정 소방관이 장비의 교체를 요구하지 않았다는 점을 들어 국가가 손해를 배상해야 할 이유가 없다고 주장했다. 그 점은 혁민도 무척이나 곤혹스러운 부분이었다. 증거가 전혀 없었으니까.

게다가 그 점을 증언하기로 한 증인도 나오지 않았다. 증인이라도 있다면야 어떻게든 돌파구를 찾아볼 텐데 무척이나 난감했다. 혁민은 가만히 박경민을 보았다. 강윤태에게 유리한 증언만 하는 박경민.

혁민이 고민하다 내린 결정은 박경민을 증인으로 내세우는 거였다. 혁민이 박경민을 증인으로 부르자 사람들이 모두 놀랐다.

강윤태는 미간을 찌푸렸고, 위지원 변호사도 눈만 껌뻑거렸다. 불리한 이야기만 할 게 뻔한 박경민을 왜 증인으로 불렀는지 이해할 수 없었기 때문이었다. 심지어는 박경민 본인도 왜 자신을 불렀는지 이해할 수 없다는 그런 표정이었다.

혁민은 박경민에게 질문했다.

"장비 교체 요구를 한 적이 없다고 증언했습니다. 사실입니까?"

"예. 사실입니다. 제가 알기로 제가 있는 소방서에서 최근에는 그런 일이 없었습니다."

"예. 그렇군요."

혁민은 이미 확인된 질문을 던져서 답변을 듣고는 이번에는 다른 질문을 했다.

"지금 사용하고 있는 장갑이 있으시죠? 아, 직장에서 사용하는 장갑을 말하는 겁니다."

"예. 있습니다."

사람들은 모두 도대체 무슨 이야기를 하려고 하는지 혁민의 입에 집중했다.

"그 장갑은 지급받은 장비인가요?"

"예?"

"그 장갑이 지급받은 장비인지를 물었습니다."

박경민은 잠시 고민하다가 대답했다.

"음… 아닙니다."

"그런가요? 그러면 그 장갑은 어디서 난 겁니까?"

"그게…….."

박경민은 주변을 둘러보면서 주저주저했다. 혁민은 재차 질문했다.

"다시 묻겠습니다. 지금 사용하고 있는 방염 장갑은 어디서 난 겁니까?"

"인터넷으로 구매했습니다."

박경민은 잠시 망설이다가 대답했는데, 말이 떨어지기가 무섭게 혁민이 되물었다.

"왜 인터넷으로 구매하신 겁니까?"

박경민은 난감한 표정이 되었다. 자신이 잘못한 일이거나 그런 건 아니었지만, 남들 앞에서 이야기하기 좋은 내용도 아니었으니까. 아마도 술자리 같은 곳에서 질문을 받았으면 무시하거나 얼버무리고 넘어갔을 것이다.

하지만 지금은 법정이었다. 어물쩍 넘어갈 수는 없는 일. 그는 머뭇거리다가 사실을 이야기했다.

"기존 장비를 쓸 수 없게 되었기 때문입니다."

"왜 쓸 수 없게 되었습니까?"

혁민은 집요하게 물고 늘어졌다.

이상하다는 눈치를 챈 강윤태가 이의를 제기하고 나섰다.

"본 사건과는 관련 없는 질문입니다."

"장비 교체 요구와 관련된 의혹을 풀기 위해서 반드시 들어야 하는 증언입니다."

혁민은 어림도 없는 소리라면서 되받아쳤고 두 변호사는 동시에 판사를 쳐다보았다. 판사는 증인을 바라보면서 말했다.

"기각합니다. 증인은 대답하세요."

판사의 말을 듣고 혁민은 주먹에 살짝 힘을 주었다. 같은 말이라도 어투나 뉘앙스라는 게 있다. 혁민은 판사의 말에서 지금 그가 지금 상황을 궁금해하고 있다는 걸 알 수 있었다. 판사가 무언가 의심스러운 정황이 있다는 걸 느낀 것이다.

그리고 그것은 판사가 이 사건의 본질에 조금씩 가까워지고 있다는 걸 의미했다. 이 사건의 본질은 단순히 손해를 배상하라는 게 아니었다. 한 명의 소방관이 왜 죽음에 이르게 되었는가에 관한 것이었다.

그건 사건을 의뢰한 미망인의 뜻이기도 했다. 그녀는 왜 자신의 남편이 왜 죽어야 했는지를 알고 싶어 했다. 그리고 그 이유를 모두가 알아주기를 바랐다. 가능하면 그런 일이 다시는 일어나지 않았기를 바랐기 때문이었다.

'비극이 되풀이된다는 거야말로 정말 비극이라고 했지.'

미망인이 한 말이었는데, 혁민도 동감했다. 비극은 한 번으로 충분하지 않은가. 실수나 잘못은 언제나 있을 수 있다. 하지만 그걸 반복하는 건 정말 큰 문제다.

그런 걸 되풀이하지 않기 위해서는 문제가 왜 생겼으며, 어떻게 해야 그걸 막을 수 있는지를 알아야 한다.

혁민은 증인이 대답하기를 기다렸다.

"장비가… 음… 장비가 낡아서 더는 사용할 수 없었기 때문입니다."

"장비는 현장에서 사용하면 할수록 빨리 내구도가 떨어집니다. 맞습니까?"

말이 떨어지자 혁민은 기다렸다는 듯 질문을 이었다.

박경민은 체념한 듯 순순히 그렇다고 대답했다.

"상황에 따라서 다르기는 하지만 현장에 있는 분들 말을 들

어보면 보통 장갑의 경우 6개월이면 수명이 다한다고 말하더
군요. 맞습니까?"

"으음… 얼추 맞는 것 같습니다."

그 정도였다. 장갑의 경우 보통 6개월 정도 지나면 더 사용
할 수 없을 정도로 망가진다.

혁민은 쉴 틈을 주지 않고 말을 내뱉었다. 이전과는 달리 약
간 커진 목소리로.

"하지만 제때 장비가 지급되지 않아서 2년 넘게 망가진 장
갑을 사용하는 소방관도 있지요?"

"……."

"화재 진압에 사용하는 장갑에 구멍이 숭숭 뚫려서 현장에
서 물을 뿌리다 보면 물이 안으로 들어오는 그런 장갑을 그대
로 사용하는 소방관도 있습니다. 맞습니까?"

박경민은 쉽게 대답하지 못했는데, 판사가 대답하라고 재촉
했다. 혁민은 판사의 표정을 슬쩍 살폈는데, 무척이나 심각한 표
정이었다. 하기야 이런 상황을 누가 쉽게 납득할 수 있겠는가.

소방관이라고 하면 항상 생명의 위협 속에서 일하는 사람들
이 아닌가. 그런데 기본적인 장비가 제대로 지급되지 않는다
니. 판사도 설마 이런 사실이 정말인가 하는 표정이었다.

판사는 당연히 이런 사실을 모를 수밖에 없다. 서류만 검토
하니까. 그리고 서류에는 이런 시시콜콜한 사실은 적혀 있지
않으니까.

"그게… 그렇습니다."

박경민은 마지못해 대답했다. 그러자 혁민은 뒤로 돌면서 고개를 갸웃거리면서 말했다.

"그렇다면 이상하군요. 저라면 말입니다. 이렇게 장비에 문제가 있다고 하면 당연히 교체해 달라고 요청을 했을 텐데요. 그런데 그런 요구가 한 번도 없었다니. 정말 이상하지 않습니까?"

역시나 박경민은 대답하지 못했다. 어떻게 대답을 하겠는가. 누가 생각해도 요청을 한 번도 하지 않았다는 건 이해할 수 없는 그런 일인 것을.

"장비에 문제가 있으며, 그러므로 교체해 달라는 요구가 정말 없었습니까? 구두나 서면으로 보고가 된 게 정말 한 번도 없었습니까?"

"…제가 알기에는 없었습니다."

박경민은 잠시 고민하다 입술을 살짝 깨물면서 대답했다.

혁민은 힐끗 고개를 지었다. 왜 저렇게 고집을 부리는 것인지 이해가 되지 않았기 때문이었다. 혁민이 다시 물었지만, 같은 대답이 반복되었다.

강윤태는 상황이 불리하게 돌아간다는 걸 깨닫고는 어떤 식으로 타개해야 할지를 고민했다. 그게 변호사가 할 일이었으니까. 진실이 무엇인지는 중요하지 않았다. 그리고 진실이란 게 그렇게 단순한 게 아니다.

누구나 다 진실이라고 생각한 것도 틀린 경우가 허다하다. 그래서 진실은 성급하게 판단해서는 안 되는 것이다. 그리고 변호사는 그런 걸 가늠하려고 있는 게 아니다. 그런 건 판사에게 맡기면 되는 일이다.

'변호사는 진실이 무언지를 파헤치는 사람이 아니니까.'

변호사는 의뢰인의 이익을 대변하고 그것을 위해서 최선을 다해야 하는 사람이다. 마음에 들지 않는다고, 혹은 미심쩍은 게 있다고 중도에 포기한다면 변호사로서 직무 유기를 하는 것이다.

적어도 강윤태는 그렇게 생각했다. 그래서 그는 지금 자신이 할 수 있는 최선의 방법이 무엇인지를 생각했다. 그러다가 갑자기 무언가가 떠오른 듯 재빨리 서류를 뒤적이던 강윤태는 신중하게 자료의 여기저기를 살폈다.

그러는 동안 혁민의 신문은 끝이 났다. 혁민이 자리로 돌아오자 강윤태는 천천히 자리에서 일어났다. 그리고 증인에게 다가갔다. 그는 자료를 박경민에게 보여주면서 이야기했다.

"자료에 보니 몇 년 전까지는 장비의 교체를 요구한 적이 있었습니다. 맞죠?"

"예. 그렇습니다."

박 소방관은 당연히 그렇다고 대답했다. 기록에 나와 있는 내용이니 딱히 생각하고 말 것도 없었다.

"그런데 어느 시점부터 그런 요구가 없어졌군요. 혹시 그 시점에 어떤 문제가 있었던 것 아닙니까?"

"음······."

박경민은 잠시 망설이면서 강윤태를 쳐다보았다. 강윤태는 고개를 살짝 끄덕였다. 이야기해도 좋다는 뜻이었다.

"교체를 요구했고, 그런 사실이 언론에 알려진 일이 있었는데 약간의 문제가 있었습니다."

"정확하게는 어떤 문제였습니까?"

조금은 꺼려지는 이야기였지만, 어쩔 수 없는 상황이었다.

"장비를 담당한 소방관이 문책을 받았습니다."

"그렇군요. 보복성인지 아닌지는 모르겠지만, 아무래도 그런 요구를 한다는 것 자체가 부담스러웠겠군요. 그래서 그 이후로는 그런 요구를 하지 않은 거라고 보이는데. 맞습니까?"

아주 틀린 말도 아니었다. 대부분은 요구하지 않았으니까. 해봐야 오히려 문책당하고 경고받고 그러는데 누가 그러겠는가. 그리고 그런 게 아니더라도 돌아오는 답변은 항상 똑같았다. 예산이 없다는 거였다.

그 많은 예산이 어디에 어떻게 쓰이는지는 모르겠지만, 적어도 소방관의 걸레 같은 장갑을 바꿔줄 예산은 없었다. 박경민은 구멍 뚫린 장갑을 쓰다가 손에 입은 화상이 갑자기 쓰려오는 것을 느꼈다.

"그렇습니다. 제가 알기에는 그렇습니다."

대답하는 박경민의 목소리에는 기운이 하나도 없었다. 그렇지 않은 사람도 있었다. 죽은 정 소방관이 대표적인 사람이었다. 계속 묵살당하면서도 그는 줄기차게 요구했다. 하지만 그걸 대놓고 인정할 수는 없었다. 그랬다가는 또다시 불똥이 소방서로 튈 것이다.

'미안하다. 하지만 너도 알잖아, 우리가 어떻게 사는지. 이런 거 알려지면 또 난장판 된다. 너도 겪었잖아. 그렇지? 이해해 줄 거지?

박경민은 미망인을 슬쩍 바라보았다. 솔직히 같이 일했던 동료, 그것도 목숨을 걸고 등 뒤를 맡겨왔던 동료인데 미안하지 않을 수 있겠는가. 하지만 이것이 최선이라고 생각했다.

"맞습니다. 그래서 그 이후로는 없었습니다."

박경민은 자신에게 최면이라도 거는 듯 그렇게 대답했다.

*　　*　　*

사무실로 돌아오면서 혁민이 아무런 말도 하지 않자 위지원 변호사가 눈치를 보다가 말을 붙였다.

"아쉬웠어요. 마지막에 상대 변호사가 그런 식으로 나오지만 않았더라도 끝난 거였는데…….'

그녀는 증인으로 나온 박경민이 거의 무너져서 이긴 줄 알았다고 말했다. 누가 봐도 뭔가 숨기고 있는 것처럼 보였으니까. 그리고 말하는 게 진실이 아니라고 느꼈고. 그건 판사도 마찬가지였을 것이다.

하지만 강윤태가 나와서 그럴듯한 논리를 내세워 혁민의 작전은 흐지부지되었다. 위지원 변호사가 보기에도 강윤태의 주장 역시 타당성이 있었으니까.

"그렇게 호락호락한 상대가 아니지. 그런데 전에는 이런 식으로 순발력이 좋은 친구는 아니었던 것 같았는데…….'

혁민은 그동안 보지 못한 사이에 강윤태가 상당히 변했다고 느꼈다. 예전보다 유연하고 상황에 따른 대처가 좋았다.

위지원 변호사는 혁민의 말에 호기심이라도 생겼는지 질문을 던졌다.

"예전에는 어땠는데요?"

"예전에? 정말 모범생이란 이런 거구나 하는 스타일? 철저하게 준비하고 깔끔하게 정리해서 논거를 주장하는 스타일이었지."

그런데 지금은 상당히 실전적이게 되었다. 그동안 부족하다고 생각되었던 단점들이 많이 보완된 모습. 혁민은 강윤태가 그동안 상당한 노력을 했음을 알 수 있었다.

"그나저나 이제는 어떻게 해야 하죠?"

"고혈압 부분은 문제가 되지 않을 거야. 문제는 장비 결함을 인지하고 요구를 했다는 증기인데……."

혈압 측정기에 나온 수치가 있으니 혁민의 주장이 받아들여질 가능성이 높았다. 문제는 그렇다고 하더라도 장비 교체를 요구했다는 게 증명되지 않으면 재판에서 이길 수는 없을 것이다.

강윤태가 분명히 관리 소홀을 주장할 테니까. 그래서 오늘 증인들이 나오지 않은 것이 더 안타까웠다.

"분명히 나올 것 같은 분위기였는데……."

"저도요. 이상해요. 분명 나오겠다는 투로 연락이 왔었잖아요."

간절히 원해서 착각을 한 것이거나, 아니면 모종의 힘이 그들이 법정에 나오는 것을 막았을 것이다. 혁민은 후자일 가능성도 상당히 높다고 생각하고 있었다.

"다시 설득해야 하나? 도대체 얼마나 당했길래 이렇게 몸을 사리는 거지?"

혁민은 그걸 알아보면서 다시 사람들을 만나서 설득해 보아야겠다고 생각했다. 위지원 변호사는 이번 일이 영 마음에 들지 않는다는 듯 투덜거렸다.

"징벌적 손해배상 제도가 있어야 해요. 그래야 정신들을 차릴 텐데……."

혁민도 계속해서 생각하고 있는 부분이었다. 현실은 법을 잘 아는 사람들, 힘이 있고 권력이 있는 사람들에게 너무 유리했다. 법적으로는 그들을 강하게 처벌하기가 어렵거나 거의 불가능했다.

"맞는 말이야. 법을 보완하는 차원에서라도 꼭 필요한 제도인데……."

만약 징벌적 손해배상 제도가 도입된다면 많은 것이 바뀌게 될 것이다. 지금까지는 문제가 생기면 그때 적당히 대처하면 된다는 식이었다면, 징벌적 손해배상 제도가 정착되면 알아서 고치고 조심하는 분위기가 만들어질 것이다.

한번 걸리면 기업이나 지자체가 도산할 수도 있을 정도의 파괴력을 가지고 있다. 처음에야 설마하니 하면서 실감을 못 하겠지만, 케이스 하나만 나오면 그때부터는 난리가 날 것이다.

"실제로 기업들 같은 경우에는 외국에서는 무척 조심해. 거기서 징벌적 손해배상에 잘못 걸리면 거덜 난다는 걸 잘 아니까. 그래서 국내에서 하는 것과 외국에서 하는 행동이 다르지."

혁민은 이런 케이스가 사람들에게 꾸준히 알려지고 문제가 있다는 공감대가 형성되어야 그것이 가능하다고 생각하고 있었다. 그래서 이 사건도 어떤 식으로든 공론화를 시켜야 한다고 생각하고 그 방법을 찾고 있었다.

하지만 그것도 다 이 소송에서 이겼을 때 이야기이다. 지게되면 화제가 되기 쉽지 않았다. 지더라도 문제 제기하는 방법이 있기는 했지만, 그것보다는 진실이 밝혀지고 그 사연이 알려지는 편이 파급효과가 훨씬 좋을 테니까.

"그나저나 그 사람들은 왜 그렇게 거짓말을 해대는 걸까요?"

"나름대로 그걸 올바른 신념이라고 생각하고 있는 거지. 그리고 그게 최선이라고 생각하고."

혁민은 그런 사람을 많이 보아왔다. 잘못된 생각을 세상의 진리인 것처럼 여기고 있는 사람. 하지만 그 이면을 들여다보면 전부 자신의 이익과 관련이 있는 거다. 자신의 이익을 위한다는 건 너무 저급해 보이니까 대의명분을 앞세우면서 자신을 포장하는 거다.

그러면서도 자신은 옳다고 믿고 있을 것이다. 그리고 그런 완고한 생각을 바꾸기란 결코 쉽지 않은 일이고.

"깨닫게 해줘야지. 정말 가치 있는 게 어떤 건지를."

"그런데 방법은 있는 거예요? 상대 변호사도 만만치 않다면서요."

"할 수 있다고 생각하는 한, 할 수 있는 거야. 포기하는 게 뭐 그렇게 급한가?"

혁민의 이야기에 위지원 변호사는 빙긋 웃었다.

"그러네요. 할 수 있다고 생각하는 동안은 가능성과 희망이 있는 거네요."

"그럼. 자, 지금부터는 그걸 현실로 만들러 가자고."

혁민은 하늘을 향해서 기지개를 쭉 켰다. 푸르고 맑은 청명한 하늘을 향해서.

『괴짜 변호사 : 악마의 저울』 7권에 계속…

초대형 24시 만화방

신간 100%, 샤워실, 흡연실, 수면실(침대석), 커플석, 세탁기 완비

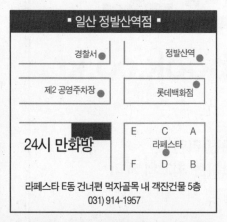

▪ 일산 정발산역점 ▪

경찰서 ●　　　정발산역 ●

제2 공영주차장　　　롯데백화점

24시 만화방

| E | C | A |
| F | D | B |
라페스타

라페스타 E동 건너편 먹자골목 내 객잔건물 5층
031) 914-1957

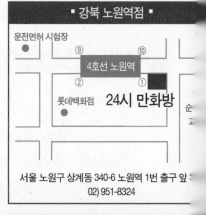

▪ 강북 노원역점 ▪

운전면허 시험장 ●

⑨　　　⑩

4호선 노원역
②　　　①

롯데백화점 ●　24시 만화방

서울 노원구 상계동 340-6 노원역 1번 출구 앞
02) 951-8324

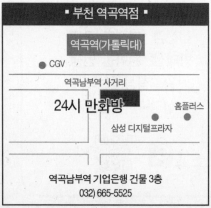

▪ 부천 역곡역점 ▪

역곡역(가톨릭대)

● CGV

역곡남부역 사거리

24시 만화방　　　홈플러스 ●

삼성 디지털프라자 ●

역곡남부역 기업은행 건물 3층
032) 665-5525

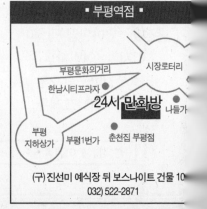

▪ 부평역점 ▪

부평문화의거리　　　시장로터리

한남시티프라자 ●

24시 만화방　나들가

부평　부평1번가　춘천집 부평점 ●
지하상가

(구)진선미 예식장 뒤 보스나이트 건물 10
032) 522-2871

박선우 장편 소설
FUSION FANTASTIC STORY

PERFECT GAME 퍼펙트 게임

고통과 좌절의 시간들을 뛰어넘어
불사조처럼 일어나 세계를 제패한 사나이의 일대기.

대한민국을 넘어 메이저리그를 평정하며
명예의 전당에 헌정된 언터처블 투수, 이강찬.

강철 같은 어깨에서 뿜어져 나오는 그의 패스트볼은
무적이었으며 야구계에 길이 남을 **신화**였다.

야구만을 사랑했던 고독한 사나이.
그의 퍼펙트게임이 이제 시작된다!

Book Publishing CHUNGEORAM

유행이 아닌 자유추구 -
WWW.chungeoram.com

가프 장편 소설

관상왕의
1번룸

FUSION FANTASTIC STORY

거대한 도시의 그늘에서 벌어지는
짜릿하고 통쾌한 이야기!

『관상왕의 1번룸』

텐프로의 진상 처리 담당, 홍 부장.
절망적인 삶의 끝에서 만난 남국의 바다는
그를 새로운 인생으로 인도하는데…….

쾌락을 원하는 거부, 성공에 목마른 사업가,
그리고 실패로 절망한 사람들이여.

여기, 관상왕의 1번룸으로 오라!

Book Publishing CHUNGEORAM

유행이 아닌 자유추구 -
WWW.chungeoram.com

박선우 장편 소설
FUSION FANTASTIC STORY

PERFECT GAME
퍼펙트 게임

고통과 좌절의 시간들을 뛰어넘어
불사조처럼 일어나 세계를 제패한 사나이의 일대기.

대한민국을 넘어 메이저리그를 평정하며
명예의 전당에 헌정된 언터처블 투수, 이강찬.

강철 같은 어깨에서 뿜어져 나오는 그의 패스트볼은
무적이었으며 야구계에 길이 남을 **신화**였다.

야구만을 사랑했던 고독한 사나이.
그의 퍼펙트게임이 이제 시작된다!

Book Publishing CHUNGEORAM

유행이 아닌 자유추구 -
WWW.chungeoram.com

가프 장편 소설

관상왕의
1번룸

FUSION FANTASTIC STORY

거대한 도시의 그늘에서 벌어지는
짜릿하고 통쾌한 이야기!

『관상왕의 1번룸』

텐프로의 진상 처리 담당, 홍 부장.
절망적인 삶의 끝에서 만난 남국의 바다는
그를 새로운 인생으로 인도하는데…….

쾌락을 원하는 거부, 성공에 목마른 사업가,
그리고 실패로 절망한 사람들이여.

여기, 관상왕의 1번룸으로 오라!

Book Publishing CHUNGEORAM

유행이 아닌 자유추구 -
WWW.chungeoram.com